L’amateur d’escargots

DU MÊME AUTEUR

chez le même éditeur

L'INCONNU DU NORD-EXPRESS
PLEIN SOLEIL (MR. RIPLEY)
EAUX PROFONDES
LE MEURTRIER
JEU POUR LES VIVANTS
LE CRI DU HIBOU
CE MAL ÉTRANGE
CEUX QUI PRENNENT LE LARGE
L'EMPREINTE DU FAUX
RIPLEY ET LES OMBRES
LA RANÇON DU CHIEN
RIPLEY S'AMUSE

PATRICIA HIGHSMITH

L'amateur d'escargots

Nouvelles

Préface de
GRAHAM GREENE

CALMANN-LÉVY

Titre original de l'ouvrage
THE SNAIL - WATCHER
and others stories

Traduction de l'américain par
ALAIN DELAHAYE

ISBN 2-7021-0026-0

Imprimé en France

Pour Alex Szogyi

Préface

PATRICIA HIGHSMITH est un auteur dont les romans policiers peuvent se relire maintes et maintes fois. Il y a très peu d'écrivains de ce genre dont on puisse en dire autant. Elle a créé un monde qui lui appartient en propre — un monde de claustrophobie et d'irrationnel où nous entrons à chaque fois avec un sentiment de danger personnel, en tournant un peu la tête par-dessus l'épaule, et même avec une certaine répugnance, car ce sont des plaisirs cruels que nous allons éprouver là ; jusqu'au moment où, quelque part aux environs du troisième chapitre, la frontière s'est refermée derrière nous, nous ne pouvons plus battre en retraite, nous sommes condamnés à vivre jusqu'à la fin de l'histoire avec un nouveau membre de sa longue série de criminels.

Ce qui rend la tension encore plus grave, c'est que nous ne savons jamais avec certitude si même les pires d'entre eux, tel le talentueux M. Ripley, ne vont pas s'en tirer, ni si les personnages relativement innocents ne vont pas souffrir, tel le maladroit Walter, ni si ceux qui sont relativement coupables ne vont pas en réchapper entièrement, tel Sidney Bartleby dans *l'Homme qui racontait des histoires*[1]. Il s'agit d'un monde sans dénouements moraux. Il n'a rien de commun avec le monde héroïque de ses pairs, Hammett et Chandler, et ses détectives à elle (qui sont parfois des monstres de cruauté comme le lieutenant américain Corby dans *le Meurtrier*[1], ou des personnages ternes, sympathiques et rationnels comme l'inspecteur britannique Brockway) n'ont rien de commun avec les détectives privés romantiques et désabusés qui, nous le savons, finiront toujours par triompher du mal, et veilleront à ce que justice soit faite, même s'ils doivent éventuellement envoyer une de leurs maîtresses à la chaise électrique.

Plus rien n'est certain une fois que nous avons franchi *cette* frontière. Nous sommes plongés dans un monde qui n'est pas celui que nous croyions autrefois connaître, mais est effroyablement plus réel pour nous que la maison d'à côté. Les événements se déroulent de manière soudaine et imprévue, et leurs causes sont parfois si inexplicables qu'il nous faut simplement les accepter de confiance. Je crois parce que c'est impossible. Ses personnages sont irrationnels, et c'est précisément leur manque même de rationalité qui les fait sauter de plain-pied dans la vie ; soudain, nous nous apercevons à quel point la plupart des personnages de roman sont incroyablement rationnels, en vivant leur vie de A à Z, comme des abonnés qui prennent toujours le même train. Les motivations de ces personnages ne se révèlent jamais inexplicables, du fait de leur plate évidence. Les personnages sont aussi ternes que des symboles mathématiques. Nous les avons acceptés comme réels autrefois, mais quand nous les regardons à nouveau en nous situant de l'autre côté de la frontière, du côté de Patri-

1. Editions Calmann-Lévy, Paris, 1960.

cia Highsmith, nous nous rendons compte que notre monde n'était pas vraiment aussi rationnel que cela. Soudain, avec un sentiment de peur, nous pensons : « Peut-être est-ce de *ce monde-ci* que je fais vraiment partie. » Et en sortant dans la rue familière nous longeons avec un frisson d'appréhension les bureaux de l'American Express, qui sont, pour tant de personnages douteux de Patricia Highsmith, le centre de leur existence européenne cosmopolite : c'est là que l'on vient chercher les lettres (quoique le nom écrit sur l'enveloppe soit probablement faux) et que l'on vient encaisser les chèques de voyage (revêtus d'une fausse signature).

Les nouvelles de Patricia Highsmith, dans ce sens, sont loin de nous décevoir, encore que nous puissions parfois nous débarrasser plus facilement de leur envoûtement à cause de leur brièveté. Nous n'avons pas vécu avec elles assez longtemps pour être totalement absorbés. Patricia Highsmith est la poétesse de l'appréhension plutôt que de la peur. La peur, au bout d'un certain temps, comme nous l'avons tous appris au cours des bombardements aériens, agit à la façon d'un somnifère, elle peut, à force de fatigue, nous bercer et nous endormir ; mais l'appréhension harcèle les nerfs aussi doucement qu'inéluctablement. Il nous faut apprendre à vivre avec elle. A mon sens, le meilleur roman de Patricia Highsmith est *l'Empreinte du faux*[1], et si l'on me demandait quel en est le sujet je répondrais : l'appréhension.

Dans ses nouvelles, Patricia Highsmith doit naturellement adopter une méthode différente. Plutôt que d'encercler lentement le lecteur, elle cherche à lui donner rapidement le coup de grâce, et quelles admirables ruses

1. Editions Calmann-Lévy, Paris, 1969.

de chasse n'emploie-t-elle pas pour nous traquer ! Certaines de ces nouvelles ont été écrites il y a vingt ans, avant son premier roman, *l'Inconnu du Nord-Express*[1], nous n'avons nullement l'impression qu'elle apprend son art par de faux départs, au moyen de tentatives et d'erreurs. *L'Héroïne,* publiée il y a presque un quart de siècle, est une étude de l'appréhension au même titre que son dernier roman. Nous pouvons sentir, dès son premier interrogatoire, combien la jeune gouvernante est dangereuse (et irrationnelle). Nous avons envie de crier aux parents : « Débarrassez-vous d'elle avant qu'il ne soit trop tard ! »

Mon texte préféré dans ce recueil est la nouvelle intitulée *Quand la Flotte était à Mobile,* avec l'horreur terrifiante de son dénouement, alors que tout ce que nous avions entrevu n'était qu'un banal petit cas de meurtre — ici Patricia Highsmith atteint le sommet de son univers de claustrophobie. *La Terrapène,* une nouvelle récente, est une histoire cruelle sur le thème de l'enfance, qui peut supporter la comparaison avec le chef-d'œuvre de Saki, *Sredni Vashtar* ; et, en ce qui concerne l'horreur purement physique, émotion rarement évoquée par Patricia Highsmith, la nouvelle intitulée *l'Amateur d'escargots* serait difficile à surpasser. M. Knoppert a envers ses escargots la même attitude que Patricia Highsmith envers les êtres humains. Il les observe avec la même curiosité impassible que Patricia Highsmith quand elle observe le talentueux M. Ripley :

« Un soir, M. Knoppert était allé faire un tour dans la cuisine pour grignoter un petit quelque chose avant le dîner, et par hasard il avait remarqué que deux escargots, dans le

1. Calmann-Lévy, Paris, 1951.

bol de porcelaine posé à côté de l'évier, se comportaient de manière étrange. Debout plus ou moins sur l'extrémité de leur pédoncule, ils ondulaient l'un devant l'autre exactement comme deux serpents hypnotisés par un joueur de flûte. Un instant plus tard, leurs têtes se réunirent en un baiser d'une voluptueuse intensité. M. Knoppert se pencha plus près et les étudia sous tous les angles. Quelque chose d'autre se produisait : une excroissance en forme d'oreille apparaissait sur le côté droit de la tête des deux escargots. Son instinct lui dit qu'il était en train d'observer une forme quelconque d'activité sexuelle. »

Graham GREENE

L'amateur d'escargots

QUAND M. Peter Knoppert, en guise de marotte, s'était mis à observer les escargots, il ne se doutait nullement que ses quelques spécimens deviendraient en un rien de temps des centaines. A peine deux mois après l'installation des premiers escargots dans le bureau de Knoppert à l'étage, une trentaine d'aquariums et de bols, tous grouillants d'escargots, longeaient les murs, reposaient sur le bureau et les rebords des fenêtres, et commençaient même à couvrir le sol. Mme Knoppert désapprouvait vigoureusement cela, et n'entrait plus jamais dans cette pièce. Cela sentait mauvais, disait-elle, et d'autre part elle avait une fois, par accident, marché sur un escargot, et c'était là une sensation horrible qu'elle n'oublierait jamais. Mais plus sa femme et ses amis déploraient son passe-temps inhabituel et vaguement répugnant, plus M. Knopper semblait y trouver de plaisir.

« Je ne me suis jamais occupé de la nature auparavant », expliquait souvent M. Knoppert — il était associé dans une firme de courtage en Bourse, c'était un homme qui avait voué toute sa vie à la science des finances — « mais les escargots m'ont ouvert les yeux à la beauté du monde animal. »

Si ses amis lui faisaient remarquer que les escargots

n'étaient pas vraiment des animaux, et que leurs habitats visqueux ne représentaient guère le meilleur exemple de la beauté de la nature, M. Knoppert leur répondait, avec un sourire de supériorité, que simplement ils ne savaient pas tout ce que lui savait sur les escargots.

Et c'était vrai. M. Knoppert avait été le témoin d'un spectacle dont la description, du moins la description précise, ne se trouvait dans aucune encyclopédie ni dans aucun des livres de zoologie qu'il avait pu trouver. Un soir, M. Knoppert était allé faire un tour dans la cuisine pour grignoter un petit quelque chose avant le dîner, et par hasard il avait remarqué que deux escargots, dans le bol de porcelaine posé à côté de l'évier, se comportaient de manière étrange. Debout plus ou moins sur l'extrémité de leur pédoncule, ils ondulaient l'un devant l'autre exactement comme deux serpents hypnotisés par un joueur de flûte. Un instant plus tard, leurs têtes se réunirent en un baiser d'une voluptueuse intensité. M. Knoppert se pencha plus près et les étudia sous tous les angles. Quelque chose d'autre se produisait : une excroissance en forme d'oreille apparaissait sur le côté droit de la tête des deux escargots. Son instinct lui dit qu'il était en train d'observer une forme quelconque d'activité sexuelle.

La cuisinière entra et lui dit quelque chose, mais M. Knoppert la fit taire d'un geste impatient de la main. Il ne pouvait pas détacher les yeux des petites créatures en plein ravissement qui se trémoussaient dans le bol.

Quand les excroissances en forme d'oreilles furent précisément jointes bord à bord, une tige blanchâtre semblable à un autre petit tentacule, sortit brusquement d'une oreille et se dirigea en se recourbant vers l'oreille de l'autre escargot. La première supposition de M. Knoppert fut anéantie quand un tentacule jaillit aussi de l'autre escargot. Vraiment très particulier, pensa-t-il. Les deux tentacules se retirèrent, puis avancèrent de nouveau, et, comme s'ils avaient trouvé quelque cible invisible, restèrent fixés dans chacun des deux escargots. M. Knoppert scruta le spectacle de plus près, attentivement. La cuisinière en fit autant.

— Avez-vous jamais rien vu de pareil ? demanda M. Knoppert.

— Non. Ils sont sans doute en train de se battre, dit la cuisinière avec indifférence, puis elle s'en alla. C'était là un exemple de l'ignorance en matière d'escargots qu'il allait bientôt découvrir partout.

M. Knoppert continua d'observer les deux escargots à différentes reprises pendant plus d'une heure, jusqu'au moment où d'abord les oreilles, puis les tiges, s'écartèrent, et où les escargots eux-mêmes prirent une attitude plus détendue et cessèrent de faire attention l'un à l'autre. Mais à ce moment un autre couple d'escargots avait déjà commencé à flirter, et lentement ils se dressaient et se mettaient en position pour s'embrasser. M. Knoppert ordonna à la cuisinière de ne pas préparer les escargots pour ce soir. Il prit le bol qui les contenait et l'emporta là-haut à son bureau. Et l'on ne servit plus jamais d'escargots chez les Knoppert.

Ce soir-là, il chercha dans ses encyclopédies et dans les quelques livres de sciences naturelles qu'il possédait, mais il n'y avait absolument rien sur les mœurs sexuelles des escargots bien que le morne cycle reproducteur de l'huître y fût décrit en détail. Après tout, peut-être n'était-ce pas un accouplement qu'il avait vu, décida M. Knoppert au bout d'un jour ou deux. Sa femme, Edna, lui dit soit de manger les escargots, soit de s'en débarrasser — c'était à ce moment-là qu'elle avait marché sur un escargot égaré qui s'était mis à ramper par terre — et M. Knoppert aurait sans doute obéi, si par hasard il n'avait trouvé une phrase intéressante dans *l'Origine des espèces* de Darwin, au milieu d'une page consacrée aux gastéropodes. La phrase était en français, langue que M. Knoppert ne connaissait pas, mais au mot *sensualité* il se raidit comme un limier qui a soudain flairé la piste. Il se trouvait alors à la bibliothèque municipale, et laborieusement il traduisit la phrase à l'aide d'un dictionnaire français-anglais. C'était un exposé d'à peine une centaine de mots, qui disait que les escargots manifestaient dans leur accouplement une sensualité que l'on ne trouvait nulle part ailleurs dans le règne animal. C'était tout. Cela provenait des carnets de notes d'Henri Fabre. Darwin avait évidemment décidé de ne pas traduire cette phrase pour les lecteurs ordinaires, mais de la laisser dans sa langue d'origine pour les rares érudits qui s'intéressaient vraiment à la question. M. Knoppert se considérait à présent comme l'un de ces rares érudits, et son visage rond et rose rayonnait d'amour-propre.

Il avait appris que ses escargots étaient de ceux qui préféraient l'eau fraîche, et qui déposaient leurs œufs dans du sable ou de la terre ; il plaça donc de la terre humide et une petite soucoupe d'eau au fond d'une grande bassine, et y transféra ses escargots. Puis il attendit que quelque chose arrive. Rien ne se produisit, pas même un nouvel accouplement. Il prit les escargots un par un et les inspecta, sans rien remarquer qui pût suggérer une gestation. Mais il y eut un escargot qu'il ne parvint pas à soulever. On aurait dit que sa coquille était collée à la terre. M. Knoppert soupçonna que l'escargot avait enfoncé sa tête dans la terre pour y mourir. Deux autres jours passèrent et, au matin du troisième, M. Knoppert trouva, à la place de l'escargot, un petit espace où la terre était fragmentée. Curieux, il inspecta avec un bâton d'allumette les petits morceaux de terre émiettée, et, à sa grande joie, découvrit une cavité pleine d'œufs frais et brillants. Des œufs d'escargot ! Il ne s'était pas trompé. M. Knoppert appela sa femme et la cuisinière pour qu'elles les regardent. Les œufs ressemblaient très fort à du gros caviar, seulement ils étaient blancs au lieu d'être noirs ou rouges.

« Naturellement, il faut bien qu'ils se reproduisent d'une façon ou d'une autre. » Telle fut la seule réaction de sa femme. M. Knoppert n'arrivait pas à comprendre son manque d'intérêt. Il lui fallait aller regarder les œufs toutes les heures quand il était chez lui. Il les observait chaque matin pour voir si un changement avait eu lieu, et chaque soir, avant de se mettre au lit, sa dernière pensée allait aux œufs. De plus, un autre escargot creusait à présent un trou. Et deux autres escargots s'accouplaient ! Le premier groupe d'œufs prit une couleur grisâtre, et de minuscules coquilles en spirale devinrent perceptibles sur un côté de chaque œuf. L'attente fiévreuse de M. Knoppert s'intensifia encore. Enfin arriva un matin — le dix-huitième après la ponte, selon le compte méticuleux de M. Knoppert — où, en regardant la cavité des œufs, il vit bouger la première petite tête, et les premières petites cornes, courtes et raides, se mettre à explorer le nid d'un air mal assuré. M. Knoppert était aussi heureux que le père d'un nouveau-né. Chacun des soixante-dix œufs et quelque déposés dans le trou parvint miraculeusement à la vie. Il avait vu la totalité du cycle reproducteur se dérouler et arriver à bon terme. Et le fait que personne, du moins personne parmi ses connaissances, n'était au courant de la plus infime fraction de ce que lui savait, conférait à sa science l'aspect exaltant d'une découverte, le piquant de l'ésotérique. M. Knoppert prit des notes sur les accouplements successifs et sur les éclosions des œufs. Il expliquait la biologie des escargots à ses amis et invités fascinés, ou plus souvent choqués, jusqu'au moment où sa femme se tortillait d'embarras.

— Mais où cela va-t-il s'arrêter, Peter ? S'ils continuent de se reproduire à ce rythme, ils vont envahir toute la maison ! lui dit sa femme, après l'éclosion des œufs de quinze ou vingt trous.

— On n'arrête pas la nature ! répliqua-t-il, plein de bonne

humeur. Ils n'ont envahi que le bureau. Il y a plein de place là-haut.

Il y installa donc de plus en plus d'aquariums et de bols. M. Knoppert alla au marché et choisit plusieurs escargots parmi ceux qui semblaient les plus vifs, et aussi deux autres qu'il trouva en plein accouplement, inaperçus du reste du monde. Des cavités à œufs de plus en plus nombreuses apparurent dans le fond boueux des récipients, et de chaque trou il sortait finalement soixante-dix à quatre-vingt-dix bébés escargots qui rampaient, transparents comme des gouttes de rosée, et qui grimpaient plutôt qu'ils ne glissaient sur les bandes de laitue fraîche que M. Knoppert fournissait promptement à tous les trous, en guise d'échelles comestibles pour l'escalade. Les accouplements se produisaient si souvent qu'il ne prenait même plus la peine de les observer. Un accouplement pouvait durer vingt-quatre heures. Mais l'émotion qu'il éprouvait à voir le caviar blanc se transformer en coquilles et commencer à bouger cette émotion ne diminuait jamais, aussi souvent qu'il en fut témoin.

Ses collègues de l'agence de courtage en Bourse remarquèrent chez Peter Knoppert un renouveau d'enthousiasme et d'énergie. Il devenait plus audacieux dans ses manœuvres, plus brillant dans ses calculs, devenait en fait légèrement vicieux dans ses combinaisons, mais il rapportait de l'argent à sa compagnie. Par un vote unanime, son salaire de base fut augmenté et passa de quarante à soixante mille dollars par an. Alors que tout le monde le félicitait de ses succès, M. Knoppert en attribua tout le mérite à ses escargots, et à la détente bénéfique que lui procurait leur observation.

Il passait toutes ses soirées en compagnie de ses escargots dans la pièce qui n'était plus un bureau mais une sorte de vivarium. Il adorait éparpiller dans les récipients de la laitue fraîche et des morceaux de pommes de terre bouillies et de betterave, puis brancher le système d'arrosage qu'il avait installé dans les aquariums pour simuler une pluie naturelle. Alors tous les escargots s'animaient et se mettaient à manger, à s'accoupler, ou simplement à glisser dans l'eau peu profonde avec un plaisir évident. M. Knoppert laissait souvent un escargot grimper sur son index — il s'imaginait que ses escargots prenaient plaisir à ce contact humain — et il lui donnait à manger de sa propre main un morceau de laitue, l'observait sous tous les angles, y trouvant autant de satisfaction esthétique qu'un autre dans la contemplation d'une estampe japonaise.

Désormais, M. Knoppert ne permettait plus à personne de mettre les pieds dans son bureau. Trop d'escargots avaient l'habitude de ramper un peu partout sur le sol, de s'endormir collés sur les sièges des chaises et au dos des livres placés sur les étagères. Les escargots passaient une grande partie de leur temps à dormir, particulièrement les vieux escargots. Mais il y avait suffisamment d'escargots moins indolents qui préféraient faire l'amour. M. Knoppert estimait qu'il y avait toujours à peu près une douzaine d'escargots en train de s'embrasser. Et à coup sûr il y avait une multitude de bébés et d'adolescents. Impossible de les compter. Mais M. Knoppert compta, en fait, uniquement les escargots qui dormaient et rampaient sur le plafond, et arriva à un chiffre entre onze et douze cents. Les aquariums, les bols, le dessous de son bureau et les étagères devaient sûrement en contenir cinquante fois autant. M. Knoppert avait l'intention d'enlever tous les escargots du plafond un jour prochain. Certains d'entre eux n'avaient pas bougé de là depuis des semaines, et il craignait qu'ils ne se nourrissent pas assez. Mais ces derniers temps il avait été un peu trop occupé, et il avait trop besoin de la tranquillité que lui procurait simplement le fait d'être assis au milieu de son bureau dans son fauteuil favori.

Durant le mois de juin, il fut si accaparé que souvent il restait à travailler tard le soir au bureau de sa compagnie. Les rapports arrivaient par paquets pour la fin de l'année budgétaire. Il faisait des calculs, repérait une demi-douzaine de possibilités de bénéfice, et réservait les manœuvres les plus audacieuses et les moins évidentes pour ses opérations privées. L'an prochain à la même époque, pensait-il, il serait trois ou quatre fois plus riche que maintenant. Il voyait son compte en banque se multiplier aussi vite et aussi aisément que ses escargots. Il en informa sa femme, qui fut transportée de joie à cette nouvelle. Elle lui pardonna même le délabrement du bureau et l'odeur de poisson et de renfermé qui se répandait à travers l'étage.

— Tout de même, j'aimerais bien que tu ailles jeter un coup d'œil, seulement pour voir s'il se passe quelque chose, Peter, lui dit-elle un matin, d'un ton plutôt anxieux. Il y a peut-être un aquarium qui s'est renversé, ou je ne sais quoi, et je ne voudrais pas que la moquette soit abîmée. Ça fait presque une semaine que tu n'es plus monté à ton bureau, non ?

M. Knoppert n'y était plus entré depuis presque deux semaines. Il se garda d'avouer à sa femme que la moquette était déjà en grande partie irrécupérable. « Je monterai ce soir », dit-il.

Mais trois autres jours s'écoulèrent avant qu'il n'en trouvât le temps. Il y entra un soir, juste avant d'aller se coucher, et fut surpris de trouver le sol entièrement couvert d'escargots, de trois ou quatre couches d'escargots. Il eut quelque difficulté à refermer la porte sans en écraser. Les escargots étroitement agglutinés dans les coins donnaient à la pièce une apparence absolument ronde, comme s'il était debout au centre de quelque énorme bloc de conglomérat. M. Knoppert fit craquer les articulations de ses doigts et parcourut des yeux la pièce, stupéfié. Non seulement ils avaient couvert toutes les surfaces disponibles, mais des milliers d'escargots pendaient au lustre, au milieu du bureau, en une grappe grotesque.

M. Knoppert tâtonna à la recherche d'un dossier de chaise pour s'y appuyer. Il ne sentit qu'un paquet d'escargots sous sa main. Il fut contraint de sourire un peu : il y avait des escargots sur le siège de la chaise, entassés l'un sur l'autre, formant comme un coussin bosselé. Il lui fallait vraiment s'occuper du plafond, et tout de suite. Il prit un parapluie dans le coin, enleva du revers de la main quelques-uns des escargots qui y adhéraient, et dégagea un espace sur son bureau pour y grimper. La pointe du parapluie déchira le papier peint, et le poids des escargots entraîna vers le bas une longue bande qui descendit presque jusqu'au sol. M. Knoppert se sentit frustré et irrité. Le système d'arrosage les ferait bouger. Il actionna la manette.

Les pommes d'arrosage se mirent en marche dans tous les récipients, et l'activité grouillante de la pièce entière augmenta instantanément. M. Knoppert fit glisser ses pieds sur le sol, au milieu des coquilles d'escargots qui culbutaient les unes sur les autres avec un bruit de galets sur une plage, et dirigea quelques pommes d'arrosage vers le plafond. C'était là une erreur, il s'en rendit compte immédiatement. Le papier ramolli commença à se déchirer, et, s'il parvint à esquiver une lourde masse qui tombait lentement, ce ne fut que pour être heurté de plein fouet par une guirlande d'escargots qui balançait, vraiment frappé, d'un coup assommant sur la tempe. Il tomba sur un genou, étourdi : Il fallait ouvrir une fenêtre, pensa-t-il, l'atmosphère était suffocante. Et il y avait des escargots qui rampaient sur ses chaussures et grimpaient sur les jambes de son pantalon. Il secoua les pieds avec colère. Juste au moment où il se dirigeait vers la porte, dans le but d'appeler à l'aide un des domestiques, le lustre s'écrasa sur lui. M. Knoppert tomba lourdement assis sur le sol. Il comprenait maintenant qu'il ne parviendrait jamais à ouvrir une fenêtre, parce que les escargots étaient collés en rangs serrés sur plusieurs épaisseurs aux appuis des fenêtres. Un moment, il eut l'impression qu'il ne pourrait plus se relever, et qu'il était en train d'étouffer. Il n'y avait pas que l'odeur de moisi de la pièce : partout où il regardait, de longues bandes de papier peint couvertes d'escargots lui bouchaient la vue, comme s'il était dans une prison.

« Edna ! » appela-t-il, et il fut surpris du son assourdi, inefficace, de sa voix. On aurait dit que la pièce avait été insonorisée.

Il rampa vers la porte, sans tenir compte de la multitude d'escargots qu'il écrasait sous ses mains et ses genoux. Il ne parvint pas à l'ouvrir. Les escargots étaient si nombreux à traverser et retraverser les quatre fentes de l'encadrement de la porte qu'ils résistaient victorieusement à toute la force qu'il déployait.

« Edna ! » Un escargot entra en rampant dans sa bouche. Il le recracha avec dégoût. M. Knoppert essaya, du revers de la main, de faire tomber les escargots de ses bras. Mais pour chaque centaine qu'il délogeait, quatre cents autres semblaient glisser sur lui et s'accrocher de nouveau à lui ; à croire qu'ils le recherchaient délibérément, comme étant la seule surface de la pièce relativement dépourvue d'escargots. Il y avait des escargots qui lui rampaient sur les yeux. Puis, juste au moment où il se remettait debout en chancelant, quelque chose d'autre le frappa — M. Knoppert ne put même pas voir quoi. Il s'évanouissait ! En tout cas, il était étalé par terre. Ses bras lui firent l'impression d'être de plomb quand il essaya d'atteindre ses narines et ses yeux, pour les libérer des corps d'escargots qui les obturaient de manière meurtrière.

« Au secours ! » Il avala un escargot. Suffoquant, il

ouvrit la bouche toute grande pour aspirer un peu d'air, et sentit un escargot ramper sur ses lèvres et descendre sur sa langue. C'était l'enfer ! Il avait conscience qu'ils glissaient sur ses jambes, pareils à une rivière gluante qui lui clouait les membres au sol. « Aah ! » La respiration de M. Knoppert se fit haletante et de plus en plus faible. Sa vision devint noire, d'un noir horrible et ondulant. Il ne pouvait plus respirer du tout, parce qu'il ne pouvait plus atteindre ses narines, ni bouger les mains. Alors, par la fente d'un œil, il vit, juste en face de lui, à quelques centimètres seulement, ce qui avait été, il le savait, la plante à caoutchouc qui se dressait dans son pot près de la porte. Un couple d'escargots y faisaient l'amour tranquillement. Et juste à côté d'eux, de minuscules escargots, aussi purs que des gouttes de rosée, émergeaient d'une cavité et entraient, pareils à une armée infinie, dans leur monde sans cesse grandissant.

Les oiseaux prêts à l'envol

CHAQUE matin Don regardait dans sa boîte aux lettres, mais il n'y avait jamais de lettre d'elle.

Elle n'avait pas eu le temps, se disait-il. Il passait en revue tout ce dont elle devait s'occuper : transporter ses affaires de Rome à Paris, s'installer dans un appartement qu'elle avait sans doute loué à Paris avant de déménager, et passer probablement quelques jours à s'habituer à son nouveau travail, avant de trouver le temps et l'inspiration nécessaires pour répondre à sa lettre.

Mais finalement, tous les jours qu'il fallait pour cela — et il avait compté le plus large possible — s'étaient déjà écoulés ; trois autres jours avaient passé, et il n'y avait toujours pas de lettre d'elle.

« Elle attend de se décider, se dit-il. Naturellement, elle veut être sûre de ses sentiments avant d'écrire quoi que ce soit sur le papier. »

Treize jours avant, il avait écrit à Rosalind qu'il l'aimait et qu'il voulait l'épouser. C'était peut-être un peu hâtif, vu qu'il ne la courtisait que depuis peu, mais Don pensait avoir écrit une bonne lettre, sans exercer de pression, en exposant simplement ses sentiments. Après tout, cela faisait deux ans qu'il connaissait Rosalind, ou plutôt il l'avait rencontrée à New York deux ans avant. Il l'avait revue en Europe le mois dernier, et maintenant il était amoureux d'elle et voulait l'épouser.

Depuis trois semaines qu'il était revenu d'Europe, il avait vu assez peu de ses amis. Il avait largement de quoi s'occuper en bâtissant des projets pour Rosalind et lui-même. Rosalind était dessinatrice industrielle, et elle aimait l'Europe. Si elle préférait rester en Europe, Don pourrait s'arranger pour vivre là-bas aussi. Il parlait presque couramment le français, maintenant. Sa compagnie, Dirkson and Hall, ingénieurs conseils, possédait même une agence à Paris. Tout irait comme sur des roulettes. Rien qu'un visa, pour pouvoir emporter quelques objets, tels que des livres, un tapis favori, son électrophone, quelques outils et ses instruments à dessin, et il serait libre de déménager.

Don sentait qu'il n'avait pas encore mesuré toute l'étendue de son bonheur. On aurait dit que chaque jour un rideau se levait, juste un peu plus haut, pour dévoiler petit à petit un paysage splendide. Il voulait que Rosalind fût avec lui au moment où il en verrait finalement la totalité. Un seul détail, en réalité, l'empêchait de s'élancer fermement et joyeusement dans ce paysage dès à présent : il n'avait même pas de lettre d'elle à emporter avec lui.

Il écrivit de nouveau à Rome, et inscrivit en italien, sur l'enveloppe : Prière de faire suivre. Elle était sans doute à Paris maintenant, mais elle avait certainement laissé à Rome une adresse de réexpédition.

Deux autres jours passèrent, et toujours pas de lettre. Il reçut seulement un mot de sa mère qui habitait en Californie, une publicité d'un magasin de vins et spiritueux des environs, et un vague communiqué au sujet d'une élection primaire. Il sourit légèrement, referma sa boîte aux lettres d'un coup sec et la verrouilla, puis partit à son travail à grandes enjambées. Il n'éprouvait jamais de tristesse, au moment où il découvrait qu'il n'y avait pas de lettre. C'était plutôt une surprise d'un genre amusant, comme si elle lui avait joué un petit tour sans malice, et qu'elle gardait sa lettre par-devers elle un jour de plus.

Puis il se rendit compte qu'il avait neuf heures devant lui avant de rentrer voir si une lettre exprès était arrivée entre-temps : cette évidence s'abattit sur lui comme un fardeau, et d'un seul coup il se sentit fatigué et sans énergie. Rosalind ne lui enverrait pas de lettre exprès, pas après tout ce temps. Encore une fois, il n'y avait rien d'autre à faire que d'attendre jusqu'au lendemain matin.

Il vit une lettre dans la boîte le lendemain matin. Mais c'était une invitation à un vernissage. Il la déchira en tout petits morceaux, qu'il serra dans son poing.

Dans la boîte voisine de la sienne se trouvaient trois lettres. Elles étaient là depuis hier matin, se rappela-t-il. Qui était donc ce Dusenberry qui ne se donnait même pas la peine de prendre son courrier ?

Ce matin-là, au bureau, il lui vint une idée qui lui rendit courage : sa lettre avait pu être déposée par erreur dans la boîte voisine. Le facteur ouvrait en même temps toutes les boîtes alignées, et Don avait trouvé au moins une fois dans sa boîte à lui une lettre destinée à quelqu'un d'autre.

Il commença à envisager la situation avec optimisme ; sa lettre dirait qu'elle l'aimait, elle aussi. Comment pourrait-il en être autrement, puisqu'ils avaient été si heureux ensembel à Juan-les-Pins. Il lui télégraphierait : Je t'aime, je t'aime. Non, il lui téléphonerait, parce que sa lettre indiquerait son adresse à Paris, et peut-être aussi son adresse au bureau, et il saurait où la joindre.

Quand il avait rencontré Rosalind, deux ans auparavant, à New York, ils étaient sortis ensemble deux ou trois fois pour dîner ou aller au théâtre. Puis, comme elle avait cessé d'accepter ses invitations, Don avait supposé qu'un autre homme, qu'elle aimait mieux, entrait en ligne de compte. Il n'y avait guère attaché d'importance à ce moment-là. Mais quand il l'avait rencontrée par hasard à Juan-les-Pins, la situation s'était avérée entièrement différente. Cette seconde fois, ç'avait été le vrai coup de foudre.

La preuve : Rosalind s'était libérée des trois personnes qui l'accompagnaient, une autre fille et deux garçons, elle les avait laissés continuer sans elle jusqu'à Cannes, pour rester avec lui à Juan-les-Pins. Ils avaient passé ensemble cinq journées parfaites ; Don avait dit : Je t'aime, et Rosalind l'avait dit une fois elle aussi. Mais ils n'avaient établi aucun projet d'avenir, et n'avaient même pas parlé de la date où ils se reverraient.

Comment avait-il pu être aussi bête ! Si seulement il lui avait demandé de coucher avec elle, après tout ! Mais, d'un autre côté, il avait ressenti des émotions tellement plus sérieuses. N'importe quel garçon et quelle fille pouvaient avoir une aventure pendant les vacances. Tomber amoureux et désirer le mariage, voilà qui était autre chose. Il avait supposé, d'après son comportement, qu'elle partageait son point de vue. Rosalind était calme, souriante, brunette, pas très grande, mais elle donnait une impression de grandeur. Elle était intelligente, et ne ferait jamais rien de stupide, ni d'impulsif, Don le sentait bien.

Et lui non plus, ce ne serait jamais sur un coup de tête qu'il ferait sa déclaration à qui que ce soit. Le mariage était une décision à laquelle on réfléchissait un certain temps — des semaines, des mois, peut-être un an ou plus. Il avait l'impression d'avoir réfléchi à sa proposition de mariage depuis bien avant les cinq jours de Juan-les-Pins. Il était persuadé que Rosalind était une jeune fille ou une jeune femme solide (elle avait vingt-six ans, et lui vingt-neuf), que son travail avait bien des points communs avec le sien, et qu'ils avaient toutes les chances d'être heureux ensemble.

Ce soir-là les trois lettres se trouvaient toujours dans la boîte de Dusenberry ; Don chercha la sonnette de Dusenberry sur la liste placée de l'autre côté des boîtes, et appuya fermement sur le bouton. Peut-être étaient-ils chez eux, même s'ils n'avaient pas pris leur courrier.

Pas de réponse.

Dusenberry, ou les Dusenberry, étaient apparemment absents.

Le concierge le laisserait-il ouvrir la boîte ? Sûrement pas. Et de toute façon le concierge n'avait pas la clé, ou les clés.

Une des lettres avait l'air d'une enveloppe « par avion » en provenance d'Europe. C'était à en devenir fou. Don plaça un doigt dans une des fentes de la plaque en métal luisant, et essaya d'ouvrir la boîte en tirant vers lui. Elle resta fermée. Il enfonça sa propre clé dans la serrure et essaya de la faire jouer. La serrure émit un déclic, et le pêne bougea, ouvrant la boîte d'un centimètre et demi, mais pas davantage.

Don avait en main les clés de son appartement ; il en coinça une entre la porte de la boîte et les montants de cuivre, et s'en servit comme d'un levier. La partie en cuivre plia suffisamment pour lui permettre d'atteindre les lettres. Il les prit et appuya sur la partie en cuivre pour la redresser du mieux qu'il pouvait.

Aucune des lettres ne lui était destinée.

Il les regarda, tremblant comme un voleur. Puis il en fourra une dans la poche de sa veste, glissa les deux autres dans la boîte aux lettres tordue, et entra dans son immeuble. Les ascenseurs étaient situés dans un couloir perpendiculaire. Don en trouva un qui était vide et prêt à partir, et il monta seul jusqu'au sixième étage.

Son cœur battait quand il ferma sa porte. Pourquoi avait-il

pris cette lettre ? Il la remettrait, bien sûr. Elle ressemblait à une lettre personnelle, mais venait d'Amérique. Il regarda l'adresse, tracée à la main d'une belle écriture à l'encre bleue. M. R. L. Dusenberry, et cætera. Et l'adresse de l'expéditeur, au dos de l'enveloppe : Edith W. Whitcomb, 717, Garfield Drive, Scranton, Pennsylvania.

La petite amie de Dusenberry, pensa-t-il tout de suite. C'était une lettre épaisse, enfermée dans une enveloppe presque carrée. Maintenant il fallait qu'il la remette. Et la boîte abîmée ? Eh bien, personne n'y aurait rien volé, après tout. Fracturer une boîte aux lettres, ce n'était qu'un délit mineur, et puis qu'ils se débrouillent avec cette histoire. Du moment que rien n'était volé, qu'y avait-il de si terrible ?

Don alla chercher dans le placard un costume à emporter chez le teinturier, et prit la lettre adressée à Dusenberry. Mais, une fois la lettre à la main, il fut soudain curieux de savoir ce qu'elle contenait. Avant d'avoir eu le temps d'éprouver la moindre honte, il alla à la cuisine et mit de l'eau à bouillir. Sous l'effet de la vapeur, la patte de l'enveloppe commença à se recourber nettement vers l'arrière, et Don était patient. La lettre contenait trois feuilles entièrement remplies au recto et au verso. Elle débutait ainsi :

Chéri,

Tu me manques si fort qu'il faut que je t'écrive. As-tu vraiment pris une décision au sujet de tes sentiments ? Tu disais que tu croyais que nous oublierions tous les deux cette histoire. Tu sais ce que moi je sens ? Exactement la même chose que ce soir où, debout sur le pont, nous regardions les lumières s'allumer à Bennington...

Don lut jusqu'au bout, fasciné, comme s'il n'arrivait pas à y croire. La fille était follement amoureuse de Dusenberry. Elle n'attendait que sa réponse. Elle parlait de telle ville du Vermont où ils avaient vécu, et se demandait s'ils s'étaient rencontrés là, ou s'ils y étaient allés ensemble. Mon Dieu, pensa-t-il, si seulement Rosalind voulait bien lui écrire une lettre comme celle-là ! Mais dans ce cas, apparemment, c'était Dusenberry qui ne voulait pas écrire à la fille. D'après ce qu'elle disait, Dusenberry n'avait pas donné le moindre signe de vie depuis leur dernière rencontre. Don referma la lettre avec de la colle, soigneusement, et la mit dans sa poche.

Le dernier paragraphe ne cessait de lui revenir en esprit.

Je ne croyais pas que je t'écrirais à nouveau, mais maintenant c'est fait. Il faut que je sois sincère vis-à-vis de moi-même, parce que je suis comme ça.

Don se dit qu'il était comme ça lui aussi. Le paragraphe continuait ainsi :

Te souviens-tu, ou as-tu oublié, et veux-tu me revoir ? Si je n'ai pas de nouvelles de toi dans quelques jours, je saurai.

Mon amour pour toujours.
Edith.

Il regarda la date que portait l'enveloppe. La lettre avait été postée six jours avant. Il songea à la fille du nom d'Edith Whitcomb, qui retournait dans sa tête tous ces jours, et les étirait au maximum en essayant de se convaincre d'une façon ou d'une autre que le retard était justifié. Six jours. Pourtant, bien sûr, elle espérait encore. Elle espérait à cette minute même, là-bas à Scranton, en Pennsylvanie.

Quel genre d'homme était ce Dusenberry ? Un Casanova ? Un homme marié qui voulait laisser tomber un flirt ? Parmi les six ou huit hommes qu'il avait remarqués dans son immeuble, lequel était Dusenberry ? Un de ces types sans chapeau qui partaient en courant le matin à huit heures et demie ? Un homme à la démarche plus lente, couvert d'un feutre ? Don n'avait jamais fait très attention à ses voisins.

Il retint son souffle, et un instant il lui sembla sentir la douleur lancinante qu'éprouvait la fille à cause de sa solitude et de son espoir compromis, sentir les derniers frémissements désemparés de son espoir contre ses lèvres à lui. D'un seul mot il pouvait la rendre si heureuse — ou plutôt, Dusenberry le pouvait.

Il déposa son costume, alla à sa table de travail, et écrivit sur un bout de papier : *Edith, je t'aime.* Il lui plut de voir ces mots écrits, lisibles. Il sentait que cela résolvait un problème important, qui se trouvait jusqu'alors dans un équilibre précaire. Don froissa le papier et le jeta dans la corbeille.

Puis il descendit, fit rentrer la lettre dans la boîte de Dusenberry, et alla déposer son costume chez le teinturier. Il remonta à pied un bon bout de la IIe Avenue et, malgré sa fatigue croissante, continua de marcher jusqu'aux abords de Harlem ; puis il prit un bus qui se dirigeait vers le centre. Il avait faim, mais sans aucune idée de ce qu'il avait envie de manger. Délibérément, il ne pensait à rien. Il attendait que la nuit passe et que le matin lui apporte le prochain courrier.

Puis il s'aperçut qu'il pensait à Rosalind. Et à la fille de Scranton. Dommage que les gens dussent souffrir à ce point de leurs émotions. Comme lui, par exemple. Car, bien que Rosalind l'eût rendu si heureux, il ne pouvait nier que ces trois dernières semaines avaient été un supplice ininterrompu. Oui, mon Dieu, vingt-deux jours maintenant ! Il se sentait étrangement honteux, ce soir, d'admettre que cela faisait vingt-deux jours. Etrangement honteux ? Il n'y avait rien d'étrange à cela, pas s'il voyait les choses en face. Il avait honte parce qu'il l'avait peut-être perdue. Il aurait dû lui dire très nettement à Juan-les-Pins que non seulement il l'aimait, mais qu'il voulait l'épouser. Peut-être qu'il l'avait maintenant perdue, pour ne pas le lui avoir dit avant.

Cette idée le fit descendre du bus. Il chassa de son imagination cette possibilité épouvantable, fatale, et la maintint à l'écart de son esprit et de sa chair, grâce aux vertus de la marche à pied.

Soudain il eut une inspiration. Son idée n'allait pas très loin, elle n'avait pas d'objectif précis, mais c'était une sorte de projet pour la soirée. Il en commença la réalisation tout en revenant chez lui, essayant de se figurer exactement ce que Dusenberry écrirait à Miss Whitcomb après avoir lu cette dernière lettre, se demandant si Dusenberry répondrait, sans affirmer nécessairement qu'il l'aimait, mais en disant au moins qu'il lui attachait assez d'importance pour désirer la revoir.

Il ne lui fallut guère plus d'un quart d'heure pour écrire la lettre. Il disait qu'il avait gardé le silence pendant tout ce temps parce qu'il n'était pas sûr de ses sentiments, ni des siens envers lui. Il déclarait qu'il voulait la voir avant de lui dire quoi que ce soit, et lui demandait quand ils pourraient se rencontrer. Il ne parvint pas à se rappeler le prénom de Dusenberry, si toutefois la fille l'avait employé dans sa lettre, mais il se souvint des initiales R. L. inscrites sur l'enveloppe, et signa simplement : *R.*

Pendant qu'il l'écrivait, il n'avait pas songé sérieusement à la lui envoyer ; mais, en relisant les mots dactylographiés il se mit à considérer cette éventualité. C'était si peu à lui donner, et cela semblait si innocent. Quand pouvons-nous nous voir ? Mais bien sûr c'était aussi futile et faux. Visiblement Dusenberry ne lui accordait pas le moindre intérêt, et ne lui en accorderait jamais, autrement il n'aurait pas laissé passer six jours. Si Dusenberry ne reprenait pas en main la situation là où Don l'abandonnait, Don ne ferait que prolonger quelque chose d'irréel. Il fixa des yeux le

« R », et comprit que tout ce qu'il voulait c'était une réponse signée : *Edith,* une seule réponse positive et heureuse. Il écrivit donc sous la lettre, de nouveau à la machine :

P.-S. : *Peux-tu m'écrire c/o Dirkson and Hall, Chanin Building, New York.*

Il s'arrangerait d'une manière ou d'une autre pour entrer en possession de la lettre, si Edith répondait. Et si elle n'écrivait pas d'ici quelques jours, cela signifierait que Dusenberry lui avait répondu. Autrement, si une lettre d'Edith arrivait, Don pourrait — devrait — prendre sur lui de rompre cette liaison en lui faisant le moins de mal possible.

Dès qu'il l'eut postée, il se sentit totalement délivré de sa lettre, et plus ou moins soulagé. Il dormit bien, et s'éveilla avec la conviction qu'une lettre l'attendait en bas dans la boîte. Quand il vit qu'il n'y en avait pas (du moins pas de lettre de Rosalind, seulement une facture de téléphone), il éprouva une déception aussi vive qu'absolue, une exaspération qu'il n'avait jamais connue avant. A présent, plus aucune raison au monde, semblait-il, ne pouvait justifier le fait qu'il n'avait pas reçu de lettre.

Le surlendemain, une lettre de Scranton arriva au bureau. Don la repéra sur la table de la réceptionniste et la prit ; à ce moment, la réceptionniste était si occupée au téléphone qu'elle ne lui posa aucune question, et ne lui jeta même pas un coup d'œil.

Mon chéri, commençait-elle. Il ressentit un certain malaise à lire ses épanchements sentimentaux, et replia la feuille avant qu'aucun des employés du département technique où il travaillait ne pût le voir en train de la lire. Il lui plaisait et lui déplaisait tout à la fois d'avoir cette lettre dans sa poche. Il ne cessait de se répéter qu'il ne s'attendait pas vraiment à une réponse, mais il savait que ce n'était pas vrai. Pourquoi n'aurait-elle pas écrit ? Elle suggérait d'aller ensemble quelque part le week-end prochain (évidemment ce Dusenberry était libre comme l'air), et lui demandait de fixer exactement le lieu et l'heure du rendez-vous.

Il pensa à elle en travaillant à son bureau, songea à ce petit bout de féminité ardente, palpitante et sans visage, seule là-bas à Scranton, et qu'il pouvait manipuler d'un mot. Quelle ironie du sort ! Et dire qu'il ne pouvait même pas faire en sorte que Rosalind lui réponde de Paris !

« Mon Dieu ! » murmura-t-il soudain. Il se leva de son bureau et quitta la pièce sans un mot à personne.

Il venait de penser à une hypothèse accablante. Il lui était venu à l'esprit que, durant tout ce temps, Rosalind n'avait peut-être fait que réfléchir à la manière de lui avouer qu'elle ne l'aimait pas, qu'elle ne l'avait jamais vraiment aimé, ou ne le pourrait jamais. Il était incapable de s'enlever cette idée de la tête. A présent, au lieu de l'imaginer avec un visage heureux, intrigué ou secrètement réjoui, il la voyait fronçant les sourcils devant la fâcheuse corvée de composer une lettre de rupture. Il la devinait en train de ruminer les expressions qu'elle emploierait pour accomplir cette séparation le plus doucement possible.

Cette idée le plongea dans un tel émoi qu'il ne put rien faire ce soir-là. Plus il y pensait, plus il lui semblait probable qu'elle était effectivement en train de lui écrire, ou qu'elle méditait de lui écrire, pour rompre. Il se représentait exactement par quelle démarche, pas à pas, elle avait pu en venir à sa décision : après la brève période initiale où il lui avait manqué, elle avait dû finir par s'apercevoir qu'elle pouvait se passer de lui quand elle était si occupée par son travail et ses amis à Paris, comme c'était le cas, il le savait bien. Deuxièmement, le fait matériel qu'il était en Amérique et elle en Europe avait pu refroidir ou changer ses sentiments. Mais, par-dessus tout, c'était peut-être le fait qu'elle avait découvert qu'elle ne l'aimait pas réellement. Ce dernier point, au moins, ne pouvait qu'être vrai, parce que tout simplement on ne néglige pas si longtemps d'écrire aux gens qu'on aime.

Brusquement il se leva et regarda l'horloge, lui faisant face comme devant un ennemi à combattre : 20 h 17, 15 septembre. Il supporta tout le poids de cette évidence sur son corps tendu et dans ses mains crispées. Vingt-cinq jours, tant d'heures, tant de minutes, depuis la première lettre qu'il lui avait envoyée.

Son esprit laissa de côté ce fardeau, pour s'attacher à la fille de Scranton. Il se dit qu'il lui devait une réponse. Il relut sa lettre, plus attentivement, s'attardant sur une phrase çà et là, comme s'il s'intéressait profondément à son amour désespéré qui balançait dans le vide, presque comme s'il s'agissait de son amour à lui. Il y avait là quelqu'un qui le suppliait de lui indiquer un lieu et une heure de rendez-vous. Ardente, avide, prisonnière seulement d'elle-même, elle ressemblait à un oiseau prêt à l'envol.

Il alla soudain au téléphone et dicta un télégramme : RENDEZ-VOUS GARE GRAND CENTRAL CÔTÉ LEXINGTON VENDREDI 18 H. AFFECTION. R.

Vendredi était le surlendemain.

Jeudi, il n'y eut toujours pas de lettre de Rosalind, et maintenant il n'avait plus le courage, ni peut-être l'énergie physique, de rien imaginer à son sujet. Il n'y avait en lui que son amour, nullement amoindri, et lourd comme une pierre.

Dès son lever, le vendredi matin, il pensa à la fille de Scranton. Ce jour-là, elle se lèverait et préparerait son sac de voyage, ou, si jamais elle allait au travail, elle déambulerait toute la journée dans un pays de rêve plein de Dusenberry.

Quand il descendit, il vit dans la boîte la bordure rouge et bleu d'une enveloppe « par avion », et éprouva un saisissement lent, presque douloureux. Il ouvrit la boîte et en tira la longue enveloppe molle, les mains tremblantes, laissant tomber ses clés à ses pieds. La lettre ne contenait qu'une quinzaine de lignes dactylographiées.

Le 15 septembre.

Don,

Je suis affreusement désolée d'avoir attendu si longtemps pour répondre à ta lettre, mais je n'ai pas encore eu le temps de souffler depuis mon arrivée ici. Ce n'est qu'aujourd'hui que j'ai pu m'installer assez bien pour commencer à travailler. En premier lieu, j'ai été retardée à Rome, et puis l'organisation de mon appartement ici a été infernale, à cause des grèves d'électriciens et de je ne sais quoi encore.

Tu es un ange, Don, cela je le sais et je ne l'oublierai pas. Je n'oublierai pas non plus nos journées sur la Côte. Mais, chéri, je ne me vois vraiment pas changer de vie de façon aussi radicale et abrupte, que ce soit pour me marier ici ou n'importe où. Il m'est réellement impossible d'aller aux Etats-Unis pour Noël, j'ai trop de travail ici, et pourquoi devrais-tu te déraciner de New York ? Peut-être qu'à Noël, ou au moment où tu recevras cette lettre, tes sentiments auront un peu changé.

Mais veux-tu continuer à m'écrire ? Et ne pas laisser cette lettre te rendre trop malheureux ? Et pouvons-nous nous revoir un jour ou l'autre ? Peut-être à l'improviste, et merveilleusement, comme à Juan-les-Pins ?

Rosalind.

Il fourra la lettre dans sa poche et se précipita dehors. Ses pensées se bousculaient dans un véritable chaos, plein de signaux de mortelle détresse, de cris d'agonie silencieuse, d'ordres confus lancés à une armée en déroute pour se rallier avant qu'il ne soit trop tard, pour ne pas abandonner, ne pas mourir.

Une pensée parvint à émerger assez clairement : il l'avait effrayée. Son aveu stupide et immodéré, son torrent de projets, avaient dû la faire réagir contre lui. S'il en avait dit seulement la moitié, elle aurait compris combien il l'aimait. Mais il avait été trop explicite. Il avait dit : « Chérie, je t'adore. Peux-tu venir à New York pour Noël ? Sinon, je peux prendre l'avion pour Paris. Je veux t'épouser. Si tu préfères vivre en Europe, je m'arrangerai pour vivre là-bas aussi. Il est si facile pour moi de... »

Quel imbécile il avait été !

Son esprit était déjà occupé à corriger la faute, déjà il composait la prochaine lettre, détendue mais affectueuse, qui lui donnerait un peu d'espace où respirer. Il l'écrirait ce soir même, soigneusement, et mettrait tout exactement au point.

Don quitta le bureau plus tôt cet après-midi-là, et se retrouva chez lui quelques minutes après cinq heures. L'horloge lui rappela que la fille de Scranton serait à la gare de Grand Central à six heures. Il devait aller la rencontrer, pensa-t-il, sans toutefois savoir pourquoi. Il n'irait certainement pas lui parler. Il ne la reconnaîtrait même pas s'il la voyait, bien sûr.

Pourtant, la gare de Grand Central, plutôt que la fille, l'attirait comme un aimant à la fois doux et continu. Il commença à changer de vêtements. Il mit son plus beau costume, promena des doigts hésitants sur la rangée de cravates, et saisit vivement l'une d'elles, d'un bleu uni. Il se sentait chancelant et faible, et avait l'impression de s'évaporer lui-même, comme la sueur froide qui ne cessait de lui perler au front.

Il marcha vers le centre, vers la 42ᵉ Rue.

A l'entrée de la gare, du côté de Lexington Avenue, il vit deux ou trois jeunes femmes qui auraient pu être Edith W. Whitcomb. Il chercha des yeux un monogramme quelconque sur ce qu'elles avaient sur elles ou avec elles, mais elles ne portaient pas d'initiales. Puis une des filles rencontra la personne qu'elle attendait, et soudain il fut sûr qu'Edith était la fille blonde vêtue d'un manteau noir, et coiffée d'un béret noir orné d'un insigne militaire. Oui, il y avait dans ses grands yeux ronds une anxiété dont la cause ne pouvait être que l'attente de quelqu'un qu'elle aimait, et aimait passionnément. Elle paraissait environ vingt-deux ans, célibataire, fraîche et pleine d'espoir — l'espoir, voilà ce qui la caractérisait — et elle portait une petite valise, de la taille idéale pour un week-end.

Il rôda autour d'elle quelques minutes, et elle ne lui jeta pas le moindre regard. Elle se tenait debout à droite des portes principales et à l'intérieur, et se dressait de temps à autre sur la pointe des pieds pour voir par-dessus la foule qui se précipitait et se bousculait. Un rayon de lumière rougeoyante venant de l'entrée laissait voir sa joue rose et arrondie, les reflets d'or de ses cheveux, l'impatience de ses yeux tendus. Il était déjà 6 h 35.

Bien sûr, peut-être n'était-ce pas elle, se dit-il. Puis il partit, soudain ennuyé, vaguement honteux de lui-même, et marcha vers la IIIe Avenue pour aller manger quelque chose, ou du moins prendre une boisson chaude. Il entra dans un café. Il avait acheté un journal, qu'il déplia devant son visage et essaya de lire en attendant d'être servi. Mais quand la serveuse arriva, il s'aperçut qu'il n'avait envie de rien, et se leva en murmurant quelques mots d'excuse.

Il retournerait voir si la fille était toujours là, pensa-t-il. Il espérait qu'elle n'y serait plus, parce que c'était un vilain tour qu'il lui avait joué là. Si elle y était encore, il devrait vraiment lui avouer que c'était une plaisanterie.

Elle était toujours là. Dès qu'il la vit, elle se mit à marcher avec sa valise vers le bureau circulaire des renseignements. Il l'observa contourner le bureau de renseignements puis revenir sur ses pas, repartir vers le même endroit près des portes, et changer de côté, comme si elle croyait avoir plus de chance par-là. Et la belle courbe aérienne de ses sourcils était à présent tendue dans une attente torturée, dans un espoir presque désespéré.

Mais il y avait toujours ce lambeau d'espoir, pensa-t-il en lui-même, et il sentit que c'était, en dépit de sa simplicité, la notion la plus puissante, la vérité la plus forte qu'il eût jamais rencontrée.

Il passa devant elle : cette fois elle lui lança un coup d'œil, et regarda immédiatement dans le lointain derrière lui. Elle contemplait l'autre côté de Lexington Avenue, et au-delà, l'espace entier. Ses yeux juvéniles et ronds devenaient brillants de larmes, remarqua--il.

Les mains dans les poches, il repassa lentement devant elle, en la regardant droit dans les yeux, et, quand elle lui jeta un regard irrité, il sourit. Ses yeux se posèrent à nouveau sur lui, pleins d'indignation et de colère, et il émit un petit éclat de rire qui lui échappa presque inconsciemment. Mais il aurait aussi bien pu pleurer, pensa-t-il. Il se trouvait simplement qu'il avait ri à la place. Il savait ce que la fille éprouvait. Il le savait exactement.

— Excusez-moi, dit-il.

Elle sursauta, et le regarda d'un air surpris et déconcerté.

— Excusez-moi, répéta-t-il, et il fit demi-tour.

Quand il regarda en arrière, elle le fixait toujours des yeux en fronçant les sourcils d'un air ahuri qui ressemblait presque à de la peur. Puis elle regarda ailleurs et, d'un air de supériorité, se dressa sur la pointe des pieds pour scruter la foule par-dessus les têtes qui s'agitaient — et la dernière chose qu'il vit d'elle, ce furent ses yeux brillants qui gardaient en eux cet espoir déterminé, insensé, désintéressé.

Alors, en remontant Lexington Avenue, il se mit à pleurer vraiment. A présent ses yeux étaient parfaitement identiques à ceux de la fille, il le savait ; brillants, pleins d'un espoir inflexible. Il releva fièrement la tête. Il avait sa lettre à Rosalind à écrire ce soir, et il se mit à la composer.

La terrapène

VICTOR entendit s'ouvrir la porte de l'ascenseur et résonner les pas rapides de sa mère sur le palier ; il referma vivement son livre. Il le fourra sous l'oreiller du sofa pour le cacher, et fit une grimace en l'entendant glisser entre le sofa et le mur et tomber par terre avec un bruit sourd. Déjà elle engageait sa clé dans la serrure.

« Bonjour, Vi-ictor-r ! cria-t-elle, en agitant un bras en l'air. L'autre bras entourait un gros sac en papier brun, et elle tenait à la main une poignée de petits sachets. Je suis allée chez mon éditeur et au marché, et aussi au marché aux poissons, lui dit-elle. Pourquoi n'es-tu pas en train de jouer dehors ? Il fait si beau, si beau aujourd'hui !

— Je suis sorti, dit-il. Un petit moment. Puis j'ai eu froid.

— Pouah ! Elle déballait le sac de provisions dans la minuscule cuisine contiguë à l'entrée. Tu es mala-ade, tu ne te rends pas compte ? Au mois d'octobre, tu as froid ? Je vois toutes sortes d'enfants qui jouent sur le trottoir. Et même, je crois, ce garçon que tu aimes bien. Comment s'appelle-t-il, déjà ?

— Je ne sais pas, dit Victor. Sa mère n'écoutait pas vraiment, de toute façon. Il enfonça les mains dans les poches de sa culotte courte, trop courte, la rendant ainsi encore plus étriquée, et se mit à marcher sans but, dans la salle de séjour, en regardant ses souliers lourds et éraflés. Au moins sa mère était obligée de lui acheter des souliers qui lui allaient, et il aimait assez bien ces souliers-là, parce qu'ils avaient des semelles plus épaisses que tous ceux qu'il avait eus avant, et que leur bout était lourd et un peu relevé, comme sur des chaussures d'alpiniste. Victor s'arrêta devant la fenêtre et regarda droit devant lui, de l'autre côté de la IIIe Avenue, où se dressait un immeuble brun clair. Sa mère et lui habitaient au dix-septième étage, l'avant-dernier, juste sous les mansardes. L'immeuble d'en face était encore plus haut que le leur. Victor préférait leur ancien appartement de Riverside Drive. Il aimait mieux l'ancienne école où il allait là-bas. Ici tout le monde riait de ses habits. A l'autre école, ils avaient fini par se fatiguer de se moquer de lui.

— Tu ne veux pas sortir ? demanda sa mère, entrant dans la salle de séjour et s'essuyant vivement les mains sur un sac en papier. Elle renifla ses paumes : Pouah ! Ça pue !

— Non, maman, dit Victor avec patience.

— C'est samedi aujourd'hui.

— Je sais.

— Tu sais réciter les jours de la semaine ?

— Bien sûr.

— Vas-y.

— Je ne veux pas les réciter. Je les sais. Il sentit des larmes commencer à lui piquer le bord des yeux. Il y a des années que je les sais. Des années et des années. Un gamin de cinq ans sait dire les jours de la semaine. »

Mais sa mère n'écoutait pas. Elle se penchait sur la table à dessin installée dans le coin de la pièce. La nuit d'avant, elle avait travaillé tard à quelque chose. Allongé sur son sofa à l'autre coin de la pièce, Victor n'avait pas pu s'endormir avant deux heures du matin, heure à laquelle sa mère était allée se coucher sur le canapé.

— Viens ici, Vi-ictor. Tu as vu ça ?

Victor arriva en traînant les pieds, les mains toujours dans les poches. Non, il n'avait même pas jeté un coup d'œil à sa table à dessin ce matin, il n'en avait pas eu envie.

— Ça, c'est Pedro, le petit âne. Je l'ai inventé la nuit dernière. Qu'est-ce que tu en penses ? Et celui-là, c'est Miguel, le petit Mexicain qui monte l'âne. Ils trottent et trottent à travers tout le Mexique, et Miguel croit qu'ils sont perdus, mais Pedro n'oublie jamais le chemin du retour...

Victor n'écoutait pas. Il ferma délibérément les oreilles, d'une manière qu'il avait apprise grâce à de nombreuses années de pratique, mais l'ennui, la frustration — il connaissait le mot « frustration » et avait lu tout ce qui s'y rapportait — lui agrippaient les épaules, pesaient comme une pierre sur son corps, faisaient monter la haine et les larmes jusqu'à ses yeux, comme si un volcan bouillonnait en lui. Il avait espéré que sa mère se rappellerait ce qu'il lui avait dit, à savoir que le garçon d'en bas, qui paraissait à peu près son âge, onze ans, et dont il avait voulu faire la connaissance, lui avait ri au nez, lundi après-midi. « Ils te font mettre les culottes de ton petit frère, ou quoi ? » Victor s'était éloigné sans rien dire, mortifié. Et si jamais ce garçon apprenait qu'il n'avait même pas de culottes plus longues, mêmes pas de culottes de golf, encore moins un *long* pantalon, même pas un blue jean ! Sa mère, pour on ne sait quelle absurde raison, voulait qu'il eût l'air « français », et lui faisait porter des culottes courtes et des chaussettes qui lui montaient jusqu'aux genoux, et des chemises ridicules à col arrondi. Sa mère voulait qu'il reste un petit garçon de six ans, pour toujours, toute sa vie. Elle aimait se servir de lui pour juger ses dessins. « Vi-ictor est mon banc d'essai », disait-elle parfois à ses amis. « Je montre mes dessins à Vi-ictor et *je sais* si les enfants les aimeront. » Souvent Victor disait qu'il aimait des histoires qu'il n'aimait pas, ou des dessins auxquels il restait indifférent, parce qu'il avait de la peine pour sa mère, et que cela la mettait de meilleure humeur s'il disait qu'il les aimait. Il était vraiment fatigué, maintenant, des illustrations pour livres d'enfants, si toutefois il les avait jamais aimées — il était parfaitement incapable de s'en souvenir — et à présent il préférait par-dessus tout les illustrations d'Howard Pyle pour certains livres de Robert Louis Stevenson, et celles de Cruikshank pour Dickens. Il était regrettable, pensait Victor, qu'il fût absolument la dernière personne dont sa mère aurait dû demander l'opinion, parce qu'il *détestait* tout simplement les illustrations pour enfants. Et il était curieux que sa mère ne s'en fût pas encore aperçue, parce que depuis des années et des années elle n'avait pas vendu de dessins, pas un seul depuis *Petites-Fossettes,* un livre dont la jaquette toute déchirée avait jauni au fil du temps, et qui était installé au milieu de la bibliothèque, dans un petit espace dégagé, appuyé bien droit contre le fond, pour que tout le monde puisse le voir. Ce livre avait été imprimé quand Victor avait sept ans. Sa mère aimait à raconter aux gens, et lui rappeler à lui aussi, qu'il lui avait dit ce qu'il voulait la voir dessiner, et qu'il l'avait observée faire chaque dessin, qu'il avait exprimé son avis selon qu'il riait ou pas, et qu'elle avait été absolument guidée par lui. Victor doutait beaucoup de cela, parce qu'en premier lieu l'histoire venait de quelqu'un d'autre et avait été écrite avant que sa mère ne fasse les dessins, et que naturellement ses dessins avaient dû suivre l'histoire. Depuis lors, sa mère n'avait produit que quelques dessins de temps à autre, destinés à des illustrés pour enfants, du genre « comment fabriquer des citrouilles et des chats noirs en papier pour Halloween[1] » et autres bagatelles ; mais malgré tout elle emportait toujours son carton à dessin chez des éditeurs. Leur argent venait de son père, qui était en France un homme d'affaires prospère, exportateur de parfums. Sa mère disait qu'il était très riche et très beau. Mais il s'était remarié, il n'écrivait jamais, et Victor ne s'intéressait pas à lui, il lui était même égal de ne jamais voir sa photo, et en fait il ne l'avait jamais vue. Son père était français avec un peu de sang polonais, et sa mère hongroise avec un peu de sang français. Le mot « hongrois » faisait rêver Victor de tziganes, mais quand un jour il avait interrogé sa mère à ce sujet, elle avait répondu énergiquement qu'elle n'avait rien à voir avec les tziganes, et avait paru contrariée que Victor eût pu soulever une telle question.

Et maintenant elle le sondait à nouveau, et lui donnait des petits coups dans les côtes pour le réveiller, tout en répétant :

— Ecoute-moi ! Laquelle des deux phrases préfères-tu, Vi-ictor ? « Dans tout le Mexique il n'y avait pas d'âne plus sage que le Pedro de Miguel », ou bien « Le Pedro de Miguel était l'âne le plus sage de tout le Mexique ».

— Je crois... que je préfère la première.

— C'est-à-dire, laquelle ? demanda impérieusement sa mère en tapant du plat de la main sur l'illustration.

Victor essaya de se rappeler la suite des mots, mais se rendit compte qu'il ne faisait que fixer des yeux les barbouillages de crayon et les empreintes de doigts sur les bords de la table à dessin de sa mère. Le dessin colorié, au centre, ne l'intéressait pas du tout. Il était non pensant. C'était à présent pour lui une sensation fréquente, fami-

1. Halloween, le soir du 31 octobre, la veille de la Toussaint, est en Amérique une fête célébrée surtout par les enfants. *(N.d.T.)*

lière, il y avait quelque chose d'excitant et d'important dans la non-pensée, Victor le sentait, et il se disait qu'un jour il trouverait des renseignements à ce sujet — peut-être sous un autre nom — à la bibliothèque municipale, ou dans les livres de psychologie qui traînaient à la maison et dans lesquels il furetait quand sa mère était sortie.

— Vi-ictor ! Qu'est-ce que tu fais ?

— Rien, maman !

— C'est exactement ça ! Rien ! Tu ne peux même pas *penser* ?

Une honte chaude se répandit en lui. C'était comme si sa mère lisait ses pensées à propos de la non-pensée. « Je pense, protesta-t-il. Je pense à la non-pensée. » Il avait pris un ton de défi. Que pouvait-elle bien faire contre ça, après tout ?

— A quoi ? Sa tête noire et bouclée se pencha, ses yeux fardés se concentrèrent sur lui.

— La non-pensée.

Sa mère mit sur ses hanches ses mains couvertes de bijoux. « Tu sais, Vi-ictor, ça ne va pas tout à fait bien dans ton petit cerveau. Elle hocha la tête. Tu es mala-ade. Psychologiquement mala-ade. Et retardé, tu ne te rends pas compte ? Tu as le comportement d'un petit garçon de cinq ans, dit-elle lentement et avec gravité. Tu as presque raison, dans le fond, de passer tes samedis à la maison. Qui sait, tu serais bien capable d'aller te jeter sous une voiture, hein ? Mais c'est pour ça que je t'aime, mon petit Vi-ictor. » Elle lui entoura les épaules de son bras, l'attira contre elle, et un moment le nez de Victor s'enfonça dans sa poitrine ample et douce. Elle portait sa robe de couleur chair, celle où on pouvait voir un peu à travers, là où les seins tendaient le tissu.

Victor éloigna la tête d'une secousse, plein d'émotions

diverses et contradictoires. Il ne savait pas s'il voulait rire ou pleurer.

Sa mère riait gaiement, la tête rejetée en arrière. « Malaade, voilà ce que tu es ! Regarde-toi ! Tu es toujours mon peti-it garçon, avec ses peti-ites culottes courtes. Ha ! Ha ! »

A présent les larmes devaient se voir dans ses yeux, supposait-il, et sa mère faisait comme si cela la réjouissait ! Victor détourna la tête, pour l'empêcher de voir ses yeux. Puis, brusquement, il lui fit face. « Tu crois que j'aime ces culottes ? C'est *toi* qui les aimes, pas moi, alors pourquoi faut-il que tu te moques de mes culottes ? »

— Un peti-it garçon qui pleure ! continua-t-elle, en riant.

Victor fonça vers la salle de bains, puis dévia de sa trajectoire et plongea sur le sofa, le visage caché dans l'oreiller. Il ferma ses yeux de toutes ses forces et ouvrit la bouche, pleurant mais non pleurant, selon une méthode qu'il avait apprise aussi grâce à une longue pratique. La bouche ouverte, la gorge serrée, restant sans respirer pendant presque une minute, il arrivait en quelque sorte à avoir la satisfaction de pleurer, et même de hurler, sans que personne s'en aperçoive. Il enfonça son nez, sa bouche ouverte, ses dents, dans l'oreiller rouge tomate du sofa, et malgré la voix de sa mère qui continuait sur un ton moqueur et indolent, et son rire qui continuait, il imagina que ces bruits s'affaiblissaient et s'éloignaient de lui. Tous les muscles tendus, il se figura qu'il endurait absolument les pires souffrances qu'un être humain pût supporter. Il s'imagina en train de mourir. Mais il ne considérait pas la mort comme une évasion, seulement comme un incident condensé et douloureux. Cela constituait le paroxysme de son non-pleurer. Puis il se remit à respirer, et la voix de sa mère fit irruption :

— Tu m'as entendue ? *Tu m'as entendue ?* Mme Badzerkian va venir prendre le thé. Je veux que tu te laves la figure et que tu mettes une chemise propre. Je veux que tu lui récites quelque chose. Alors, qu'est-ce que tu vas réciter ?

— *En hiver quand je vais au lit,* dit Victor. Elle lui faisait apprendre par cœur tous les poèmes des *Poésies pour les enfants sages* [1]. Il avait dit le premier qui lui était venu à l'esprit, et maintenant une dispute éclatait parce qu'il avait déjà récité celui-là la dernière fois. « Je l'ai dit parce que je n'en avais aucun autre en tête sur le moment ! » cria Victor.

— Pas la peine de me brailler à la figure ! cria sa mère, traversant la pièce et allant droit vers lui en pleine rage.

Elle le gifla avant qu'il eût compris ce qui se passait. Il était à demi allongé sur le dos, au milieu du sofa, appuyé sur un coude, ses longues jambes aux genoux saillants écartées devant lui. Très bien, pensa-t-il, puisque c'est comme ça, c'est comme ça. Il la regarda haineusement. Il ne montrerait pas que la gifle lui avait fait mal, ni qu'elle brûlait encore. Plus de larmes pour aujourd'hui, se jura-t-il, même plus de non-pleurer. Il finirait la journée, et subirait le thé, comme une pierre, comme un soldat, sans une grimace. Sa mère faisait les cent pas dans la pièce ; elle n'arrêtait pas de faire tourner une de ses bagues, lui jetait un coup d'œil de temps à autre, puis détournait vivement son regard. Mais lui gardait les yeux fixés sur elle. Il n'avait pas peur. Elle pouvait même le gifler encore une fois, ça lui était égal.

A la fin, elle annonça qu'elle allait se laver les cheveux, et elle entra dans la salle de bains.

Victor se leva du sofa et se promena dans la pièce. Si seulement il avait eu une chambre à lui pour s'y enfermer !

1. Il s'agit d'un recueil de R. L. STEVENSON, *A Child Garden of Verses (N.d.T.).*

Dans l'appartement de Riverside Drive, il y avait trois pièces, une salle de séjour, sa chambre, et celle de sa mère. Quand elle se trouvait dans la salle de séjour, il avait la possibilité d'aller dans sa chambre, et *vice versa,* tandis qu'ici... On allait démolir l'immeuble où ils avaient habité Riverside Drive. Ce n'était pas un sujet de méditation agréable pour Victor. Se rappelant soudain le livre qui était tombé, il écarta le sofa et tendit le bras pour l'attraper. C'était *L'Esprit humain* de Menninger, un livre plein de passionnantes histoires de cas typiques. Victor le remit à sa place dans la bibliothèque, entre un livre d'astrologie et *L'Art de dessiner.* Sa mère n'aimait pas le voir lire des livres de psychologie, mais Victor en raffolait, et spécialement de ceux qui contenaient des descriptions de cas typiques. Dans ces histoires, les gens faisaient ce qu'ils voulaient. Ils étaient naturels. Personne ne les contrôlait. A la bibliothèque du quartier, il passait des heures entières à fureter dans les rayons de psychologie. Ils se trouvaient dans la section des adultes, mais le bibliothécaire ne voyait pas d'inconvénient à sa présence, parce qu'il se tenait tranquille.

Victor alla dans la cuisine et prit un verre d'eau. Pendant qu'il restait là debout à le boire, il entendit un grattement qui venait d'un des emballages en papier posés sur le plan de travail. Une souris, pensa-t-il, mais après avoir déplacé plusieurs sacs il ne vit pas de souris. Le grattement venait de l'intérieur d'un des sacs. Délicatement, il ouvrit celui-ci avec ses doigts, puis se tint immobile, s'attendant à voir quelque chose s'en échapper d'un bond. Il regarda au fond, et vit une petite boîte en carton blanc. Il la sortit lentement. Le fond de la boîte était humide. Elle s'ouvrait comme une boîte à gâteaux. Victo
de surprise. C'était une tortue, renversée sur le d
tortue vivante. Elle agitait ses pattes en l'air, pour

de se retourner. Victor s'humecta les lèvres, et, fronçant les sourcils d'un air très appliqué, prit la tortue des deux mains par les côtés, la retourna, et la redéposa doucement dans la boîte. La tortue rentra alors ses pattes, sa tête s'allongea et se dressa un petit peu, et elle le regarda droit dans les yeux. Victor sourit. Pourquoi sa mère ne lui avait-elle pas dit qu'elle lui avait rapporté un cadeau ? Une tortue vivante. Les yeux de Victor se mirent à briller d'un plaisir anticipé à l'idée d'emmener la tortue dehors, peut-être avec une laisse autour du cou, et de la montrer au garçon qui s'était moqué de ses culottes courtes. Il changerait sans doute d'avis et voudrait devenir son ami, quand il s'apercevrait qu'il possédait une tortue.

— Hé, maman ! Maman ! cria Victor à la porte de la salle de bains. Tu m'as apporté une tortue ?

— Une quoi ? L'eau cessa brusquement de couler.

— Une tortue ! Dans la cuisine ! Victor s'était mis à sautiller dans l'entrée. Il s'arrêta.

Sa mère aussi avait hésité. L'eau recommença à couler, et elle prononça d'une voix stridente : « *C'est une terrapène ! Pour un ragoût* * *!* »

Victor comprit, et un léger frisson le parcourut, parce que sa mère lui avait parlé en français. Sa mère lui adressait la parole en français quand elle lui donnait un ordre auquel il fallait obéir, ou quand elle s'attendait à une résistance de sa part. Ainsi, la terrapène était destinée à un ragoût. Victor hocha la tête pour lui-même, avec une résignation abasourdie, et retourna à la cuisine. Pour un ragoût. Eh bien, la terrapène n'en avait plus pour longtemps dans ce monde, comme on dit. Qu'est-ce qu'une terrapène aimait bien manger ? De la laitue ? Du bacon

* En français dans le texte *(N.d.T.)*.

cru ? Des pommes de terre bouillies ? Victor scruta des yeux l'intérieur du réfrigérateur.

Il tint un morceau de laitue tout près de la bouche écaillée de la terrapène. La terrapène n'ouvrit pas la bouche, mais le regarda. Victor approcha la laitue tout près des deux petits points de ses narines, mais, si la terrapène la sentit, elle ne montra pas d'intérêt à son égard. Victor regarda sous l'évier et en retira une grande bassine. Il y versa cinq centimètres d'eau. Puis il déposa doucement la terrapène dans la bassine. La terrapène barbota quelques secondes, comme si elle était obligée de nager, puis, s'apercevant que son ventre reposait sur le fond de la bassine, elle s'arrêta, et rentra ses pattes. Victor s'agenouilla et étudia le visage de la terrapène. Sa lèvre supérieure dépassait légèrement au-dessus de l'inférieure, lui donnant ainsi une expression plutôt têtue et hostile, mais ses yeux... comme ils étaient clairs et brillants ! Victor sourit en les examinant attentivement.

— Très bien, *monsieur terrapène* *, dit-il, vous n'avez qu'à me dire ce que vous aimeriez manger, et on ira vous le chercher ! Peut-être un peu de thon ?

Ils avaient mangé de la salade de thon au dîner de la veille, et il en restait un peu dans un bol. Victor en saisit un petit morceau entre ses doigts et le présenta à la terrapène. Elle ne s'y intéressa pas. Victor parcourut des yeux la cuisine, d'un air interrogateur, puis, voyant le soleil qui tombait sur le plancher de la salle de séjour, il prit la bassine, la transporta dans la salle de séjour, et la plaça de manière que la terrapène reçoive la lumière sur le dos. Toutes les tortues aimaient le soleil, pensait Victor. Il s'étendit sur le côté, appuyé sur un coude, au milieu du plancher. La terrapène le contempla un moment, puis, très

* Ces deux mots en français dans le texte *(N.d.T.)*.

lentement, d'un air prudent et précautionneux, sortit ses pattes et avança, trouva la limite circulaire de la bassine et se dirigea vers la droite, avec la moitié de son corps qui émergeait de l'eau peu profonde. Elle voulait s'évader, et Victor la prit d'une seule main, par les côtés, en disant :

— Tu peux sortir et faire une petite promenade.

Il sourit quand la terrapène commença à disparaître sous le sofa. Il l'attrapa sans difficulté : elle avançait si lentement ! Quand il la déposa sur le tapis, elle resta parfaitement immobile, comme si elle s'était retirée en elle-même pour réfléchir à ce qu'elle devait faire ensuite, et décider où elle irait. Elle était d'un vert brunâtre. En la regardant, Victor songea aux fonds des rivières, aux eaux des fleuves qui coulaient. Ou peut-être aux océans. D'où venaient les terrapènes ? D'un bond il se releva et alla chercher le dictionnaire dans la bibliothèque. Le dictionnaire contenait une image de terrapène, mais c'était un dessin terne, en noir et blanc, pas aussi joli que la terrapène vivante. Il n'apprit rien du tout, sauf que le nom était d'origine algonquine, que la terrapène vivait dans de l'eau fraîche ou saumâtre, et qu'elle était comestible. Comestible. Eh bien, vraiment pas de chance, pensa Victor. Mais en tout cas il ne mangerait pas de terrapène ce soir. Il serait entièrement pour sa mère, ce ragoût, et même si elle le giflait et qu'elle lui faisait apprendre deux ou trois poèmes supplémentaires, il ne mangerait pas de terrapène ce soir.

Sa mère sortit de la salle de bains. « Qu'est-ce que tu fais là ? Vi-ictor ? »

Victor rangea le dictionnaire dans la bibliothèque. Sa mère avait vu la bassine. « Je regarde la terrapène », dit-il, et il s'aperçut alors que la terrapène avait disparu. Il se mit à quatre pattes et regarda sous le sofa.

— Ne la mets pas sur les meubles. Ça fait des taches,

dit sa mère. Debout dans le vestibule, elle se frottait vigoureusement les cheveux avec une serviette.

Victor trouva la terrapène entre la corbeille à papiers et le mur. Il la remit dans la bassine.

— Tu as changé de chemise ? demanda sa mère.

Victor changea de chemise, puis, sur l'ordre de sa mère, s'assit sur le sofa avec les *Poésies pour les enfants sages*, et s'attaqua à un autre poème, un tout nouveau, pour Mme Badzerkian. Il apprenait deux vers à la fois, en les lisant d'abord à voix basse pour lui-même, puis en les répétant, et ensuite il disait deux, quatre, six lignes d'une traite, jusqu'au moment où il savait le tout par cœur. Il le récita à la terrapène. Puis Victor demanda à sa mère s'il pouvait jouer avec la terrapène dans la baignoire.

— Non ! Pour éclabousser toute ta chemise ?

— Je peux remettre mon autre chemise.

— Non ! Il est presque quatre heures maintenant. Sors-moi cette bassine de la salle de séjour !

Victor ramena la bassine à la cuisine. Sans la moindre hésitation sa mère sortit la terrapène de la bassine, la remit dans la boîte blanche, ferma le couvercle, et fourra la boîte dans le réfrigérateur. Victor eut un léger sursaut quand la porte du réfrigérateur claqua. Il devait faire terriblement froid là-dedans pour la terrapène. Mais après tout, supposa-t-il, les eaux fraîches et saumâtres étaient sans doute froides aussi de temps en temps.

— Vi-ictor, coupe le citron, dit sa mère. Elle préparait le grand plateau rond, et y déposait les tasses et les soucoupes. L'eau frémissait dans la bouilloire.

Mme Badzerkian fut ponctuelle comme d'habitude, et sa mère servit le thé dès qu'elle eut déposé son manteau et son sac à main sur la chaise du vestibule et qu'elle se fut assise. Mme Badzerkian répandait un parfum de clous de girofle. Elle avait une petite bouche rectiligne, et au-dessus de sa lèvre supérieure une fine moustache qui fascinait Victor, car il n'en avait encore jamais vu chez une femme, jamais d'aussi près en tout cas. Il n'avait jamais parlé à sa mère de la moustache de Mme Badzerkian, sachant que tout le monde la considérait comme laide, mais bizarrement sa moustache était ce qu'il aimait le mieux chez elle. Le reste de sa personne était terne, inintéressant, et vaguement hostile. Elle faisait toujours semblant d'écouter attentivement ses récitations de poésie, mais il sentait bien qu'elle s'impatientait, qu'elle pensait à autre chose pendant qu'il parlait, et qu'elle était contente quand c'était fini. Ce jour-là, Victor récita parfaitement et sans aucune hésitation, debout au milieu de la salle de séjour, face aux deux femmes, qui à ce moment buvaient leur seconde tasse de thé.

— *Très bien* *, dit sa mère. Maintenant tu peux avoir un biscuit.

Victor choisit dans le plat un petit biscuit rond garni d'une goutte de gelée orange. Il garda les genoux bien serrés en s'asseyant. Il avait toujours l'impression que Mme Badzerkian regardait ses genoux, et avec dégoût. Souvent il souhaitait qu'elle fasse remarquer à sa mère qu'il était assez grand pour porter un pantalon, mais elle ne l'avait jamais fait, ou du moins pas en sa présence. Par la conversation de sa mère avec Mme Badzerkian, Victor comprit que les Lorentz viendraient dîner le lendemain soir. C'était probablement pour eux qu'elle allait préparer le ragoût à la terrapène. Victor fut content d'avoir la terrapène encore un jour pour jouer avec. Demain matin, pensa-t-il, il demanderait à sa mère s'il pouvait emmener la terrapène avec lui sur le trottoir pour un petit moment, soit en la tenant en laisse, soit dans la boîte en carton, si sa mère

* En français dans le texte *(N.d.T.)*.

insistait. « Comme un peti-it enfant ! » dit sa mère en riant, et en lui jetant un coup d'œil ; et Mme Badzerkian adressa à Victor un sourire entendu de sa petite bouche aux lèvres serrées.

Victor avait reçu la permission de se retirer, et il était assis à l'autre bout de la pièce sur le canapé, avec un livre. Sa mère racontait à Mme Badzerkian comment il avait joué avec la terrapène. Victor, les sourcils froncés, gardait les yeux baissés sur son livre, faisant semblant de ne pas entendre. Sa mère n'aimait pas qu'il ouvre la bouche, devant elle ou ses invités, une fois qu'on lui avait permis de se retirer. Mais maintenant voilà qu'elle l'appelait son « peti-it bé-ébé Vi-ictor... ».

Il se leva, gardant un doigt dans son livre pour marquer la page. « Je ne vois pas ce qu'il y a de puéril à regarder une terrapène », dit-il, le visage soudain empourpré de colère. « Ce sont des animaux très intéressants, ils... »

Sa mère l'interrompit par un éclat de rire, mais aussitôt le rire disparut et elle dit sévèrement : « Vi-ictor, je croyais t'avoir dit de te retirer. Est-ce vrai ou faux ? »

Il hésita, voyant en un éclair la scène qui aurait lieu dès que Mme Badzerkian serait partie. « Oui, maman, je te demande pardon », dit-il. Puis il se rassit et se pencha de nouveau sur son livre.

Vingt minutes plus tard, Mme Badzerkian s'en alla. Sa mère le gronda de s'être montré impoli, mais ce ne fut pas une grosse réprimande de cinq ou dix minutes comme il s'y attendait. Elle dura à peine deux minutes. Elle avait oublié d'acheter de la crème fraîche, et ordonna à Victor de descendre en chercher. Victor mit sa veste de laine grise et sortit. Il se sentait toujours gêné et avait peur de se faire remarquer avec cette veste, parce qu'elle lui arrivait juste un peu au-dessous de ses culottes courtes, et qu'on aurait pu croire qu'il ne portait rien sous sa veste.

Victor chercha des yeux Frank sur le trottoir, mais il ne le vit pas. Il traversa la IIIe Avenue et entra chez un traiteur dans le grand immeuble qu'il pouvait voir de la fenêtre de la salle de séjour. En revenant, il aperçut Frank qui marchait sur le trottoir en faisant rebondir un ballon. Cette fois, Victor alla directement vers lui.

— Hé, dit Victor, j'ai une terrapène là-haut.

— Une quoi ? Frank attrapa le ballon et s'arrêta.

— Une terrapène. Tu sais, comme une tortue. Je la descendrai demain matin pour te la montrer, si tu es là. Elle est plutôt grande.

— Ah ouais ? Pourquoi tu ne la descends pas tout de suite ?

— Parce qu'on va manger maintenant, dit Victor. Au revoir. Il rentra dans son immeuble. Il avait l'impression d'avoir réussi un exploit. Frank avait eu l'air vraiment intéressé. Victor aurait bien aimé descendre la terrapène tout de suite, mais sa mère n'aimait jamais le laisser sortir après la tombée de la nuit, et il faisait déjà pratiquement nuit.

Quand Victor arriva en haut, sa mère était encore dans la cuisine. Des œufs durs cuisaient, et elle avait mis une grande casserole d'eau sur un des brûleurs arrière de la cuisinière. « Tu l'as sortie de nouveau ! » dit Victor, en voyant la boîte de la terrapène sur le plan de travail.

— Oui. Je prépare le ragoût ce soir, dit sa mère. C'est pour ça que j'ai besoin de la crème.

Victor la regarda. « Tu vas la... tu es obligée de la tuer ce soir ? »

— Oui, mon petit. Ce soir. Elle secoua légèrement la casserole pleine d'œufs.

— Maman, je peux l'emmener en bas pour la montrer à Frank ? demanda rapidement Victor. Juste cinq minutes, maman. Frank est en bas maintenant.

— Qui est Frank ?

— C'est ce garçon dont tu m'as demandé le nom aujourd'hui. Le garçon blond qu'on voit toujours. S'il te plaît, maman.

Les sourcils noirs de sa mère se froncèrent. « Emmener la terrapène en bas ? Certainement pas. Ne sois pas stupide, mon petit chou ! La terrapène n'est pas un jouet ! »

Victor essaya d'imaginer un autre moyen de persuasion. Il n'avait pas encore enlevé sa veste. « Tu voulais que je devienne copain avec Frank. »

— Oui. Qu'est-ce que ça a à voir avec une terrapène ?

L'eau, sur le brûleur arrière, commençait à bouillir.

— Tu vois, je lui ai promis que je... Victor observa sa mère soulever la terrapène de la boîte, et au moment où elle la laissa tomber dans l'eau bouillante, sa bouche s'ouvrit toute grande. « Maman ! »

— Qu'est-ce que c'est ? Qu'est-ce que c'est que tout ce bruit ?

Victor, la bouche ouverte, fixait des yeux la terrapène dont les pattes se débattaient à toute allure contre la paroi de la casserole. La bouche de la terrapène s'ouvrit, un moment ses yeux regardèrent directement Victor, sa tête se cambra en arrière sous la torture, sa bouche ouverte s'engloutit dans l'eau bouillante, et ce fut la fin. Victor cligna des yeux. Elle était morte. Il s'approcha, et vit les quatre pattes, la tête et la queue allongées dans l'eau. Il regarda sa mère.

Elle s'essuyait les mains à une serviette. Elle lui jeta un coup d'œil, puis dit : « Pouah ! » Elle renifla ses mains, et suspendit la serviette à son crochet.

— Tu étais obligée de la tuer comme ça ?

— Comment faire autrement ? Exactement comme on tue les homards. Tu ne le savais pas ? Ça ne les fait pas souffrir.

Il la contempla d'un regard vide. Quand elle commença à le caresser, il fit un pas en arrière. Il pensa à la bouche grande ouverte de la terrapène, et ses yeux s'inondèrent soudain de larmes. Peut-être que la terrapène avait hurlé à mort et qu'on ne l'avait pas entendue à cause du bouillonnement de l'eau. La terrapène l'avait regardé, elle l'avait supplié de la tirer de là, et il n'avait pas bougé pour l'aider. Sa mère lui avait joué un sale tour, et l'avait fait si vite qu'il n'avait pas pu la sauver. Il recula encore d'un pas. « Non, ne me touche pas ! »

D'un geste brusque, sa mère le gifla violemment.

Victor serra les mâchoires. Puis il fit demi-tour, alla vers le placard, jeta sa veste sur un cintre et la suspendit. Il entra dans la salle de séjour et plongea sur le sofa. Il ne pleurait pas, à présent, mais sa bouche s'ouvrit contre l'oreiller du sofa. Alors il se souvint de la bouche de la terrapène, et referma les lèvres. La terrapène avait souffert, autrement elle n'aurait pas remué les pattes aussi terriblement vite pour essayer de sortir. Puis il pleura, sans bruit, comme la terrapène, la bouche ouverte. Il mit les deux mains sur son visage, pour ne pas mouiller le sofa. Au bout d'un long moment, il se leva. Dans la cuisine, sa mère fredonnait, et toutes les deux ou trois minutes il entendait ses pas rapides et décidés tandis qu'elle vaquait çà et là à son travail. Victor avait de nouveau serré les dents. Il marcha lentement vers la porte de la cuisine.

La terrapène se trouvait sur la planche à découper, et sa mère, après lui avoir jeté un coup d'œil, toujours en fredonnant, prit un couteau et appuya sur sa lame, coupant les petits ongles de la terrapène. Victor ferma les yeux à demi, mais ne cessa pas d'observer. Les ongles, avec les petits morceaux de peau qui y restaient attachés, sa mère les fit glisser de la planche et les rassembla dans sa paume, puis les jeta dans le sac à ordures. Ensuite, elle retourna la terrapène sur le dos, et, avec le même couteau aiguisé et pointu, elle commença à détacher la pâle carapace ventrale. Le cou de la terrapène était incliné sur le côté. Victor voulut détourner les yeux, mais il continua de regarder fixement. A présent les entrailles de la terrapène étaient toutes exposées, rouges, blanches et verdâtres. Victor n'écoutait pas ce que sa mère racontait, à propos de la façon dont on préparait les terrapènes en Europe, avant qu'il ne fût né. Elle parlait d'une voix douce et apaisante, sans aucun rapport avec ce qu'elle faisait.

« Eh bien quoi ! Ne me regarde pas comme ça ! lui lança-t-elle soudain, en frappant du pied. Qu'est-ce que tu as ? Tu es fou ? Oui, je le pense bien ! Tu es mala-ade, tu ne te rends pas compte ? »

Victor ne put rien toucher de son souper, et sa mère ne réussit pas à le forcer, même lorsqu'elle le secoua par les épaules et menaça de le gifler. Il y avait sur la table des toasts de viande à la sauce. Victor ne dit pas un mot. Il se sentait très loin de sa mère, même quand elle lui criait à la figure. Il se sentait très bizarre, comme quelquefois quand il avait mal au ventre, mais il n'avait pas mal au ventre. Quand ils allèrent se coucher, il eut peur du noir. Il vit le visage de la terrapène en gros plan, avec sa bouche ouverte, ses yeux écarquillés de douleur. Victor aurait voulu se jeter par la fenêtre et planer, aller partout où il voulait, disparaître tout en étant partout. Il imagina les mains de sa mère sur ses épaules, ces mains qui le ramèneraient en arrière d'une secousse, s'il essayait de se jeter par la fenêtre. Il haïssait sa mère.

Il se leva et alla rapidement à la cuisine. La pièce était absolument noire, puisqu'il n'y avait aucune fenêtre, mais il plaça la main avec précision sur le râtelier à couteaux et tâta doucement pour trouver le couteau qu'il voulait. Il pensa à la terrapène qui était maintenant coupée en petits morceaux, tous mélangés à la crème, aux jaunes d'œufs et au madère, dans la sauce, dans la casserole, à l'intérieur du réfrigérateur.

Le cri de sa mère ne fut pas silencieux, il sembla lui arracher les oreilles. La deuxième fois il la frappa en plein corps, puis il lui taillada de nouveau la gorge. Seule la fatigue le fit s'arrêter, et à ce moment des gens essayaient déjà d'enfoncer la porte. Victor se dirigea enfin vers celle-ci, fit glisser la chaîne du verrou, et ouvrit pour les laisser entrer.

On l'emmena dans un grand immeuble ancien plein d'infirmières et de docteurs. Victor se montra très calme, fit tout ce qu'on lui demandait, et répondit à toutes les questions qu'on lui posait, mais seulement à ces questions-là, et comme personne ne lui demandait rien à propos d'une terrapène, il n'en dit pas un mot.

Quand la flotte était à Mobile

La bouteille de chloroforme à la main, Géraldine contemplait l'homme endormi sur la terrasse couverte à l'arrière de la maison. Elle pouvait entendre son souffle, par inspirations profondes et brèves expirations, traverser sa moustache avec un petit sifflement : quand il respirait ainsi, elle était certaine qu'il ne se réveillerait pas avant midi sonné. Il dormait depuis qu'il était rentré, à l'aube, et à sa connaissance jamais rien n'était parvenu à le réveiller dans la matinée quand il avait passé la nuit à boire, non, jamais rien. Assurément, c'était maintenant le moment.

Les pieds chaussés seulement de ses bas de soie, elle courut au tiroir à chiffons situé en bas des placards de la cuisine, et déchira une vieille serviette usée en deux morceaux, un grand et un plus petit. Elle plia le grand chiffon en un carré bien épais, et, après un instant de réflexion, alla à l'évier et l'humecta ; puis, avec quelque difficulté à cause de ses mains qui s'étaient mises à trembler, elle l'attacha devant son nez et sa bouche avec la ceinture en tissu de la robe qu'elle venait de repasser et d'étendre pour la mettre. Ensuite elle prit le marteau dans le tiroir à outils, au cas où elle en aurait besoin, et sortit sur la terrasse couverte. Elle amena la chaise droite tout près du lit, s'assit, déboucha la bouteille et imbiba le petit chiffon. Elle tint le chiffon quelques instants au-dessus de la poitrine de l'homme, puis le descendit lentement vers son nez. Clark ne bougea pas. Mais cela devait bien lui faire quelque chose, pensa-t-elle, car elle-même pouvait la sentir, cette odeur douceâtre et nauséabonde pareille à celle des fleurs funéraires, à la mort elle-même.

Derrière elle, elle entendit leur chien Rouquin gémir comme il le faisait toujours au milieu d'un bâillement, puis grogner en se retournant et en s'affalant à un endroit plus frais sur le côté de la maison. Elle pensa : tout le monde croit que le chloroforme est destiné à Rouquin, alors qu'il dort tranquillement là-bas, toujours bien vivant malgré ses quatorze ans.

Clark hocha la tête plusieurs fois, comme pour lui donner son assentiment, et, comme si elle ne faisait qu'un avec lui, sa main et son corps rigide suivirent les mouvements de son nez, tandis qu'en elle une voix hurlait : *S'il y avait une autre solution, je n'aurais jamais songé à faire ça, mais il ne veut même pas me laisser sortir de la maison !*

Et elle pensa à Mme Trelawney, qui avait approuvé de la tête quand elle lui avait confié son intention d'endormir Rouquion, parce que cela devenait trop dangereux pour les étrangers qui passaient par-là, avec Rouquin qui les mordait de son unique canine.

Elle scruta attentivement la tempe de Clark, où le sang battait au fond d'une veine sinueuse et verte qui suivait le bord de ses cheveux, et dont le dessin lui avait toujours rappelé les méandres du Mississippi sur une carte. Puis le chiffon heurta le bout du nez de Clark, et il tourna la tête de côté ; mais sa main continuait quand même de suivre le nez, comme si elle ne pouvait pas l'en éloigner, et peut-être n'aurait-elle vraiment pas pu même si elle l'avait voulu. Mais les cils noirs ne bougèrent pas du tout, et elle se rappela combien autrefois elle avait trouvé Clark distingué, avec les creux de chaque côté de son front haut et mince, ses cheveux noirs plantés sur sa tête comme des buissons sauvages, et sa moustache noire, si épaisse qu'elle était démodée ; mais qui lui allait bien, comme ses vestes de l'ancien temps taillées sur mesure, et ses bottes à bouts carrés.

Elle regarda le réveil gris qui avait observé tout le spectacle de son étagère, depuis environ sept minutes maintenant. Combien de temps cela prenait-il ? Elle ouvrit la bouteille et en versa davantage jusqu'à ce qu'elle sentît la fraîcheur sur sa paume, puis replaça sa main sous le nez. Le pouls battait toujours, mais le souffle devenait plus court et plus faible. Son bras lui faisait si mal que, pour essayer de penser à autre chose, elle détourna les yeux et regarda à travers la moustiquaire qui entourait la terrasse. Un coq chanta du côté de l'étable, comme à l'aube d'un jour nouveau, pensa-t-elle en se remémorant une chanson ; puis elle compta vingt tic-tac au réveil, un pour chacun des vingt ans qu'elle avait, et le regarda : cela faisait douze minutes maintenant. Quand elle regarda de nouveau Clark, le pouls avait cessé de battre à sa tempe. Mais il ne fallait pas se laisser duper pour autant, pensa-t-elle, et elle observa plus intensément les poils de ses narines, qui ne remuaient pas et n'auraient peut-être pas remué de toute façon, mais à présent elle n'entendait plus le moindre souffle. Alors elle se leva, et, après un instant de réflexion, plaça le chiffon sur la moustache noire et le laissa là. Elle contempla le bras étendu au-dessus du drap, et la main, une main bien faite, avait-elle toujours pensé, malgré tous ses poils, et qui portait au petit doigt un anneau doré, l'alliance de sa mère, à ce qu'il disait ; mais c'était bien cette même main gauche qui l'avait frappée maintes fois, et elle avait sans doute senti aussi l'alliance. Elle resta là debout plusieurs secondes, sans savoir pourquoi, puis elle courut à la cuisine et enleva vivement son tablier et sa robe de ménagère.

Elle mit la robe d'été à fleurs que délibérément elle n'avait jamais portée beaucoup avec Clark, parce qu'elle lui rappelait les jours les plus heureux qu'elle avait passés à Mobile, et, d'une secousse des épaules, mit en place les manches courtes froncées ; ce geste, à la fois familier et presque oublié, lui fit pratiquement retrouver son ancienne personnalité. Sans avoir pris le temps d'agrafer la robe, elle courut sur la pointe des pieds à la terrasse couverte, et constata que le chiffon était toujours sur sa bouche. Pour ne pas faire les choses à moitié, elle versa le reste de la bouteille sur le chiffon. Et le marteau n'avait-il pas l'air absurde désormais ? Elle le prit et le remit dans le tiroir.

Quand elle fut entièrement habillée et qu'il ne lui restait plus qu'à se maquiller, elle enleva le chiffon de son visage, et ouvrit la fenêtre de sa chambre aussi largement que possible. Elle recula de quelques pas devant le miroir de la commode, s'examina avec inquiétude, puis avança et traça de larges courbes de rouge sur sa lèvre supérieure, à la manière qu'elle aimait, laissa tomber un nuage de poudre sur son nez et l'étala rapidement dans tous les sens. Ses joues étaient si arrondies maintenant qu'elle se serait à peine reconnue, pensa-t-elle, mais elle ne semblait pas trop grassouillette, juste assez pour sa taille. Elle avait gardé ce mélange, que tout le monde trouvait unique, de séduction et de jeunesse épanouie, et combien de filles pouvaient se vanter d'avoir ça ? Combien de filles avaient reçu des demandes en mariage de la part d'un fils de ministre, ce qui lui était arrivé à Montgomery, et avaient ensuite connu la vie qu'elle avait menée à Mobile, quand elle était l'idole de la flotte ? Elle adressa un rire malicieux à son image dans le miroir — mais sans faire de bruit — et même si elle avait ri vraiment, qui aurait bien pu l'entendre ? — et, avec les paumes des mains, elle secoua légèrement ses boucles châtain clair pour les mettre en place. C'était là un geste superflu, puisqu'elle venait de boucler ses cheveux au fer le matin même, juste après le retour de Clark, et qu'elle avait réussi sa coiffure à merveille comme toujours, tout en sachant exactement, durant tout ce temps, ce qu'elle allait faire à Clark. Et avait-elle emporté son fer à friser ?

Elle sortit sa vieille valise noire cachée sous l'évier derrière un rideau, et trouva le fer à friser posé dessus. Elle revint dans la chambre à coucher prendre son sac à main. Ses cigarettes. Elle courut chercher le paquet de Lucky Strike oublié à côté du porte-savon dans la cuisine ; un moment ses dents de devant régulièrement espacées mordirent sa lèvre inférieure, ses sourcils tracés au crayon se soulevèrent avec un frisson de regret, tandis qu'elle regardait pour la dernière fois le ruban de dentelle rouge qu'elle avait fixé avec des punaises autour de l'étagère pour l'embellir, et qui n'avait pas provoqué la moindre réaction de la part de Clark. Puis elle se retourna, traversa la terrasse couverte et sortit.

Rouquin l'appela en gémissant ; elle laissa tomber la valise et revint en courant à la maison avec la gamelle vide du chien, prit dans la boîte à pain un gros quignon rassis qu'elle émietta, et qu'elle recouvrit ensuite de la graisse raclée au fond de la poêle à frire, à quoi elle ajouta encore, avec une insouciante extravagance, le reste du ragoût de bœuf. Rouquin ne serait-il pas surpris devant un tel amas de nourriture à onze heures du matin ? Rouquin fut si surpris qu'il se dressa sur ses pattes et s'approcha en frétillant de la queue, de cette vieille queue rousse si fine et si dentelée qu'elle faisait penser au panache d'un coq.

En sautillant pour éviter les flaques d'eau rougeâtre, elle courut gracieusement, dans ses escarpins à hauts talons en lézard gris, le long des ornières d'un chemin qui traversait le pré à l'ouest de la maison. Elle se sentait heureuse comme une alouette ce matin, avec ses plus beaux souliers, qui n'étaient sûrement pas pratiques du tout pour voyager, supposa-t-elle, à cause de leurs bouts et de leurs talons découverts, mais qu'elle avait tant de plaisir à porter ! A la lisière du bosquet, elle se retourna et regarda en arrière vers la ferme. Ce n'était pas l'heure du jour qu'elle préférait. Ce qu'elle aimait, c'était le moment qui précédait immédiatement le coucher du soleil et celui qui venait juste après l'aube, quand le soleil embrasait le sommet de chaque chose, que la rase campagne était parsemée de brillantes petites îles vertes, et que les vaches en train de paître avaient des stries de rouge sur leur dos plat. Rouge et vert comme un arbre de Noël, avait-elle dit quatorze mois auparavant, lorsqu'elle était arrivée là pour y vivre avec Clark, et la campagne était toujours si fraîche et si douce, comme après une ondée quand le soleil vient de réapparaître. Désormais ce sera Noël tous les jours, avait-elle ajouté, se sentant comme à la fin d'un film. Ses dents mordirent tristement sa lèvre pour prolonger encore ce délicieux moment d'apitoiement sur son sort. Adieu, la longue maison brune, adieu l'étable, le poulailler et la petite baraque des cabinets !

Comme elle savait que l'autocar en direction du nord ne passerait pas avant presque une heure, elle traversa la grand-route et pénétra dans les autres bois, où coulait un ruisseau ; elle s'assit et enleva la boue de ses talons avec un mouchoir en papier. La fumée de sa cigarette avait exactement la même couleur que les guirlandes de mousse qui pendaient aux arbres. Elle s'élevait avec une telle lenteur et une telle continuité qu'elle aurait pu se croire en train de bavarder quelque part dans un beau salon. Elle se leva d'un bond au bruit d'un moteur, mais ce n'était qu'un gros camion-citerne qui venait de la Nouvelle-Orléans ; puis elle entendit vraiment l'autocar prendre le virage en vrombissant, et sa méprise au sujet du camion-citerne lui parut soudain absurde, parce qu'à présent son cœur bondissait comme si l'autocar représentait tout le bonheur du monde ; et, avant d'avoir pu s'en rendre compte, elle se trouvait déjà sur la route et agitait le bras. Combien, combien de fois n'avait-elle pas regardé passer l'autobus sans pouvoir l'attraper !

— Où allez-vous, madame ? demanda le chauffeur.

Elle faillit dire « Mobile », mais rit et répondit « Birmingham » à la place. C'était l'endroit où vivait sa sœur. « Mais je voudrais m'arrêter d'abord à Alistaire. » Alistaire n'était qu'une petite ville du nord de la Louisiane où elle avait jadis passé une nuit avec ses parents quand elle était encore enfant, et elle avait décidé de s'arrêter là quelques heures avant de poursuivre jusqu'à Birmingham. Elle paya avec le billet de dix dollars qu'elle avait pris dans la poche de Clark ce matin-là. En plus de cela, elle avait neuf dollars qu'elle avait économisés sur l'argent des commissions pendant la période où Clark l'avait laissée aller avec les Trelawney à Etienne Station.

L'autocar était si bondé qu'il y avait trois ou quatre personnes debout, mais quand elle avança dans l'allée centrale un jeune homme en salopette bleue se leva immédiatement et lui céda sa place. « Merci, monsieur », dit-elle.

— De rien, madame, répondit le jeune homme, qui resta débout près d'elle dans l'allée.

La femme assise à côté d'elle tenait sur ses genoux un petit garçon endormi, dont la tête ronde appuyait contre la cuisse de Géraldine. Dans un moment, pensa-t-elle, elle poserait à la femme une question sur son enfant, mais elle ne savait pas encore laquelle. Desserrant l'écharpe en imitation de zibeline qu'elle portait au cou — elle venait de se rendre compte, à la tache bleu sombre sous le bras du jeune homme, qu'il faisait vraiment très chaud aujourd'hui — Géraldine s'enfonça dans son fauteuil pour bien profiter du voyage. Elle adressa un sourire au jeune homme, qui lui sourit à son tour, et elle pensa : comme les gens sont gentils dans cet autocar, et rien qu'à la voir ils savent qu'elle est tout aussi gentille qu'eux. Et puis, quel soulagement c'était de ne pas avoir Clark avec elle, lui qui l'aurait accusée de vouloir coucher avec le jeune homme en salopette bleue simplement parce qu'elle avait accepté sa place ! Elle secoua la tête comme pour se lamenter sur son sort, sentit une boucle se défaire au-dessus de son oreille, et la remit négligemment en place. Et il l'aurait accusée de flirter avec M. Trelawney, alors que tout le monde savait que Mme Trelawney était sa meilleure amie et qu'elle les accompagnait toujours quand ils allaient en ville, et qu'elle ne l'avait jamais rencontré qu'à ce moment-là.

« *Les femmes qui couchent avec dix hommes à la fois ne peuvent jamais avoir d'enfants !* » cria Clark d'une voix tonitruante, de l'intérieur des cabinets, avant d'en claquer la porte derrière lui à grand fracas ; nerveusement, Géraldine se pencha vers la femme assise à côté d'elle et demanda : « Vous avez beaucoup d'enfants ? » La femme lui lança un regard si insistant et si bizarre que Géraldine faillit éclater de rire tout haut malgré elle avant de s'entendre répondre :

— Quatre. C'est bien assez.

Géraldine acquiesça, et leva les yeux vers le jeune homme debout à côté d'elle, qui changea de place et lui adressa un sourire, laissant voir ses gencives roses et ses grosses dents blanches où manquaient une molaire supérieure. Jeune, timide et solitaire, pensa Géraldine, presque aussi bien bâti que les jeunes marins de Mobile, mais pas aussi beau que la plupart ; néanmoins elle s'écarta de lui, parce que la salopette semblait frotter contre son épaule d'une manière qu'elle n'aimait pas, ou bien devenait-elle tout aussi puritaine que Clark ? Oh oui ! si on l'interrogeait, elle leur dirait à quel point Clark ressemblait à une espèce de vieille fille pudibonde. Il ne remplissait même pas ses devoirs conjugaux ; non qu'elle y attachât de l'importance, mais elle avait entendu dire que beaucoup de femmes demandaient le divorce uniquement pour cette raison. Et ensuite il l'accusait, *elle,* de ne pas pouvoir avoir d'enfants ! Tout le monde, dans les environs d'Etienne Station, savait que Clark était bizarre. Il avait fait de la prison, dans sa jeunesse, pour avoir escroqué un associé ; et, il n'y avait pas si longtemps, les gens s'en souvenaient encore, on l'avait de nouveau coffré parce qu'il prêchait la religion, mais en tonnant comme un fou furieux, et qu'il avait failli tuer un homme qui n'était pas d'accord avec lui. Géraldine croisa les jambes et tira sur les pans de sa robe.

L'autocar lui donnait une impression de sécurité et de puissance, comme si elle se trouvait au centre d'une montagne, ou qu'elle était éveillée à l'intérieur d'un rêve assez lourd et agréable, qui n'allait jamais s'arrêter. Elle pourrait y rester jusqu'à ce qu'elle n'ait plus d'argent, puis elle descendrait et trouverait un emploi quelque part. Elle reprendrait son nom de jeune fille, Géraldine Ann Lewis, si simple et si clair, et louerait un petit appartement meublé ; tous les soirs elle ferait de la cuisine en trottinant çà et là, elle irait au cinéma peut-être une fois par semaine, et à l'église tous les dimanches matin ; et elle se montrerait très prudente dans ses relations avec les autres, spécialement avec les hommes.

La tête du petit garçon appuya plus fort contre sa cuisse, l'autocar prit un virage, et elle vit qu'ils approchaient d'une ville. Une ville inconnue, pensa-t-elle avec excitation, mais en fait elle la connaissait. C'était Dalton.

Et si l'on prenait la peine de lui demander pourquoi elle avait accompli son acte, supposa-t-elle en se frayant un chemin dans l'allée centrale avec sa valise, elle leur raconterait toute l'histoire, leur expliquerait comment Clark lui avait déclaré qu'il l'aimait et lui avait demandé de l'épouser et de venir vivre avec lui dans sa maison près d'Etienne Station, au nord de La Nouvelle-Orléans ; comment elle avait fait la cuisine et le ménage, et s'était comportée comme la meilleure des épouses ; et comment, à mesure que les mois passaient, elle avait compris que Clark la détestait et ne l'avait épousée que pour la tourmenter sans arrêt, et — elle le voyait clairement à présent — qu'il avait choisi exprès une femme venant d'un endroit comme le Star Hotel pour pouvoir bien lui tenir la bride et se sentir supérieur. Elle enfonça deux pailles dans le trou de la boîte de lait qu'elle venait d'acheter.

— Hé, t'as perdu ta langue, la fille ? C'était le jeune homme en salopette bleue qui se penchait vers elle en souriant, et la brusque irruption de sa voix grasseyante lui fit penser d'abord à un homme qui s'était incliné vers elle pour lui dire quelque chose dans un champ où un jour elle était allée avec son père regarder le battage du blé, puis aux voix des marins de Mobile, et la peur la transperça de haut en bas comme une aiguille avant qu'elle eût pu se demander pourquoi elle avait songé à ce champ de blé qui ne lui était plus jamais revenu à l'esprit depuis ; elle se détourna, laissant sa monnaie sur le comptoir sans savoir si elle était à lui ou à elle, et répondit, d'une voix étrangement essoufflée :

— Je ne peux vraiment pas parler maintenant !

L'autocar roulait déjà depuis plusieurs minutes quand elle s'aperçut que le jeune homme n'y était pas remonté. S'il s'était trouvé une fille à Dalton, elle souhaitait pour lui que ce soit une brave fille. Mais peut-être rentrait-il simplement chez ses parents, pourquoi donc se mettait-elle en tête qu'il allait voir une fille ? Il lui faudrait cesser d'avoir des idées comme ça dès qu'elle serait assez loin de Clark. Clark ne voulait même plus la laisser aller en voiture à Etienne Station avec les Trelawney. Elle pourrait les informer de ce qui s'était passé la dernière fois qu'elle était partie avec les Trelawney, quand Clark avait disparu quelque part pendant deux jours, et qu'il n'y avait plus rien à manger à la maison. Il avait fait tomber les sacs de provisions de ses bras et l'avait giflée, du plat et du revers de la main, sans dire un mot, jusqu'au moment où elle s'était tout simplement écroulée sur les provisions, en pleurant toutes les larmes de son corps. Et la cicatrice de la boucle de ceinture, ça elle pourrait le leur montrer.

Sans la regarder, elle massa la cicatrice en forme d'U sur le dos de sa main. Depuis qu'elle était montée dans l'autocar, ses mains n'étaient jamais restées tranquilles : ses longs doigts étaient recourbés en arrière, et elle appuyait ses douces paumes contre chaque côté de son sac à main, pour les laisser aussitôt s'envoler vers quelque autre perchoir, comme si elle ne cessait de chercher à bien les poser pour une photo. Ses escarpins de lézard se tenaient bien droits côte à côte sur le plancher vibrant.

Le prochain arrêt était à Alistaire. Elle ne se rappelait pas grand-chose de cette ville, à part le nom. Peut-être la ville avait-elle beaucoup changé en dix ans, mais le nom lui suffisait, ainsi que le souvenir d'y avoir passé une de ces nuits heureuses et sans souci dans une petite pension de famille, avec ses parents, pendant les vacances un été. Comme le soleil était déjà très bas, elle décida d'y faire halte pour la nuit et de repartir le lendemain de bonne heure, comme son père disait souvent quand ils voyageaient en voiture. « Où est-ce qu'on va dormir *cette nuit*, à ton idée, papa ? » demandaient-elles, elle ou sa sœur Gladys, assises sur le siège arrière, avec les couvertures kaki, le panier à pique-nique et presque toujours une pastèque, qui s'y trouvaient ficelés et rangés dans un ordre si parfait que c'était un plaisir de simplement se glisser dans le petit espace à côté de sa sœur. Son père répondait : « Dieu seul le sait, ma chérie, ou encore : Je crois qu'on arrivera chez Tante Doris dans la soirée, Gerrie. Tu te souviens de ta Tante Doris ? » Et c'était presque aussi excitant qu'une nouvelle pension de famille, parce qu'elle avait sans doute oublié la maison de sa tante depuis l'année précédente. Et ne lui plairait-il pas d'oublier aussi la maison de Clark en l'espace d'un an ? Mais la mémoire ne fonctionnait plus comme cela une fois qu'on était adulte, elle le savait bien. Au bout de quatorze mois, elle ne se rappelait que trop précisément le Star Hotel, chacune des dalles hexagonales du carrelage brun et blanc dans le hall qui puait toujours le désinfectant comme une clinique, et la vue qu'elle avait de la fenêtre de sa chambre, l'étoile en néon suspendue au-dessus de l'entrée.

Non loin de la gare routière, elle trouva une maison entourée d'une pelouse où une pancarte indiquait des chambres à louer ; et, bien que la femme parût un peu méfiante, d'abord parce qu'elle n'avait pas de voiture et ensuite parce qu'elle n'avait pas d'homme avec elle — mais qu'y avait-il donc de suspect à *ne pas* avoir d'homme ? — elle se retrouva bientôt avec à sa disposition, pour elle toute seule, une chambre donnant sur la rue, propre et meublée avec beaucoup de goût. Géraldine prit un bain dans la salle de bains au bout du couloir, et leva le gant de toilette pour laisser l'eau couler et caresser ses bras, ses jambes et tout son corps, en pensant : « C'est la première fois depuis si longtemps que tu m'appartiens entièrement ! »

Elle mit sa chemise de nuit et alla tout de suite au lit, parce qu'elle voulait rester étendue dans le noir et réfléchir. Probablement personne ne trouverait Clark avant trois jours, pensa-t-elle. Il devait livrer ses fromages à Etienne Station le lendemain, mais on avait l'habitude de le voir arriver un jour en retard quand il était en virée. Et comme c'était aujourd'hui jeudi, les Trelawney ne passeraient sans doute pas là-bas avant samedi, quand ils iraient en ville, s'ils y allaient ce jour-là.

« *Je t'ai épousée pour t'aider, mais la vérité n'est pas en toi. Tu es la première âme humaine absolument mauvaise que j'aie jamais vue, et c'est pour ma damnation éternelle que je suis marié avec toi !* »

Elle écarta les jambes nerveusement sous le drap, puis les referma comme des ciseaux. Les draps frais et amidonnés émirent un grand bruissement. Elle appuya plus fort du bout des doigts sur ses cuisses. Sa mère, à Montgomery, dirait : « Eh bien, tu as quand même réussi à grossir un peu, hein, ma fille ? » Géraldine se tourna sur le côté et laissa rouler quelques larmes par-dessus l'arête de son nez et sur l'oreiller, parce qu'il y avait presque un an maintenant que sa mère était morte. Le vent soupira et releva le bas des rideaux, les maintint comme tendus vers elle un moment, puis les fit tournoyer comme deux capes. Et elle laissa encore couler quelques larmes, en pensant à l'appartement qu'elle avait partagé avec Marianne à Mobile, et en se rappelant combien elles se sentaient jeunes et heureuses ensemble quand la flotte avait débarqué pour la première fois. Oh, elle leur raconterait toute l'histoire de Mobile aussi, s'ils voulaient l'interroger là-dessus, elle n'avait absolument pas de quoi rougir. C'étaient les législateurs eux-mêmes, et la police qui en tirait profit, qui devraient avoir honte.

Toutefois elle ne leur parlerait pas de Doug, parce que ce n'était pas de sa faute. Elle dirait qu'elle était arrivée au Star Hotel par hasard, au moment où elle n'avait plus d'autre endroit où vivre, ce qui était vrai. Elle s'imaginait en train de tout raconter à un juge solennel aux cheveux gris, en lui demandant de donner lui-même son avis sur ce qu'elle aurait bien pu faire d'autre — jusqu'à cette minute précise, ici et maintenant, où elle était couchée dans une étrange petite pension — et elle pouvait l'entendre lui assurer qu'elle n'aurait pas pu agir autrement. Elle était arrivée à Mobile avec son amie Marianne Hugues, de Montgomery, pour trouver un emploi dans une usine dès leur sortie du collège, mais elles avaient dû se mettre à travailler comme serveuses en attendant qu'il y ait de la place dans les usines. Marianne et elles avaient loué ensemble un petit appartement, et elle pouvait à ce moment-là envoyer quinze dollars par semaine à sa mère. Elles n'étaient là que depuis très peu de temps quand la flotte avait débarqué. Pas vraiment la flotte, juste deux croiseurs et un torpilleur qui faisaient escale pour des réparations, mais soudain la ville fut pleine de marins et d'officiers, tout fonctionnait à plein rendement nuit et jour, et Marianne avait l'habitude de la réveiller tous les matins à six heures moins le quart en criant : « Debout, ma petite chérie, la flotte est à Mobile ! » ce qui pouvait sembler ridicule aujourd'hui qu'elle était adulte, mais à dix-huit ans et libre comme l'air, dès qu'elle entendait ces mots elle sautait du lit avec une formidable bonne humeur, toute riante et fourmillante d'énergie, sans tenir compte de la fatigue réelle qu'elle éprouvait parfois.

Marianne et elle enfilaient à toute vitesse leur uniforme de serveuse et descendaient en hâte au restaurant sans même prendre un café ; elles traversaient les rues qui même à cette heure étaient pleines de marins, les uns levés de bonne heure, les autres encore en vadrouille et probablement soûls, mais, tout bien considéré, c'étaient les jeunes gens les plus beaux et les plus propres qu'elle eût jamais rencontrés. Il y avait toujours des marins qui venaient prendre leur petit déjeuner au restaurant ; quand Marianne et elle leur disaient qu'elles travailleraient dans cinq semaines à l'usine de ravitaillement de la marine, les marins leur demandaient parfois un rendez-vous, et, s'ils avaient l'air particulièrement bien soignés, Marianne et elle acceptaient.

Puis Marianne épousa un premier maître, et Géraldine dut quitter l'appartement. A cette époque, elle connaissait depuis environ trois semaines Douglas Ellison, un second maître pharmacien originaire du Connecticut, et ils projetaient de se marier, eux aussi, quand ils seraient absolument sûrs de s'aimer. Comme elle n'avait pas encore trouvé d'appartement, Doug lui avait déniché une chambre au Star Hotel et avait payé à l'avance une semaine de location. Et il était resté avec elle pendant quelques nuits — c'était le premier homme avec qui elle avait jamais eu des relations intimes, malgré ce que faisaient la plupart des filles de Mobile, y compris Marianne. Son bateau était parti à la fin de la semaine, mais il devait revenir au bout d'un mois, et ils allaient se marier.

C'était aussi le mois où elle aurait dû obtenir la place vacante qu'on lui avait promise à l'usine, mais il n'y eut pas de place vacante. Et alors — un ennui n'arrive jamais seul — elle perdit son emploi au restaurant, parce que la fille qui l'occupait avant était revenue, du moins à ce qu'on lui dit, de l'usine de ravitaillement de la marine, qui licenciait du personnel au lieu d'en embaucher. Et soudain il y eut tant de chômage qu'on ne pouvait même plus trouver une place de plongeur en échange de trois repas.

Elle s'était décidée à retourner à Montgomery, mais alors le Star Hotel lui avait dit qu'on ne pourrait pas remonter sa malle de la cave avant plusieurs jours ; puis ils augmentèrent sa note, doublèrent en fait le prix réel, en sorte qu'elle ne pût pas le payer ; et quand elle menaça d'appeler la police, ils lui dirent que si elle le faisait, ils l'enverraient en prison. Elle avait voulu sortir pour avertir la police quand même, mais le portier l'avait arrêtée. Ne savait-elle pas que le Star Hotel était une maison, avait-il dit. Oh, elle se doutait bien que beaucoup de choses se passaient au Star Hotel, à quoi pouvait-on s'attendre d'autre, juste en bordure de mer et avec la flotte qui faisait escale, mais elle ignorait que c'était tout simplement un bordel. Et soudain des étrangers surgirent et l'entourèrent, comme s'il allait de soi qu'elle était elle aussi une de ces femmes, et ils lui rirent au nez quand elle dit que Doug Ellison était son fiancé. Ils la mirent au défi d'aller parler à un agent, la police l'enfermerait pour dix ans, affirmèrent-ils, et elle en fut terrorisée. Quelques autres filles de l'hôtel lui expliquèrent qu'elles avaient connu la même situation, mais que ça ne leur faisait plus rien maintenant, vu que de toute façon il n'y avait guère de travail à trouver ailleurs, et que c'était plus facile que de trimer dur, sur quoi elle vomit le peu du dîner qu'elle venait d'avaler. Elle ne put rien manger et dormit à peine, et ils commencèrent à envoyer des marins dans sa chambre, comme si elle avait quelque chose à voir avec eux, après Doug Ellison. Mais aucune lettre de Doug ne lui parvint jamais, elle en acquit la certitude parce que Connie, une des filles de l'hôtel, lui avait promis que si une lettre arrivait, elle veillerait à ce qu'on la lui remette. Ils surveillaient la correspondance des filles, spécialement le courrier au départ, et elle devait continuer d'écrire à sa mère qu'elle travaillait toujours au restaurant Carter et qu'elle était très heureuse, en espérant que sa mère lirait entre les lignes, mais à ce moment le cancer de sa mère empirait déjà, et elle ne comprit jamais. Quant aux marins qui venaient au Star Hotel, même s'ils avaient l'air assez corrects, ils la rendaient malade rien qu'à l'idée qu'elle avait pu jadis tressaillir de joie en entendant Marianne crier tous les matins ; et elle avait encore plus mal au cœur d'avoir un jour imaginé qu'elle raconterait à ses petits-enfants la plus merveilleuse histoire de sa vie en commençant par ces mots : « Quand la flotte était à Mobile, j'avais à peine dix-huit ans... »

Et si quelqu'un décidait de lui lancer la première pierre parce qu'en définitive elle avait cédé, elle décrirait comment ils avaient cessé de mettre assez de nourriture sur son plateau, et comment toutes les filles, même Connie Stegman, lui avaient conseillé de coopérer tout en mettant un peu d'argent de côté, parce qu'ils ne faisaient pas grand cas même de sa vie. Mais quand ils découvrirent qu'elle gardait de l'argent pour elle, ils montèrent, dénichèrent ses économies et les prirent, car en réalité ils n'avaient même pas confiance en leur propre portier quand il s'agissait de ramasser le magot. Elle menaça de se suicider, et comme elle en avait vraiment l'intention, ils l'envoyèrent à Chattanooga en voiture avec deux autres filles, à un hôtel appartenant à un associé du directeur du Star Hotel. Et si quelqu'un refusait de la croire, elle leur dirait d'aller donc voir à Chattanooga de leurs propres yeux le Blackstone Hotel qui se dresse là-bas. Et d'y entrer, de regarder autour d'eux. Au Blackstone, elle devint si affaiblie qu'ils la renvoyèrent au Star Hotel. Cela marchait comme ça : il y avait un syndicat entier qui contrôlait tout le Sud, et ils envoyaient des filles là où la clientèle était abondante, ou bien, s'ils croyaient qu'une fille allait faire une bêtise, ils l'emmenaient dans un endroit où elle ne connaissait personne.

Géraldine s'assit en entendant frapper à la porte.

— Vous n'avez besoin de rien ? demanda la propriétaire, de sa voix aiguë et grêle.

— Non. Elle avala une gorgée d'air, et son cœur se mit à battre très fort. Merci.

— Il y a de l'eau glacée dans le pot sur la commode. J'espère que vous n'étiez pas en train de dormir, je n'ai pas vu de lumière.

— Non, je ne dormais pas, dit Géraldine, commençant à sourire.

— Il est encore très tôt, dit la femme d'un ton agréable, et sa voix résonna comme si elle faisait demi-tour.

— Oui, bien sûr. Géraldine aurait voulu ajouter un mot plus aimable. « Bonne nuit ! » lança-t-elle, et elle se recoucha sur le dos, gardant encore le sourire aux lèvres.

Et puis Clark. Elle leur raconterait ces quatre premières visites de Clark au Star Hotel, chaque mot qu'il avait prononcé, et elle les laisserait juger par eux-mêmes. Elle le revoyait encore exactement tel qu'il était apparu en entrant dans sa chambre pour la première fois : c'était un homme vraiment impressionnant, avec son dos raide, ses épais sourcils noirs et sa moustache. Avec ses bottes à bouts carrés où il avait rentré les jambes de son pantalon, il portait sa longue veste presque noire, et elle avait pensé tout de suite qu'il ressemblait à une sorte d'homme d'Etat, ou peut-être à un acteur du temps de la Guerre civile. Il s'était montré calme, plutôt cérémonieux, ne lui avait presque rien dit et l'avait à peine regardée, jusqu'à l'instant précis de son départ, et elle se rappelait ce regard comme aucun autre, parce qu'il l'avait épouvantée. Si seulement elle avait alors obéi à son instinct ! La main sur la poignée de la porte ouverte, il s'était retourné et l'avait regardée par-dessus l'épaule, comme s'il avait oublié quelque chose ou comme s'il voulait se souvenir d'elle parce qu'il la détestait. Elle ne l'avait pas aimé du tout, et quand il était revenu quelques jours plus tard elle avait failli lui demander de partir, mais il s'était simplement assis, avait allumé un cigare et commencé à parler. Il voulait tout savoir sur elle, quel âge elle avait et comment il se faisait qu'elle était là, et malgré ses yeux bruns à l'air vraiment très doux, presque paternels, s'il n'était pas sacrilège d'employer un tel mot, sa curiosité oiseuse l'avait irritée et elle n'avait pas répondu beaucoup.

Puis, la troisième fois, il lui avait apporté une boîte de bonbons, et la quatrième fois des fleurs, qu'il avait offertes avec une révérence ; et la quatrième fois elle lui avait raconté toute l'histoire, et avait pleuré sur son épaule quand il s'était assis à côté d'elle, parce qu'elle n'en avait jamais raconté autant à personne, pas même à Connie Stegman. « Que diriez-vous si je vous demandais de devenir ma femme ? avait-il demandé tout à coup sans préambule. Réfléchissez-y jusqu'à mon retour. Je reviendrai dans une semaine. » Elle ne l'avait pas cru, mais naturellement elle avait repensé à sa proposition, à la ferme qu'il lui avait décrite, située en pleine campagne au nord de La Nouvelle-Orléans, aux fromages de fantaisie qu'il fabriquait pour gagner sa vie, et aux appeaux à canards qu'il faisait avec du bois et qu'il envoyait aux chasseurs du monde entier — c'étaient de petites boîtes en bois munies d'un couvercle qui, en raclant, imitait le cri du canard, il en avait apporté une pour la lui montrer — et elle avait conclu que c'était vraiment un fermier d'un genre spécial, pas un simple fermier tout crotté, mais un gentleman bien élevé et instruit. Et les filles de l'hôtel lui avaient dit combien elle avait de la chance, car Clark Reeder était un fort bel homme malgré ses quarante ans passés et ses goûts un peu démodés ; et Margaret, la directrice de l'hôtel, lui avait répété que beaucoup de filles avaient trouvé un bon mari de cette manière, et que très souvent les maris revenaient lui dire combien les filles faisaient d'excellentes épouses. Alors elle avait fini par songer sérieusement à devenir la maîtresse d'une ferme qu'elle garderait propre comme un sou neuf et qu'elle remplirait de bonnes choses à manger, mais surtout, bien sûr, elle avait pensé à retrouver sa liberté ; et, à la visite suivante de Clark, elle avait dit oui. Et, comme un oiseau échappé de sa cage, les premiers temps elle avait cru mourir de bonheur, elle n'avait même pas voulu de la lune de miel que Clark avait proposée, tant elle ne demandait qu'à s'installer chez elle. Elle avait fait la cuisine, la couture et le ménage, avait astiqué la maison de fond en comble, et toujours avec la plus grande joie. Mais pourquoi essayer de leur expliquer tout cela, s'ils étaient incapables de l'imaginer ? Ou de leur dire comme cela lui avait fait du bien d'être simplement traitée à nouveau comme un être humain, le jour où Clark, s'adressant à M. Trelawney, avait dit : « Herbert, permettez-moi de vous présenter ma femme », en la tenant par la main comme si elle était une reine.

Elle pompait de l'eau près des escaliers derrière la maison, et la pompe fonctionnait bizarrement, avec un *boum-dzimboum* à chaque fois que l'eau jaillissait ; et celle-ci se répandait dans le seau et tout autour, mais sans jamais le remplir ; même Rouquin s'était dressé pour regarder le spectacle. Alors elle ouvrit les yeux et s'aperçut que le bruit venait de la fenêtre — une fanfare militaire ! Soit une parade, soit un cirque, pensa-t-elle, sautant du lit aussi gaiement qu'autrefois quand Marianne l'éveillait. La musique venait d'un parc situé à quelques rues de là, où elle vit un tas de lumières multicolores disposées comme pour une fête. Elle tourbillonna sur elle-même et fit voler sa chemise de nuit par-dessus sa tête.

Clark !

Il devait être toujours étendu sur la terrasse couverte, avec le chiffon sur sa moustache, si le vent ne l'avait pas emporté. D'un petit mouvement des hanches elle mit sa robe bien en place à la taille. Eh bien, soit ! Certaines actions étaient une nécessité pure et simple, comme celle de tuer des animaux pour manger, ou de scier les barreaux d'une prison pour se libérer. Et la maison de Clark avait été une prison aussi affreuse que le Star Hotel, sauf qu'il ne la touchait jamais, sous prétexte qu'elle était trop sale pour lui. Clark s'érigeait en sauveur à son égard, tout en lui répétant sans cesse qu'elle le torturait. Quel sens y avait-il donc à la torturer en se torturant aussi lui-même ? Elle dessina sur sa lèvre supérieure les deux courbes rouges qui selon Clark lui donnaient l'air d'une prostituée, mais qui simplement convenaient mieux à son genre de bouche, et coiffa ce qui restait de ses boucles en un petit chignon. Elle saisit vivement son sac à main et sortit dans le couloir, mais, réflexion faite, elle revint et laissa son argent, à l'exception d'un dollar, dans la poche de son manteau à l'intérieur du placard.

Du trottoir, elle vit le sommet d'un chapiteau rayé, et quelque chose qui ressemblait à une grande roue illuminée qui tournait, et elle entendit un homme qui beuglait dans un haut-parleur ; entre les *boum-dzim-boum* qui dominaient tous les autres bruits, la fanfare jouait un air qu'elle reconnut avec plaisir : *The Stars and Stripes Forever* *. Elle baissa les yeux et concentra son attention pour traverser la route obscure avec ses hauts talons qui vacillaient. Son cœur battait à tout rompre, et elle fut vraiment obligée de s'arrêter pour reprendre haleine avant de faire un pas de plus. Et pourtant ce n'était qu'une vente de charité, vit-elle par la banderole au-dessus de l'entrée : PREMIÈRE ÉGLISE MÉTHODISTE. GRANDE KERMESSE ANNUELLE.

« *Seulement vingt-cinq* cents *l'entrée !* braillait la voix sur un ton monocorde. *Et si vous voulez réellement entrer au Royaume des Cieux, ajoutez donc une autre pièce du fond de votre poche !* »

Géraldine fit glisser cinquante *cents* de l'autre côté de la haute vitrine. « Je paie une entrée double. »

— Une ? rugit une voix.

— Oui.

La musique cessa dès qu'elle entra, et elle s'aperçut qu'il

* L'hymne national américain *(N.d.T.)*.

n'y avait pas de fanfare : tout venait du manège, au centre duquel un mécanisme de tambours et de cymbales continuait de marcher. Un dernier *dzim - boum* scintilla et s'évanouit dans le silence, et Géraldine resta debout à regarder les chevaux s'abaisser et s'élever lentement sur la plate-forme dont le bruit creux rappelait celui de patins à roulettes sur une piste en bois ; et ce spetacle, elle ne savait pourquoi, la fascinait absolument. Le toit du manège, pareil à une couronne royale, était décoré de festons dorés attachés sur toute sa circonférence, et sertis chacun d'une ampoule bleue ou rouge comme d'un bijou. Soudain quelque chose la fit sursauter, ses yeux se brouillèrent et s'inondèrent de larmes : elle s'était déjà trouvée auparavant à cet endroit précis, elle était montée sur ce manège dans son enfance, lorsqu'elle était passée dans cette ville avec sa famille. Peut-être même avaient-ils logé à la même pension. Il y avait la grande roue là-bas derrière les arbres, le parking entouré d'un trottoir où elle revoyait la grosse voiture de son père, un peu à l'écart la baraque foraine où l'on vendait de la barbe à papa, et le vaste salon de thé bordé d'une terrasse sur les quatre côtés comme un pavillon d'été — tout était exactement comme elle l'avait vu un soir, il y avait si longtemps qu'elle ne s'en souvenait plus vraiment. Et, en riant d'elle-même, elle courut acheter son ticket de manège.

L'éclat des lumières blanches lui donna l'impression d'être absolument nue quand elle grimpa sur la plate-forme, mais il y avait tant d'autres adultes qui montaient aussi — peut-être certains d'entre eux, comme elle, revenaient-ils après des années — qu'elle en oublia son embarras, et se fraya directement un chemin à travers le dédale des poteaux nickelés jusqu'au cheval rose qu'elle voulait. Le *boum-dzim-boum* éclata avec un fracas terrible juste à ses oreilles, puis il y eut une musique si forte qu'elle ne put pas la reconnaître et se mit à rire malgré elle, tandis que le cheval rose commençait à monter et à s'abaisser lentement. Elle se sentit descendre à nouveau, et ferma les yeux, laissant le cheval l'emporter dans un rythme de plus en plus rapide, et l'entraîner si fort vers l'extérieur qu'il lui fallut s'accrocher des deux mains. Elle éprouvait un tel bonheur qu'elle en aurait pleuré de joie. Qu'y avait-il donc de si merveilleux, se demandait-elle, dans la musique qui vous martelait les oreilles, dans le fait de serrer le poteau des deux mains, et dans la petite montée et la petite descente, qu'y avait-il là de plus merveilleux que tout ? Sa gorge se serra, elle ouvrit les yeux et vit, sur un fond imprécis d'arbres noirs, des points lumineux qui défilaient, et quelques silhouettes, debout juste au bord de l'obscurité, qui lui souriaient. Où étaient ses parents ? Elle voulait leur faire signe. Alors ses épaules se recroquevillèrent comme si on l'avait frappée, et les larmes jaillirent en abondance de ses yeux, parce qu'elle avait soudain compris que ce qu'il y avait de si merveilleux c'était seulement d'être une petite fille, et de voir ses parents lui faire signe et lui crier de tenir ferme, c'était seulement d'être à califourchon en robe courte sur le cheval, puis de se laisser mettre au lit moins d'une heure après, et d'être trop petite pour atteindre le bout du lit avec ses orteils, c'était de se lever le lendemain et de se retrouver à l'arrière de la voiture en demandant : « Où est-ce qu'on va dormir *cette nuit,* à ton idée, papa ? » ; mais tout cela était fini, fini pour toujours maintenant. Elle sentit son visage se tordre de douleur, d'une douleur trop profonde pour les larmes, et délibérément elle détourna les yeux des spectateurs debout et regarda le centre du manège où s'étalaient des paysages peints, « Un chalet suisse », « Pikes Peak * », « Venise » ; elle réfléchit rapidement à la manière dont elle expliquerait, si on lui posait la question, comment Clark

* Le point culminant des montagnes Rocheuses *(N.d.T.).*

l'avait accusée de pratiques encore plus dégoûtantes, des actes les plus abominables qu'il avait pu imaginer, et comment il avait amené des hommes à la maison sous divers prétextes, juste pour pouvoir l'accuser ensuite.

— Vous ne vous sentez pas bien ? demanda l'homme assis sur le cheval voisin ; et, s'apercevant qu'elle regardait fixement dans sa direction avec une expression probablement assez bizarre, Géraldine répondit avec un bref sourire :

— Oh, si, si, ça va très bien, merci.

Puis elle releva la tête, et lança des coups d'œil à droite et à gauche, comme si elle n'avait jamais été aussi gaie de toute sa vie. Un jeune homme en costume gris lui faisait signe de l'autre côté du manège, et elle faillit lui retourner son salut, en se disant qu'elle devait le connaître, mais elle ne l'avait jamais vu. Ou peut-être n'était-ce même pas à elle qu'il faisait signe, mais à présent elle voyait que si, c'était bien à elle, et qu'en fait elle le connaissait aussi. C'était un ancien camarade de collège de Montgomery ! Il s'appelait Franky Mac Quelque Chose, se souvint-elle.

A présent il lui faisait signe à nouveau, et pour lui répondre elle lui adressa un petit geste de la main, un geste timide, comme si elle voulait seulement chasser un insecte de devant ses yeux ; quand il sourit plus largement elle vit les deux plis le long de ses joues maigres, et ses yeux bruns et brillants qui ne glissaient pas craintivement de côté comme autrefois, mais qui la regardaient directement. Comme Franky avait grandi ! Visiblement il voulait lui parler ; peut-être qu'ils iraient boire une limonade au salon de thé, et qu'ils referaient connaissance, et peut-être que, comme dans un conte de fées, Franky tomberait de nouveau amoureux d'elle. Jadis, pendant un semestre, il avait eu le béguin pour elle, mais il était resté si timide et si distant que rien ne s'était produit. En tout cas, maintenant elle savait comment mettre les hommes à leur aise.

Elle observa Franky descendre de son cheval pendant que le manège ralentissait, et remarqua combien il avait grandi, et comme il avait l'air impeccable avec sa chemise blanche et sa cravate. Elle se laissa glisser de son cheval. La plate-forme faisait un bruit creux comme des patins à roulettes sur une piste, mais de plus en plus lentement, et il y eut un moment étrange où elle sentit soudain en elle toute la tristesse et la mélancolie de l'automne. Vraiment, elle n'avait jamais été aussi triste de toute sa vie, et elle dut se forcer à sourire en descendant pour retrouver Franky qui lui tendait la main.

— Gér... Géraldine ? demanda-t-il, ce qui la fit rire, parce qu'après tout il était toujours resté aussi timide.

— Oui, et toi, tu es... Franky ?

Il acquiesça en souriant et l'entraîna doucement à l'écart. « Oui. »

— Eh bien ! quoi de neuf là-bas à Montgomery ? demanda-t-elle.

— Oh ! rien de précis, tout va bien. Et toi, qu'est-ce que tu deviens ?

— Eh bien, j'ai travaillé à Mobile pendant un bout de temps. Quand la flotte était à Mobile, comme nous disions toujours, mais ce n'était pas vraiment la flotte, juste deux croiseurs et un torpilleur qui faisaient escale pour des réparations ; n'empêche qu'on a eu vraiment du bon temps ! Elle rejeta la tête en arrière et balança la main, entraînant également celle de Franky, qui la tenait. Franky avait maintenant une petite cicatrice sur l'arête du nez, et, pensant à la cicatrice qu'elle portait sur le dos de la main, elle décida de ne pas lui poser de questions au sujet de la sienne. La vie avait déjà laissé ses marques sur chacun d'eux, supposa-t-elle, bien qu'ils fussent encore si jeunes.

— Cigarette ?

— Toujours aussi timide, Franky ? laissa-t-elle échapper

maladroitement, parce qu'elle crut voir sa main trembler quand il la lui alluma, mais sa main à elle tremblait aussi.

Franky sourit : « Que dirais-tu d'un petit rafraîchissement, Géraldine ? »

— Oh, oui ! avec joie !

Ils gravirent les marches de la terrasse du salon de thé et s'assirent à une des tables. Franky gardait les yeux fixés timidement sur un point situé derrière elle ; elle crut le voir faire un signe de tête à quelqu'un et regarda derrière elle, mais c'était seulement le garçon qui arrivait. Ils commandèrent deux limonades.

— Tu habites ici maintenant ? lui demanda Franky.

— Oh, non ! je ne fais que passer. Mais j'aime tellement cet endroit, se hâta-t-elle d'ajouter, que je pourrais bien m'y installer. Tu ne sais pas quoi, en arrivant ici ce soir, je me suis aperçue que j'étais déjà venue une fois dans ce parc, quand j'étais toute petite ! Oh, il y a très longtemps, bien avant que je te connaisse ! Elle rit. Et toi, tu habites ici maintenant ?

— Hum... hmm, répondit-il, gardant toujours son air si affligé et si guindé que Géraldine ne put s'empêcher de sourire.

Elle se tut, et suivit des yeux distraitement le chèvrefeuille qui grimpait le long des gouttières de la terrasse.

— Tu vivais dans...

— Quoi ? le pressa Géraldine.

— Tu vivais dans une petite ville au-dessus de La Nouvelle-Orléans, n'est-ce pas, Géraldine ?

Il avait même pris la peine de demander de ses nouvelles à sa mère ! « Eh bien, oui », dit-elle. Elle leva les yeux vers un homme en costume sombre qui se tenait debout près de son coude. Il y avait un autre homme à sa droite, entre elle et la balustrade de la terrasse. Elle regarda Franky avec un sourire interdit.

Franky dit : « Ce sont mes amis, Géraldine. Tu voudras bien venir avec nous, n'est-ce pas ? » Il se leva.

— Mais je n'ai pas fini ma... » L'homme à sa gauche lui saisit le bras. Elle regarda Franky et vit que sa bouche s'était fermée en une ligne droite qu'elle ne lui connaissait pas du tout. Le deuxième homme lui prit l'autre bras. Et Franky ne faisait pas un mouvement pour l'aider, il ne regardait même pas ! « Tu n'es pas... vous n'êtes pas Franky ! »

Franky retira quelque chose de la poche intérieure de sa veste, et le lui tendit.

LOUISIANA STATE POLICE, lut Géraldine sur une carte du portefeuille. Elle voulut crier, mais sa bouche resta seulement grande ouverte, comme engourdie.

L'homme qui ressemblait à Franky restait là debout à la contempler, en remettant son portefeuille en poche. « Ce n'est rien, dit-il si doucement qu'elle l'entendit à peine. Votre mari n'est pas mort. Il nous a seulement demandé de vous retrouver. »

Comme s'il n'avait attendu que cela, son cri s'échappa alors avec une violence inouïe. Elle l'entendit résonner jusqu'aux recoins les plus reculés du parc, et malgré les hommes qui lui faisaient contourner la table et l'emmenaient de force avec eux, elle prit une autre inspiration et poussa un nouveau hurlement, le laissa ébranler toutes les feuilles et secouer son corps de la tête aux pieds, sans cesser de fixer des yeux l'homme au complet gris simplement parce qu'il n'était pas Franky. Puis son visage, les lumières et le parc disparurent ; mais elle avait parfaitement conscience, tout comme elle savait qu'elle criait toujours, que ses yeux, derrière ses mains, restaient ouverts.

*A la recherche du «*** Claveringi»*

AVERY CLAVERING, professeur de zoologie dans une université californienne, apprit l'existence des escargots géants de Kuwa par une note en bas de page dans un livre sur les mollusques. Son congé sabbatique * allait arriver dans trois mois, quand il lut ces quelques lignes :

« Les indigènes des îles Matusas racontent que des escargots encore plus gros que celui-ci existent sur l'île déserte de Kuwa, à une quarantaine de kilomètres des îles Matusas. Les Matusiens affirment que ces escargots possèdent une coquille de trois mètres de diamètre, et qu'ils sont mangeurs d'hommes. Le professeur William J. Stead, qui vit aujourd'hui aux îles Matusas, a exploré Kuwa en 1949 sans y trouver le moindre escargot, mais la légende persiste. »

Cet article souleva l'intérêt du professeur Clavering, parce qu'il désirait beaucoup découvrir un animal quelconque, un oiseau, un reptile ou même un mollusque, auquel il donnerait son nom. *Quelque chose Claveringi*. Le professeur avait quarante-huit ans. Il n'était peut-être pas encore talonné

* Congé d'un an accordé tous les sept ans aux professeurs des universités américaines.

par la vieillesse, mais il n'avait acquis jusqu'à présent aucune notoriété particulière. La découverte d'une nouvelle espèce lui conférerait l'immortalité dans son domaine.

Les Matusas, vit le professeur sur une carte, étaient trois petites îles qui formaient ensemble les pointes d'un triangle isocèle non loin de Hawaii. Il écrivit une lettre au Pr Stead, et reçut la réponse suivante, tapée sur une abominable machine à écrire, avec tant de mots si pâles qu'il eut bien des difficultés à la lire :

Le 18 avril 19...

Cher professeur Clavering,

Il y a longtemps que j'entends parler des escargots géants de Kuwa, mais avant que nous n'entrepreniez un aussi long voyage, je dois vous dire que les indigènes d'ici m'assurent qu'un groupe d'entre eux est allé il y a une vingtaine d'années à Kuwa pour exterminer ces prétendus escargots mangeurs d'hommes qui, craignaient-ils, auraient pu traverser à la nage l'océan entre Kuwa et les Matusas et causer quelques dégâts à ces dernières îles. Ils affirment avoir anéanti toute la communauté des escargots, à l'exception d'un vieux qu'ils ne réussirent pas à tuer. Cela est caractéristique des histoires des indigènes, il y en a toujours un qui en réchappe. Je suis à peu près sûr que les escargots n'avaient pas plus d'un mètre de diamètre, et qu'ils n'étaient pas... (ici un mot illisible, à la fois à cause du ruban usé et d'un insecte écrasé). Vous dites que vous avez lu quelque chose sur ma tentative de trouver les escargots géants en 1949. Ce que la note en bas de page ne disait pas, c'est que depuis lors j'ai fait plusieurs voyages à leur recherche. En fait, je me suis retiré aux îles Matusas dans ce but précis. A présent je suis persuadé que les escargots étaient du folklore pur et simple, un produit de l'imagination des indigènes. Si j'étais vous, je ne gaspillerais ni mon temps ni mon argent à entreprendre une expédition.

Respectueusement vôtre.
Professeur William J. Stead.

Le Pr Clavering avait de l'argent et du temps. Il décela, dans la lettre du Dr Stead, une certaine amertume. Peut-être le docteur Stead n'avait-il simplement pas eu de chance. Par correspondance, le Pr Clavering loua au départ d'Hawaii un voilier de neuf mètres muni d'un moteur auxiliaire. Il voulait faire le voyage seul à partir des Matusas. *** *Claveringi*. Quelle que soit sa taille, l'escargot serait probablement différent de toutes les variétés connues, à cause de son isolement, s'il existait. Il projetait de partir un mois avant sa femme, et de la rejoindre à Hawaii, elle et Wanda, leur fille de vingt ans, pour des vacances plus orthodoxes dès qu'il aurait fini d'explorer Kuwa. Un mois, cela lui donnerait bien assez de temps pour trouver l'escargot, même s'il n'y en avait qu'un, pour prendre des photos et écrire des notes.

C'était la fin de juin quand le professeur Clavering, équipé de bidons d'eau, de corned-beef, de soupe et de lait en boîte, de biscuits, de blocs-notes et de stylos, d'un appareil photo, d'un couteau, d'une hachette et d'une carabine Winchester 22 dont il savait à peine se servir, partit d'une des îles Matusas en direction de Kuwa. Le Dr Stead, qui avait été son hôte pendant quelques jours, l'accompagna jusqu'au bateau pour lui dire au revoir. Le Dr Stead avait soixante-quinze ans, selon ses dires, mais paraissait plus âgé, peut-être à cause des ravages de l'alcool et de la vie apparemment sans but qu'il menait à présent. Il ne s'était plus mis en quête de l'escargot géant depuis deux ans, avait-il avoué.

« On pourrait dire que j'ai consacré le dernier tiers de ma vie à la recherche de cet escargot, déclara le Dr Stead.

Mais c'est là le destin de l'homme, je suppose, la poursuite de ce qui n'existe pas. Eh bien ! je vous souhaite bonne chance, professeur Clavering ! » Il agita son vieux chapeau de paille américain quand le *Samantha,* propulsé par son moteur, quitta l'embarcadère.

Le Pr Clavering avait établi avec le Dr Stead le plan suivant : si effectivement il trouvait des escargots, il reviendrait immédiatement, prendrait quelques indigènes pour l'accompagner, et retournerait à Kuwa avec du matériel pour fabriquer des caisses à claire-voie dans lesquelles il ramènerait les escargots. Le Dr Stead avait exprimé un certain doute sur sa réussite, pour ce qui était de persuader les indigènes de l'accompagner, surtout si l'escargot ou les escargots étaient vraiment grands. Mais il fallait dire aussi que le Dr Stead s'était montré négatif vis-à-vis de tout ce qui se rapportait à l'expédition du professeur Clavering. C'était avec plaisir que le Pr Clavering s'était séparé de lui.

Au bout d'une heure environ, le Pr Clavering coupa le moteur, et hissa un peu de voile à titre d'essai. Le vent était favorable, mais il n'était guère expert en navigation à voile, et il surveilla de près son compas. Enfin, Kuwa fut en vue, comme une bosse brune sur un océan de bleu. Il lui fallut approcher beaucoup avant d'apercevoir la moindre verdure, et celle-ci n'apparaissait qu'à la cime de certains arbres. Déjà, il cherchait des yeux tout ce qui pouvait ressembler à un escargot géant, et il regrettait de ne pas avoir emporté de jumelles, mais l'île avait à peine cinq kilomètres de long sur un kilomètre et demi de large. Il décida de se diriger vers une petite plage. Il laissa tomber les deux ancres dans une eau si claire qu'il put voir le sable au fond. Il resta debout quelques minutes sur le pont.

La seule forme de vie qu'il aperçut consistait en quelques oiseaux perchés à la cime des arbres, des oiseaux huppés aux couleurs vives, qui émettaient des cris qu'il n'avait encore jamais entendus. Il n'y avait absolument pas la moindre végétation à ras de terre, aucune trace de l'herbe ni des roseaux qu'on se serait normalement attendu à trouver sur une île de ce genre — très semblable aux Matusas quant à la couleur du sol — et cela augurait favorablement de la présence d'escargots, qui avaient peut-être dévoré toute la verdure à leur portée. Il était seulement deux heures moins le quart. Le Pr Clavering mangea un morceau de papaye, deux œufs durs, et fit chauffer du café sur son réchaud à alcool, car il n'avait encore rien avalé depuis six heures du matin. Puis, la hachette et le couteau de chasse attachés à la ceinture de son short kaki, l'appareil photo autour du cou, il se laissa glisser dans l'eau. Le *Samantha* n'avait pas de barque.

Il s'enfonça jusqu'au cou avant d'avoir pied, mais put marcher sur le fond, en maintenant l'appareil photo en l'air. Il émergea tout essoufflé, car il pesait quelque dix kilos de trop. Le Pr Clavering allait regretter chacun de ces kilos avant la fin du jour, mais, pendant qu'il reprenait haleine en regardant autour de lui, et qu'il se sentait sécher à la chaleur du soleil, il éprouva un réel bonheur. Il essuya sa hachette et son couteau avec du sable sec, puis marcha vers l'intérieur, l'œil aux aguets, s'attendant à voir n'importe où, en mouvement ou immobile, la forme arrondie d'une coquille d'escargot. Mais comme les escargots étaient plus ou moins nocturnes, il se dit qu'il y avait sans doute des escargots qui dormaient dans l'une ou l'autre cavité ou fente des rochers, et qui n'avaient pas l'intention d'en sortir avant la tombée de la nuit.

Il décida de traverser d'abord l'île en largeur, puis de longer la côte vers la droite ou la gauche et de faire ainsi le tour de l'île. Il avait à peine parcouru cinq cents mètres quand son cœur bondit. A dix mètres devant lui, il vit trois jeunes arbres au tronc complètement recourbé, et dont toutes les feuilles supérieures avaient été arrachées et mangées. Les jeunes arbres avaient plus de dix centimètres de diamètre à la base. Il avait fallu un poids considérable pour les courber ainsi, au moins cinquante kilos. Le professeur inspecta les arbres et le sol pour y retrouver les traînées des escargots : il n'en découvrit aucune. Mais la pluie avait pu les effacer. Un escargot doté d'une coquille d'un mètre de diamètre ne pèserait pas assez pour courber un tel arbre ; le professeur Clavering espérait donc maintenant un animal encore plus gros. Il avança d'un pas décidé.

Il arriva à l'autre côté de l'île. La mer avait creusé dans le rivage une échancrure qui formait un petit ravin en grande partie asséché, long d'une centaine de mètres, et profond de quelque dix mètres. A cet endroit, la terre était sablonneuse mais humide, et il vit qu'il y avait un peu de végétation, du moins quelques plaques d'herbe çà et là. Mais les branches basses de tous les arbres avaient été dépouillées de leurs feuilles, et depuis si longtemps qu'elles s'étaient desséchées et étaient tombées. Le Pr Clavering se pencha et sence d'escargots terrestres. Le Pr Clavering se pencha et regarda en bas du ravin. Il vit, juste au bord de l'escarpement, du côté où il se trouvait, une masse arrondie, d'un rose brunâtre, qui n'était ni de la roche ni du sable. S'il s'agissait d'un escargot, il était monstrueux. Involontairement, il recula d'un pas, en faisant glisser quelques galets qui s'éparpillèrent dans le ravin.

Le professeur contourna le ravin en courant, pour examiner la chose sous un meilleur angle. C'était un escargot, et sa coquille avait presque cinq mètres de haut. Il voyait son côté gauche, celui qui était dépourvu de spirale. On aurait dit une voile d'un rose vif (couleur fleur de pêcher, pensa-t-il) gonflée de vent, où le soleil faisait briller et miroiter des taches de nacre et d'argent, cependant que l'énorme animal commençait à bouger. La petite pluie de galets l'avait réveillé, comprit soudain le professeur. Si la coquille mesurait cinq mètres ou un peu plus de diamètre, il calcula que le corps de l'escargot devrait faire quelque six mètres de long une fois déroulé. Figé sur place, le professeur restait là, debout, enthousiasmé aussi bien par l'expression encore incomplète (mais plus pour longtemps) de « *** Claveringi » qui galopait dans son esprit, que par le fait qu'il contemplait un spectacle qu'aucun homme n'avait jamais vu, du moins aucun savant. La caisse à claire-voie devrait être plus grande qu'il ne l'avait prévu, mais le *Samontha* pourrait l'emporter sur le pont avant.

L'escargot reculait pour sortir sa tête du renfoncement étroit du ravin. Le corps humide, couleur de thé au lait, apparut avec la lenteur d'un serpent gigantesque s'éveillant du sommeil. Tout était silencieux, à l'exception des galets qui tombaient de sous l'escargot pendant qu'il levait la tête, à l'exception de la respiration oppressée du professeur. La tête de l'escargot, tournée vers l'intérieur de l'île, s'éleva de plus en plus haut, et ses cornes, grâce auxquelles il voyait, commencèrent à s'allonger. Le Pr Clavering se rendit compte qu'il l'avait dérangé dans son sommeil diurne, et une brève terreur le poussa à battre en retraite de nouveau, en faisant tomber encore des galets le long de la pente.

L'escargot entendit ce bruit, et tourna lentement son énorme tête vers lui.

Le professeur se sentit paralysé. Un visage colossal le regardait, un visage dont les bajoues ou les lèvres écaillées retombaient sur les côtés et dont les cornes, longues de plus d'un mètre cinquante maintenant, portaient à leur extrémité les yeux qui le scrutaient, à sa hauteur et à moins de trois mètres de lui, avec le dédain d'une sorte de face-à-main herculéen, avec la puissance inconnue d'une paire de longues-vues démesurées. L'escargot se dressait si haut qu'il lui fallait courber ses cornes pour le garder dans son champ visuel. Six mètres de long ? Il devait mesurer plutôt huit à dix mètres. L'escargot se tourna pour avancer vers lui.

Le professeur ne bougea toujours pas. Il savait ce qu'étaient des dents d'escargot ; même un petit escargot de jardin en possédait quelque vingt mille paires, agencées comme des séries de peignes, et l'on pouvait voir la rangée supérieure des dents de devant qui se mouvait constamment de haut en bas juste derrière la chair transparente. Un escargot de cette taille, avec des dents proportionnées, pouvait couper un tronc d'arbre aussi rapidement qu'une hache de bûcheron, pensa le professeur. L'escargot avançait, et gravissait les rochers avec un aplomb monumental. Il fut contraint de rester immobile quelques secondes, rien que pour l'admirer. Son escargot ! Le professeur ouvrit son appareil et prit une photo, juste au moment où l'escargot hissait sa coquille par-dessus le bord du ravin.

« Tu es magnifique ! » dit le Pr Clavering d'une voix douce et empreinte d'un vague effroi. Puis il recula de quelques pas.

Il était bien agréable de penser qu'il pouvait gambader çà et là avec agilité, relativement parlant, en observant l'escargot sous tous les angles, tandis que l'escargot ne pouvait que ramper vers lui à la vitesse approximative d'un mètre toutes les dix secondes. Le professeur décida d'examiner l'escargot pendant une heure environ, et de retourner ensuite au *Samantha* pour écrire quelques notes. Il dormirait à bord du bateau, prendrait encore quelques photos le lendemain matin, puis repartirait vers les Matusas en utilisant le moteur. Il trotta une vingtaine de mètres, puis se retourna pour observer l'approche de l'escargot.

L'escargot se déplaçait la tête levée à un mètre au-dessus du sol, et ses yeux ne perdaient pas de vue le professeur. Il allait plus vite, maintenant. Le professeur Clavering se replia plus tôt que prévu, et avant d'avoir pu prendre une autre photo.

A présent le professeur cherchait des yeux, autour de lui, un compagnon de l'escargot. Il était plutôt content de ne pas apercevoir d'autre escargot, mais il se garda d'écarter l'éventualité d'un compagnon. Il ne serait guère plaisant de se retrouver coincé par deux escargots, et pourtant cette idée l'excitait. Il était inimaginable que, dans quelque situation que ce fût, il ne parvînt pas à échapper à deux créatures aussi lentes et lourdes que le... le quoi ? *Amygdalus Persica* (son esprit restait fixé sur les pêches * , à cause de la belle couleur de la coquille) *Carnivora* (peut-être) *Claveringi.* Le professeur aurait le temps d'améliorer cette appellation, et il pensa qu'il continua de marcher à reculons tout en observant.

Un petit bosquet d'arbres lui donna une idée. S'il se mettait au milieu du bosquet, l'escargot ne pourrait pas l'atteindre, et quant à lui, il en profiterait aussi pour l'examiner de près. Le professeur se campa solidement au centre des douze ou quinze arbres, tous hauts de six mètres environ. L'escargot, sans ralentir le moins du monde, se mit à contourner le bosquet, toujours en guettant le professeur. Ne trouvant pas d'ouverture assez large entre deux arbres, l'escargot leva sa tête plus haut, à quatre ou cinq mètres, et commença à grimper le long des arbres. Des branches craquèrent, et un arbre se cassa en deux.

Le Pr Clavering baissa brusquement la tête et recula. Il entrevit fugitivement un ventre énorme qui glissait sans se blesser sur un tronc d'arbre hérissé d'aspérités, et une bouche circulaire large de soixante centimètres qui était ouverte et laissait voir la rangée encore plus large des dents

* Etymologiquement, le mot « pêche » vient du latin *persica.* C'est le « fruit de Perse » *(N.d.T.).*

de dessus, pareilles à celles d'un requin, qui mâchonnaient automatiquement. L'escargot se promenait tranquillement sur la cime des arbres, dont quelques-uns se remettaient en place comme des ressorts quand le poids de l'escargot les quittait.

Clic ! fit l'appareil photo du professeur.

Quel spectacle ! On aurait dit une course d'obstacles au ralenti. Il s'imagina en train d'épater ses amis en leur racontant cette histoire, avec la photo comme preuve à l'appui, dès qu'il serait de retour en Californie. Le vieux Pr McIlroy, du département de biologie, lui avait ri au nez parce qu'il dépensait sept mille dollars pour une tentative dont il avait prédit l'échec !

Comme le Pr Clavering commençait à se fatiguer, il coupa directement vers le *Samantha.* Il remarqua que l'escargot obliquait également de manière à pouvoir l'intercepter, s'ils continuaient chacun à son allure régulière, quoique différente ; le professeur eut un petit rire de satisfaction amusée, et courut un peu. L'escargot prit lui aussi de la vitesse, et le professeur se rappela les amples ondulations du corps de l'escargot quand il était grimpé sur les arbres. Il serait intéressant de voir quelle vitesse l'escargot pourrait atteindre dans une course en ligne droite. Mais il faudrait attendre le retour en Amérique pour pratiquer une telle expérience.

Il arriva au bord de l'eau et vit sa plage à quelques mètres sur la droite, mais aucun bateau ne s'y trouvait. Il avait dû se tromper, pensa-t-il, et sa plage était située de l'autre côté de l'île. Alors il aperçut le *Samantha*, à presque un kilomètre de distance, à la dérive dans l'océan.

« Bon sang ! » s'exclama le Pr Clavering. Il avait fait une fausse manœuvre avec les ancres. Oserait-il tenter de nager jusqu'au bateau ? La distance l'effrayait, et elle s'agrandissait à chaque minute.

Un bruit de galets entrechoqués derrière lui le fit se retourner. L'escargot était à peine à six mètres.

Le professeur descendit en courant vers la plage. Il devait bien y avoir une anfractuosité dans les rochers de la côte, une caverne quelconque, même toute petite, où il serait hors d'atteinte de l'escargot. Il voulait se reposer un moment. Ce qui l'ennuyait vraiment maintenant, c'était la perspective d'une nuit froide, sans couvertures et sans vivres. Les indigènes des Matusas ne s'étaient pas trompés : il n'y avait rien à manger sur Kuwa.

Le Pr Clavering s'arrêta net, ses souliers glissèrent sur le sable et les galets. Devant lui, sur la plage, à moins de quinze mètres, se trouvait un autre escargot, aussi gros que celui qui le suivait, et d'une couleur légèrement plus claire. Sa queue baignait dans la mer, et sa bouche dégouttait d'eau tandis qu'il se dressait pour mieux le regarder.

C'était cet escargot, comprit le professeur, qui avait coupé avec ses dents les cordes de chanvre, et avait laissé le bateau partir à la dérive. Les cordes de chanvre toutes neuves avaient-elles quelque chose de particulièrement appétissant pour les escargots ? Il écarta pour le moment ce problème de son esprit. Il avait un escargot devant lui et un derrière lui. Le professeur continua à courir le long du rivage. La seule anfractuosité capable de l'abriter et dont il connût l'existence avec certitude était la caverne située au fond du ravin, de l'autre côté de l'île. Il se força à marcher quelque temps à une allure modérée, et à respirer normalement, puis il s'assit et s'accorda un peu de repos.

Ce fut le premier escargot qui apparut d'abord, et, comme il avait perdu de vue le professeur, il leva la tête et regarda lentement à droite et à gauche, sans ralentir pour autant. Le professeur resta assis sans bouger, la tête nue rentrée dans les épaules, espérant que l'escargot ne le verrait pas. Mais il n'eut pas cette chance. L'escargot l'aperçut, changea de cap et alla droit vers lui. A sa suite arrivait le deuxième escargot — sa femme ? son mari ? le professeur ne pouvait le dire, et il n'existait aucun moyen de le savoir.

Le Pr Clavering dut quitter l'endroit où il se reposait. Le poids de sa hachette lui rappela qu'il avait au moins une arme. Une bonne frousse, pensa-t-il, une blessure légère les décourageraient peut-être. Il savait qu'ils avaient faim, que leurs dents pouvaient déchiqueter sa chair bien plus facilement que des arbres, et que, mort ou vif, il serait dévoré par ces escargots s'il leur en laissait l'occasion. Il saisit sa hachette et leur fit face, conscient de ne pas représenter une silhouette très redoutable, avec son léger embonpoint, ses jambes pâles et maigres, sa taille d'un mètre soixante-dix, environ le tiers de celle des escargots — mais ses sourcils froncés, au-dessus de ses lunettes, exprimaient clairement sa détermination à se défendre jusqu'au bout.

Le premier escargot se dressa quand il arriva à trois mètres de lui. Le professeur avança et lança la hachette vers le manteau protecteur sur le côté gauche de l'escargot. Il n'avait pas osé s'approcher assez, et manqua son but de quelques dizaines de centimètres ; et le poids de la hachette, au moment où il l'avait jetée, l'avait déséquilibré. Il tituba et tomba sous le museau levé, et eut juste le temps de rouler de côté pour éviter la bouche qui descendait, et qui toucha le sol à l'endroit précis où il se trouvait la seconde d'avant. Rendu furieux par son échec, le professeur contourna l'escargot et frappa violemment la coquille nacrée, mais la lame ne mordit pas. La hachette ne fit voler qu'un petit éclat de trois centimètres, rien de plus. Le professeur cogna de nouveau de toutes ses forces, plus haut cette fois, sur la partie centrale de l'arrière de la coquille, pour essayer d'atteindre la valve pulmonaire, mais celle-ci se trouvait encore plus haut, il le savait, à trois mètres du sol, et une fois de plus sa hachette n'enleva qu'un infime fragment. L'escargot commençait à se tourner pour lui faire face.

Le professeur attaqua alors le second escargot, se rua sur lui et lança la hachette, le coupant à la joue. La hachette s'enfonça jusqu'au manche, et il lui fallut tirer par saccades pour la sortir ; puis il dut courir quelques mètres, car l'escargot avait pris de la vitesse et levait la tête pour l'attaquer et le mordre. Jetant un coup d'œil en arrière, le professeur vit qu'aucun liquide (il ne s'attendait pas, bien sûr, à voir du sang) ne s'écoulait de la blessure à la joue de l'escargot ; en fait il ne put même pas distinguer la plaie. Et le coup porté n'avait sûrement pas découragé l'escargot dans sa progression.

Le Pr Clavering se mit à marcher d'un bon pas directement vers l'antre de l'escargot de l'autre côté de l'île. Quand il y arriva et descendit à quatre pattes la paroi du ravin, il était à bout de souffle, et ses jambes lui faisaient mal. Mais il vit, à son soulagement, que la gorge se rétrécissait en un V très pointu. Une fois coincé au fond, il serait en sécurité. Le Pr Clavering entra dans le V, qui était surplombé d'une voûte un peu comme une caverne, mais s'arrêta quand il vit que les formes qu'il avait prises pour des rochers arrondis remuaient — du moins quelques-unes s'étaient-elles mises à s'agiter. Des bébés escargots ! Ils étaient plus gros que des ballons de plage de belle taille. Et le professeur comprit, à la manière dont certains d'entre eux dévoraient des brins d'herbe, qu'ils avaient faim.

Une tête d'escargot apparut au-dessus de lui à sa gauche. Le parent, l'escargot géant, commençait à descendre dans le ravin. Une crépitation, une paire de cornes qui se découpaient sur le ciel à sa droite, annoncèrent l'arrivée du second escargot. Il n'avait nulle part où se tourner, excepté vers la mer, ce qui ne semblait pas une mauvaise solution, pensa-t-il, puisque les escargots étaient terrestres. Le professeur sortit de l'échancrure en pataugeant, tourna à gauche, et marcha dans l'eau qui lui arrivait à la ceinture. Il avançait lentement, et un escargot le poursuivait. Il se rapprocha de la terre ferme et, quand l'eau lui monta seulement à mi-cuisse, il se mit à courir.

Le premier escargot, celui qui avait une couleur plus sombre, entra hardiment dans la mer et rampa dans quelques dizaines de centimètres d'eau, manifestant son intention de continuer dans des eaux plus profondes quand il arriverait à la hauteur du Pr Clavering. Le professeur espérait que l'autre escargot, la mère peut-être, était resté avec les petits. Mais ce n'était pas le cas. Il le suivait sur la terre ferme, et accélérait. Le professeur s'élança comme un fou vers le rivage, où il pourrait avancer plus vite.

A présent, Dieu merci, il voyait des rochers. De grandes masses de roches ignées couvraient la pente d'une colline jusqu'à la mer. Il y trouverait certainement une cavité, un endroit quelconque où il pourrait s'abriter. Le soleil s'enfonçait dans l'océan, il ferait bientôt nuit, et il n'y aurait pas de clair de lune, il le savait. Le professeur avait soif. Quand il atteignit les rochers, il se jeta comme un cadavre dans une cavité formée par quatre ou cinq grosses pierres rugueuses, ce qui le força à s'allonger en chien de fusil. Les pierres le surplombaient à soixante centimètres au-dessus de lui, et le trou n'avait guère que trente centimètres de large. Un escargot ne pouvait pas, conclut-il, passer la tête par l'ouverture pour le mordre.

Les coquilles des escargots, avec leur couleur fleur de pêcher, apparurent, et l'un d'eux, le second, vint plus près.

« Je le frapperai avec ma hachette s'il approche ! se jura le professeur. Je vais lui lacérer la figure avec mon couteau ! » Il était désormais résigné à tuer les deux adultes, parce qu'il pouvait ramener un couple de jeunes escargots, et en fait plus facilement parce qu'ils étaient plus petits.

L'escargot parut renifler comme un chien, quoique sans bruit, tandis que son museau planait au-dessus de la cachette du professeur. Puis l'escargot, avec un calme majestueux, s'installa sur les rochers entre lesquels le professeur était couché. Son pied visqueux couvrit l'ouverture, et en quelques secondes il avait bouché presque toute la lumière.

Le Pr Clavering, dans un mouvement de colère et de panique, sortit son couteau de chasse et le plongea plusieurs fois dans la chair molle de l'escargot. L'escargot ne parut même pas tressaillir de douleur. Quelques secondes plus tard, il cessa de bouger, mais le professeur savait bien que non seulement il n'était pas mort, puisque ses coups de couteau n'avait touché aucun organe vital, mais qu'il s'était collé au-dessus de sa tranchée de la manière la plus ferme possible. Il ne voyait plus la moindre fente de lumière. Le professeur rendait seulement grâce à Dieu de l'irrégularité des rochers, qui devait permettre à l'air frais de circuler. A présent, il appuyait frénétiquement de ses paumes contre le corps de l'escargot, et il sentait ses mains glisser et racler contre la pierre. Le fermeté de l'escargot, et le fait qu'il était incapable de le déplacer, lui donnèrent une impression de nausée.

Une heure passa. Le professeur dormit presque, mais ce qu'il éprouva ressemblait davantage à une hallucination prolongée. Il rêva, ou imagina dans sa frayeur, qu'il était mâché par vingt mille paires de dents, et transformé en un tas de viande hachée que les deux escargots partageaient avec leur progéniture. Pour ajouter à son malheur, il avait froid et faim. Le corps de l'escargot ne donnait aucune chaleur, il était même plutôt froid.

Quelques heures plus tard, le professeur s'éveilla et vit des étoiles au-dessus de lui. L'escargot était parti. Il faisait nuit noire. Il se releva précautionneusement, en essayant de ne pas faire de bruit, et sortit du trou. Il était libre ! Sur un étendue de plage sablonneuse, à quelques mètres de là, le Pr Clavering s'étendit, le dos appuyé contre le côté vertical d'un rocher. Il dormit là les dernières heures de la nuit, jusqu'à l'aube.

Il s'éveilla juste à temps, et peut-être n'était-ce pas l'aube mais un sixième sens qui l'avait tiré de son sommeil. Le premier escargot arrivait droit sur lui et n'était plus qu'à trois mètres. Le professeur se leva, les jambes tremblantes, et courut vers l'intérieur, en gravissant une colline. Une idée lui vint : s'il pouvait balancer une grosse pierre, disons de deux cents kilos — c'était possible avec un levier — sur un escargot adulte dans le ravin, et écraser la partie de la coquille qui couvrait le poumon, alors il réussirait à le tuer. Autrement, il ne voyait à sa disposition aucun autre moyen de lui infliger une blessure mortelle. Sa carabine, oui, mais sa carabine se trouvait à bord du *Samantha*. Il avait déjà calculé qu'aucune aide n'arriverait des Matusas avant une semaine, et qu'elle n'arriverait peut-être jamais. Le *Samantha* ne voguerait pas nécessairement vers les Matusas, ne serait pas nécessairement vu par un autre bateau avant plusieurs jours, et même si on le voyait, serait-il évident qu'il allait à la dérive ? Et en supposant que oui, ceux qui le trouveraient mettraient-ils le cap directement sur les Matusas pour raconter leur découverte ? Pas nécessairement. Le professeur se pencha vivement et lécha un peu de rosée sur une feuille. Les escargots étaient maintenant à vingt mètres derrière lui.

« L'ennui, c'est que je commence à me sentir épuisé », se dit-il en lui-même.

Il se retrouva encore plus fatigué à midi. Seul un escargot le poursuivait, mais le professeur imaginait l'autre en train de se reposer ou de manger la cime d'un arbre pour être ensuite frais et dispos. Le professeur pouvait courir pendant une centaine de mètres, trouver un endroit où se reposer, mais il n'osait pas fermer les yeux longtemps, de peur de s'endormir. Et il se sentait vraiment affaibli par le manque de nourriture.

Toute la journée se passa ainsi. Son projet de faire tomber un rocher dans le ravin fut déjoué par deux facteurs : le second escargot surveillait maintenant le ravin, au sommet de son V, et aucun rocher de la taille de ceux dont il avait besoin ne se trouvait à moins de cent mètres à la ronde.

Quand le crépuscule arriva, le professeur ne parvint pas à retrouver la colline de roches ignées. Les deux escargots le tenaient maintenant dans leur champ visuel. Sa montre indiquait sept heures moins le quart. Le Pr Clavering prit une profonde inspiration, et se rendit à l'évidence : il lui faudrait essayer de tuer un escargot, ou les deux, avant la nuit. Presque sans réfléchir, sans plan précis — il était trop épuisé pour ça — il abattit un petit arbre élancé et en enleva les branches à coups de hachette. Cinq minutes après que ces branches furent tombées à terre, leurs feuilles étaient dévorées par les deux escargots. Le professeur traîna son arbre sur plusieurs mètres vers l'intérieur, et en aiguisa une extrémité avec la hachette. C'était une arme trop lourde pour être maniée d'une seule main, mais, si on la prenait avec les deux mains, elle formait une sorte de bélier, ou de lance géante.

Tout à coup, le Pr Clavering fit volte-face et attaqua, courant avec la lance pointée légèrement vers le haut. Il visa la bouche du premier escargot, mais frappa trop bas, et l'extrémité de l'arbre s'enfonça d'une dizaine de centimètres dans la poitrine de l'escargot — ou dans la partie située sous sa tête. Aucun organe vital à cet endroit, excepté le long œsophage en ligne droite, qui chez ces escargots géants devait se trouver à bien plus de dix centimètres de profondeur. Son effort ne lui rapporta rien de plus que des mains lacérées. Sa lance resta suspendue quelques secondes à la chair de l'escargot, puis tomba sur le sol. Le professeur battit en retraite et tira la hachette de sa ceinture. Le second escargot, arrivé à la hauteur de l'autre, s'arrêta pour grignoter quelques centimètres de la souche de l'arbre, puis s'associa à son compagnon pour accorder toute son attention au Pr Clavering. Il y avait, dans la lente progression des escargots vers lui, un aplomb méprisant et parfaitement imperturbable, comme s'ils pensaient : « Tu peux bien nous échapper cent fois, mille fois, nous finirons par t'attraper et te dévorer sans rien laisser. »

Le professeur avança encore une fois, contourna l'escargot qu'il venait de frapper avec le tronc d'arbre en forme de lance, et frappa avec la hachette la partie arrière de sa coquille. Avec l'énergie du désespoir, il attaqua le même endroit directement cinq ou six fois de suite, car à présent il avait un plan. Il dut cesser de s'escrimer à coups de hachette, parce que le second escargot arrivait derrière lui. Son museau et une de ses cornes effleurèrent même de leur humidité les jambes du professeur, et le firent chanceler avant qu'il eût pu s'écarter. Le professeur envoya encore deux grands coups de hachette, puis il s'arrêta, parce que son bras droit lui faisait mal. Il n'avait en aucune façon brisé la coquille, mais il n'avait plus assez de forces pour continuer ses efforts avec la hachette. Il retourna chercher sa lance. Sa cible était petite, cependant il fonça droit sur elle avec la détermination farouche du désespoir.

Le coup atteignit son but en plein dans le mille. Il transperça même la coquille.

Les mains du professeur étaient encore plus déchirées qu'avant, mais il n'y fit pas attention. Sa victoire le rendait aussi joyeux que s'il avait tué ses deux ennemis, et qu'un bateau de secours contenant des vivres, de l'eau et un lit faisait voile à ce moment précis vers la plage de Kuwa.

L'escargot se redressait et se tordait de douleur.

Le Pr Clavering courut en avant, releva la lance qui

tombait, et de toutes ses forces l'enfonça plus profondément dans l'escargot, la dirigeant vers le haut pour arriver aussi près que possible du poumon. Que l'escargot mourût rapidement ou non, il était hors de combat, constata le professeur. Et lui-même, après avoir vu dans quel état se trouvait l'escargot, éprouva un moment une sorte d'effondrement physique. Il se sentait tout à fait incapable d'attaquer l'autre escargot de la même manière, et l'autre escargot arrivait derrière lui. Le professeur essaya de s'éloigner des deux escargots en marchant en ligne droite, mais il zigzaguait sous l'effet de la fatigue et de la faiblesse. Il se retourna et vit que l'escargot indemne était à cinq mètres de lui. L'escargot blessé le regardait, mais sans bouger : le corps mi-rentré et mi-sorti de sa coquille, il souffrait en silence les douleurs de l'asphyxie. Le Pr Clavering reprit sa marche.

Tout à fait par hasard, juste au moment où le soir tombait, il retrouva son étendue de roches ignées. Il s'abrita une seconde fois parmi celles-ci. Le museau de l'escargot explora l'entrée du trou où il était couché, mais ne réussit pas à l'atteindre. Ne vaudrait-il pas mieux rester dans le trou le lendemain, dans l'espoir qu'il pleuvrait et qu'il recueillerait ainsi un peu d'eau ? Il s'endormit avant d'avoir pu prendre une décision.

De nouveau, quand le professeur s'éveilla à l'aube, l'escargot était parti. Il sentit dans ses mains des élancements douloureux. Ses paumes étaient couvertes de croûtes de sang et de sable. Il lui parut sage d'aller à la mer pour les laver dans l'eau salée.

L'escargot géant se trouvait entre la mer et lui, et à son approche l'escargot se mit à ramper très lentement vers lui. Le Pr Clavering fit un détour en vacillant, et continua d'avancer vers l'eau. Il y plongea les mains et leur imprima un rapide mouvement de va-et-vient ; il éleva finalement un peu d'eau vers son visage, eut envie d'humecter sa bouche sèche, se dit qu'il ne devrait pas, mais céda quand même à la tentation, et recracha l'eau presque immédiatement. Les escargots terrestres avaient horreur du sel, et pouvaient être tués par des cristaux de sel. Le professeur, dans un mouvement de colère, lança des poignées d'eau à la face de l'escargot. L'escargot leva simplement la tête plus haut, hors de portée du professeur. Il avait une silhouette élancée, à présent, et, bizarrement, la grâce d'une gazelle à cornes, ou de quelque animal de la famille des cervidés. L'escargot abaissa son museau, et le professeur s'éloigna en clopinant, mais pas assez vite : l'escargot s'abattit sur son épaule et la bouche suceuse se referma.

Le professeur hurla. « *Mon Dieu,* pensa-t-il, pendant qu'un morceau de chemise, de chair et peut-être d'os était arraché de son épaule gauche, *pourquoi ai-je été assez bête pour m'attarder ?* Le poids de l'escargot le fit tomber dans l'eau, mais elle était peu profonde à cet endroit ; il réussit à se relever, et marcha vers la terre ferme. Du sang chaud ruisselait le long de son côté. Il n'eut pas le courage de regarder son épaule pour voir ce qui était arrivé ; il n'aurait pas été surpris si son bras gauche s'était détaché à la seconde suivante. Le professeur continua de marcher sans but sur le rivage. Il gardait quand même une vitesse supérieure à celle de l'escargot.

Alors il leva les yeux vers l'horizon désert, et vit un point noir sur l'eau, à une certaine distance. Il s'arrêta, se demandant si c'était réel ou si ses yeux lui jouaient un mauvais tour ; mais un instant plus tard il distingua clairement la double coque d'un catamaran, et crut reconnaître le chapeau de paille du Dr Stead. Ils étaient venus des Matusas !

— Hello ! Le professeur fut surpris du son rauque et faible de sa voix. Il n'avait aucune chance d'avoir été entendu.

Mais maintenant, l'espoir donnait au professeur de nouvelles forces. Il se dirigea vers une petite plage — pas la sienne, mais une autre, plus réduite — et quand il y fut arrivé il se plaça bien au centre, leva son bras valide, et cria : « Docteur *Stead* ! Par ici ! Sur la plage ! » Il voyait très nettement le chapeau du Dr Stead, et quatre têtes sombres.

De leur côté, aucun cri ne lui répondit. Le Pr Clavering ne pouvait pas dire s'ils l'avaient entendu ou non. Et le maudit escargot n'était plus qu'à cinq mètres maintenant ! Il s'aperçut qu'il avait perdu sa hachette. Et l'appareil photo, qui était tombé dans l'eau avec lui, était désormais inutilisable, de même que les photos qui s'y trouvaient. Aucune importance. Il vivrait.

— *Ici* ! cria-t-il, levant de nouveau le bras.

Les indigènes l'entendirent cette fois. Brusquement toutes les têtes du catamaran se tournèrent vers lui.

Le Dr Stead le montra du doigt et gesticula, et le Pr Clavering entendit faiblement son brave collègue presser l'équipage de se diriger vers le rivage. Il vit le Dr Stead se lever à moitié dans le catamaran.

Les indigènes poussèrent un cri — le professeur Clavering crut d'abord que c'était un cri de joie, ou de reconnaissance, mais presque immédiatement un brusque retournement de la voile et le clapotis de deux rames lui dirent que les indigènes essayaient de changer de cap.

Il y eut un crissement de galets. L'escargot était tout près. Et c'était cela, bien sûr, que les indigènes avaient vu, l'escargot géant.

« *Je vous en supplie... Ici !* hurla le professeur. Il plongea de nouveau dans l'eau. *Je vous en supplie !* »

Le Dr Stead faisait tout son possible, cela le professeur pouvait le voir. Mais les indigènes ramaient, en s'aidant même de leurs mains, et leur voile les emportait au loin dans une trajectoire oblique.

L'escargot entra dans l'eau avec un grand bruit d'éclaboussures. Mourir noyé, ou dévoré vivant, se demanda le professeur. Il avait de l'eau jusqu'à la taille quand il trébucha, mais sa tête était déjà sous l'eau quand l'escargot s'abattit sur lui, et il comprit, tandis que les milliers de paires de dents commençaient à lui grignoter le dos, que son destin était de périr à la fois noyé et haché menu.

Les larmes d'amour

HATTIE tira la petite chaîne de la lampe de chevet, remonta les couvertures au-dessus de ses épaules, et resta couchée sans bouger, les nerfs tendus, en attendant qu'Alice eût fini de tousser et de renifler.

« Alice ? » dit-elle.

Pas de réponse. Oui, elle dormait déjà, bien qu'elle prétendît ne jamais fermer l'œil avant les onze coups de l'horloge.

Hattie se déplaça doucement vers le bord du lit, et sortit lentement un de ses pieds chaussés de bas blancs. Elle se tordit en arrière pour regarder Alice, dont elle ne put voir que le nez pointu qui dépassait entre la dentelle de son bonnet de nuit et le drap tiré sur sa bouche. Elle était parfaitement calme.

Hattie se leva sans bruit, le souffle haletant d'excitation. Dans la demi-obscurité, elle distingua les deux dentiers dans leurs verres d'eau sur la table de nuit. Elle eut un petit rire nerveux.

Pareille à un fantôme blanc, elle traversa la chambre, en longeant le canapé victorien. Elle s'arrêta devant la table à couture, souleva le couvercle pliant et fouilla parmi les bobines et les patrons jusqu'à ce qu'elle eût trouvé les ciseaux. Puis, les tenant fermement, elle traversa de nouveau la pièce. Elle avait laissé la porte de la garde-robe légèrement entrebâillée ce soir-là, et elle s'ouvrit sans bruit. Hattie avança une main tremblante dans l'obscurité, sentit les deux manteaux de laine, et quelques robes. Finalement elle toucha quelque chose de soyeux, et décrocha le cintre. Les ciseaux lui glissèrent des mains. Il y eut un fracas métallique, immédiatement suivi par son éclat de rire à demi étouffé. Par-derrière la porte de la garde-robe, elle jeta un coup d'œil à Alice, toujours immobile dans le lit. Alice était plutôt dure d'oreille.

Ses orteils blancs rigidement relevés, Hattie alla d'un pas lourd jusqu'à la bergère, où tombait obliquement un rayon de lune, et s'assit avec les ciseaux et le gilet en angora sur ses genoux. Au clair de lune son visage sans dents rayonnait d'une expression démoniaque. Elle examina le cardigan comme quelqu'un qui s'amuse avec un bifteck avant de décider où il plantera son couteau.

C'était vraiment un cardigan adorable. Alice l'avait reçu la semaine précédente, comme cadeau d'anniversaire de sa nièce. Alice elle-même n'aurait jamais osé s'offrir un tel luxe. Ce cardigan la rendait heureuse comme une petite fille, et elle le portait tous les jours avec ses robes.

Les ciseaux, avec un petit ronronnement, découpèrent la laine moelleuse des manches de bas en haut, des poignets jusqu'aux épaules. Elle réfléchit. Il manquait encore une autre entaille. Le dos, bien sûr. Mais seulement sur une trentaine de centimètres, en sorte qu'elle ne serait pas immédiatement visible.

Quelques secondes plus tard, elle avait rangé les ciseaux dans la table à couture, accroché le chandail dans la garde-robe, et elle était allongée sous les couvertures. Elle exhala un profond soupir. Elle pensa aux manches béantes, à la tête que ferait Alice le lendemain matin. Le chandail était absolument irréparable, et elle se sentait prodigieusement contente d'elle-même.

Elles furent réveillées à huit heures et demie par la femme de chambre de l'hôtel. C'était là un rituel aussi régulier qu'invariable : trois coups frappés d'une main osseuse à la porte, et une voix qui braillait avec un soupçon d'insolence : « Huit heures et demie ! Le petit déjeuner est prêt ! » Alors Hattie, qui s'éveillait toujours la première, secouait l'épaule d'Alice.

Avec des gestes mécaniques, elles s'asseyaient chacune de son côté du lit, et passaient leur chemise de nuit par-dessus la tête, laissant voir des sous-vêtements blancs et propres. Elles ne disaient rien. Sept années de coexistence avaient réduit leur conversation au strict minimum.

Ce matin-là, cependant, Hattie avait l'esprit fixé sur le cardigan. Elle se sentait embarrassée, mais comme elle ne trouvait rien à dire ni à faire pour alléger la tension, elle passa plus de temps que d'habitude à se coiffer. Elle avait une tresse de plus de cinquante centimètres, qu'elle enroulait autour de sa tête, et chaque matin elle la défaisait pour lui donner une centaine de coups de brosse. Ses cheveux étaient son seul orgueil. Finalement elle resta là debout à se dandiner d'un pied sur l'autre, d'un air gêné, en faisant semblant de fermer les pressions de sa robe.

Alice semblait passer une éternité au lavabo, à se gargariser avec de l'eau tiède salée. Le matin, elle s'en tenait obstinément à l'eau salée, malgré la tentation de la bouteille d'eau dentifrice rouge posée sur l'étagère, qui appartenait à Hattie.

— Qu'est-ce qui te fait rire comme ça, maintenant ? dit Alice en se détournant du lavabo, le visage humide, avec un léger sourire.

Hattie, incapable de répondre, regarda les dents qui baignaient dans le verre sur la table de nuit, et pouffa de nouveau de rire. « Voilà tes dents. » Elle tendit maladroitement le verre à Alice. « Je croyais que tu allais les oublier pour descendre prendre le petit déjeuner. »

— Allons, est-ce que tu m'as *déjà* vue sortir *une seule fois* sans mes dents, Hattie ?

Alice sourit en elle-même. Ç'allait être une bonne journée, pensa-t-elle. Mme Crumm et sa sœur étaient revenues de leur week-end, et elles pourraient jouer aux cartes cet après-midi toutes les quatre. Les pieds chaussés seulement de ses bas, elle marcha vers la garde-robe.

Hattie la regarda décrocher la robe bleu pâle, celle qui allait le mieux avec le gilet en angora beige. Elle ferma tous les petits boutons du devant. Puis elle enleva le cardigan de son cintre, et passa un bras dans une manche.

« Oh ! » soupira-t-elle plaintivement. Puis, comme un enfant qu'on vient de frapper, elle ferma les yeux presque complètement, et son visage se tordit de colère. Des larmes glissèrent rapidement le long de ses joues. « H-Hattie. »

Hattie sourit d'un air affecté ; mais malgré son attitude gênée, visiblement ce spectacle la comblait de plaisir. « Eh bien, oui, je sais ! s'exclama-t-elle. Je me demande qui a bien pu te jouer un sale tour comme ça ! » Elle alla vers le lit et s'y assit, pliée en deux de rire.

« Hattie, c'est toi qui as fait ça, déclara Alice d'une voix mal assurée. Elle serra le cardigan contre sa poitrine. Hattie, tu es affreusement méchante ! »

Etendue en travers du lit, Hattie était prise d'un rire convulsif. « Tu sais bien que ce n'est pas moi, voyons, Alice... ha, ha !... Pourquoi irais-tu croire que... » Sa voix fut étranglée par un nouvel accès de fou rire.

Hattie resta ainsi allongée plusieurs minutes, avant de se sentir assez calme pour descendre prendre son petit déjeuner.

Au moment où elle quitta la chambre, Alice, assise dans le grand fauteuil près de la fenêtre, sanglotait, le visage enfoui dans le gilet en angora.

Alice ne descendit que lorsqu'on l'appela pour le déjeuner. A table, elle bavarda avec Mme Crumm et sa sœur, et ne fit pas attention à Hattie. Hattie, assise en face d'elle, était silencieuse et inquiète, mais n'éprouvait pas le moindre regret de son acte. Elle aurait pu supporter des jours et des jours d'indifférence de la part d'Alice sans ressentir le plus léger remords.

C'était une fort belle journée. Après le déjeuner, elles s'en allèrent avec Mme Crumm, sa sœur et Mme Holland, la directrice de l'hôtel, s'asseoir dans Grammercy Park.

Alice fit semblant d'être absorbée dans la lecture de son livre. C'était un roman policier de son auteur favori, qu'elle avait emprunté à la bibliothèque de l'hôtel. Mme Crumm et sa sœur entretinrent la plus grande partie de la conversation. Un week-end passé à voyager fournissait matière à bavardage pour plusieurs après-midi et Mme Crumm pouvait se rappeler de façon très détaillée tout ce qu'elle avait mangé pendant plusieurs jours d'affilée.

La monotonie des voix, et la chaleur du soleil, assoupirent Alice, qui tomba dans un demi-sommeil. Les caractères de la page se brouillèrent devant ses yeux.

Plus tôt dans la journée, elle avait décidé d'adopter envers Hattie une attitude ferme. Elle devrait se montrer imperturbable et hautaine. Ce n'était pas la première fois que Hattie commettait ce genre d'outrage. Il y avait eu l'encre répandue sur sa nappe en dentelle quelques mois avant, juste la veille du jour où elle allait l'offrir à sa nièce... Et son volume de Tennyson, relié en maroquin, qu'elle ne retrouvait plus. Elle était sûre que Hattie l'avait caché quelque part. Elle établit son plan pour ce soir : elle ferait sa valise, écrirait à Hattie un petit mot, bref mais bien senti, et quitterait l'hôtel. Elle irait à un autre hôtel du voisinage, laisserait savoir par Mme Crumm où elle était, et aurait la satisfaction de voir Hattie venir à elle pour s'excuser. Mais en fait elle n'était pas sûre du tout que Hattie viendrait à elle, et cette incertitude embarrassante l'empêcha de choisir pour de bon un parti si dangereux. Et si elle devait passer le reste de sa vie toute seule ? Il était beaucoup plus facile de rester où elle était, de faire une agréable partie de cartes l'après-midi, et d'exercer sa vengeance dans de menus détails. C'était aussi plus distingué, pensa-t-elle pour se consoler. Elle ne réfléchit pas davantage, et s'abstint de déterminer à quels moments précis elle ferait ou dirait des choses destinées à blesser Hattie. Les occasions viendraient tout simplement d'elles-mêmes.

Mme Holland la poussa du coude. « Maintenant, nous allons déguster une glace. En ensuite nous jouerons un peu aux cartes. »

— J'étais juste au moment le plus captivant de l'histoire. Mais Alice se leva avec les autres, et se sentit presque gaie en les accompagnant jusqu'au drugstore.

Alice gagna aux cartes, et fut très contente d'elle-même. Hattie, qui l'avait observée avec malaise toute la journée, éprouva un grand soulagement quand elle décréta qu'elles pouvaient à nouveau se parler.

Néanmoins, la pensée du cardigan abîmé laissait subsister une certaine rancœur dans l'esprit d'Alice, et renforçait son sentiment d'être victime d'une injustice. A vrai dire, elle avait honte d'elle-même, honte de pouvoir accepter la chose aussi légèrement. Cela équivalait à laisser Hattie prendre le dessus. Si seulement elle pouvait concevoir une haine vraiment implacable !

A neuf heures du soir, elles étaient dans leur chambre,

en train de lire. Il ne restait plus aucune trace de la timidité ni de la feinte contrition de Hattie.

— Quelle journée merveilleuse, hein ? hasarda Hattie.

— Hum-mh. Alice ne leva pas la tête.

— Eh bien, fit Hattie, prononçant la phrase inévitable à travers l'inévitable bâillement : Je crois que je vais aller me coucher.

Et quelques minutes plus tard elles étaient toutes les deux au lit, soutenues par quatre oreillers, Hattie avec le journal et Alice avec le roman policier. Elles restèrent un moment silencieuses, puis Hattie ajusta ses oreillers et s'allongea.

— Bonne nuit, Alice.

— Bonne nuit.

Bientôt Alice éteignit la lumière, et il y eut dans la pièce un silence absolu, mis à part le léger tic-tac de l'horloge et de temps à autre le vrombissement d'une automobile. L'horloge au-dessus de la cheminée émit un ronronnement et commença à sonner dix coups.

Alice garda les yeux ouverts. Après avoir retenu ses larmes toute la journée, elle se mit alors à pleurer. Mais ce n'étaient pas les larmes puériles de ce matin, elle le sentit. Elle s'essuya le nez avec le haut du drap.

Elle se redressa et s'appuya sur un coude. La tresse sombre de Hattie, qui épousait la courbe de son cou et de son épaule, les mettait en relief sur le fond blanc des couvertures et des draps. Elle se sentait très forte, assez forte pour tuer Hattie de ses propres mains. Mais l'idée du meurtre lui sortit de l'esprit aussi vite qu'elle était entrée. Sa vengeance devait être un acte durable, douloureux, que Hattie subirait comme un martyre, et où elle-même trouverait un plaisir continuel.

Alors l'inspiration lui vint : et l'instant d'après, elle était sortie du lit et marchait hardiment vers la table à couture, comme Hattie l'avait fait vingt-quatre heures avant... et, debout à côté du lit, elle se penchait sur Hattie, et scrutait son visage calme et endormi à travers les larmes qui coulaient de ses yeux myopes. Deux rapides coups de ciseaux suffiraient à couper la tresse, tout près de la tête. Mais Alice fit descendre les ciseaux juste un peu, jusqu'à l'endroit où la tresse était plus serrée. Elle appuya de ses deux mains sur les ciseaux, les fit mordre sur la tresse, tandis que Hattie s'éveillait lentement au contact du métal froid sur sa nuque. *Clac ;* c'était fait.

— Qu'est-ce que c'est ?... Qu'est-ce ? dit Hattie.

La tresse, détachée, s'étalait comme un serpent gris sombre sur la couverture du lit.

— Alice ! cria Hattie, se tâtant la nuque et sentant les bouts raides de la tresse coupée. Alice !

Alice, debout à quelque distance, contemplait Hattie assise dans le lit ; et soudain Alice fut prise d'une folle gaieté. Elle émit un petit rire étouffé, tandis qu'au même instant des larmes se mettaient à couler de ses yeux. « Tu m'as fait la même chose à moi ! dit-elle. Tu as coupé mon cardigan ! »

Mais il était inutile pour Alice de se défendre ainsi, parce que Hattie restait absolument effondrée et abasourdie. Elle commença à sortir du lit, comme pour aller au miroir, mais se rassit, en gémissant et en pleurant, les mains toujours sur la chose horrible qui pendait au bout de ses cheveux. Puis elle se recoucha, et continua de gémir dans son oreiller. Alice resta debout, puis s'assit finalement dans la bergère. Elle était pleine d'énergie, et n'avait pas du tout sommeil. Mais vers l'aube, quand Hattie s'endormit, Alice se glissa entre les couvertures.

Le matin, Hattie ne lui dit pas un mot, et ne la regarda même pas. Elle rangea la tresse dans un tiroir. Puis elle noua un foulard autour de sa tête pour descendre prendre son petit déjeuner, et, dans la salle à manger, elle prit une table différente de celle où elle s'asseyait d'habitude avec

Alice. Après le petit déjeuner, Alice vit Hattie parler à Mme Holland.

Quelques minutes plus tard, Mme Holland vint rejoindre Alice, qui lisait dans un coin du salon.

— Je pense, dit doucement Mme Holland, que votre amie et vous seriez peut-être plus heureuses en ayant des chambres séparées pendant quelque temps, vous ne croyez pas ?

Cette intervention prit Alice par surprise, quoiqu'en même temps elle se fût attendue à bien pire. Toute la déclaration qu'elle avait préparée au sujet de l'encre répandue, du Tennyson perdu et du gilet en angora endommagé tomba à l'eau, et elle dit d'un ton très vif : « Mais certainement, madame Holland. Je consens volontiers à tout ce que Hattie peut souhaiter. »

Alice offrit de quitter la chambre, mais ce fut Hattie qui partit. Elle alla loger dans une chambre plus petite, trois portes plus loin, au même étage.

Cette nuit-là, Alice ne put pas dormir. Non qu'elle pensât particulièrement à Hattie, ni qu'elle ressentît le moindre regret de son acte — non, décidément non — mais tout, la chambre, l'obscurité, et même le tic-tac du réveil, lui paraissait si différent, parce qu'elle était seule. Plusieurs fois durant la nuit, elle entendit des pas derrière la porte, et pensa que c'était peut-être Hattie qui revenait, mais c'étaient seulement des gens qui allaient aux toilettes au bout du couloir. Il vint à l'esprit d'Alice qu'elle pourrait aller frapper à la porte de Hattie pour s'excuser, mais, se demanda-t-elle, pourquoi devrait-elle s'excuser ?

Au matin, Alice put deviner, d'après l'allure de Hattie, qu'elle non plus n'avait pas dormi. De nouveau elles ne se parlèrent ni ne se regardèrent de toute la journée, et durant la partie de cartes et le thé de quatre heures elles s'arrangèrent pour s'asseoir à des tables différentes. Alice dormit très mal cette nuit-là aussi, et en accusa le ragoût de mouton du dîner, qu'elle avait de la peine à digérer. Hattie aurait peut-être les mêmes difficultés, car en général elle digérait encore moins bien.

Trois autres jours et trois autres nuits passèrent, et les ravages provoqués par les nuits d'insomnie de Hattie et d'Alice devinrent apparents sur leurs visages. Mme Holland le remarqua, et offrit à Alice quelques calmants, qu'Alice refusa poliment. Elle avait sa fierté, elle ne montrerait à personne qu'elle était troublée par l'absence de Hattie ; et d'autre part, elle considérait comme une faiblesse et une lâcheté le fait de se laisser aller à prendre des somnifères, encore que, peut-être, Hattie les accepterait.

Le cinquième jour, à trois heures de l'après-midi, Hattie frappa à la porte d'Alice. Sa tête était toujours enveloppée d'un foulard, l'un des trois que Hattie possédait, et celui-ci lui avait été offert par Alice à Noël l'an dernier.

— Alice, j'ai l'intention de m'excuser, si *toi,* tu t'excuses, dit Hattie. Ses lèvres se tordaient et se fronçaient, tandis qu'elle essayait de retenir ses larmes.

Ce fut, ou ç'aurait dû être, un moment de triomphe pour Alice. En réalité oui, c'était essentiellement un triomphe, sentit-elle, mais quelque chose — une impression confuse et indéterminée — le ternissait un peu, ne donnait pas vraiment la sensation d'une pure victoire. « Je m'excuse pour ta tresse, si tu t'excuses pour mon cardigan », répondit Alice.

— Je m'excuse, dit Hattie.

— Et pour la tache sur ma nappe, et pour... Où est mon volume de poèmes de Lord Alfred Tennyson ?

— Je ne l'ai pas, prononça Hattie d'une voix encore tremblante de larmes.

— Tu ne l'*as* pas ?

— Non, déclara nettement Hattie.

Et en un éclair, Alice comprit ce qui s'était vraiment passé : à un certain moment, à un certain endroit, Hattie l'avait détruit, et il était donc exact maintenant, en un sens, qu'elle ne l' « avait » pas. Alice comprit également qu'il ne fallait pas continuer à ruminer cette histoire, qu'elle devait pardonner et oublier — sans toutefois parvenir, ni émotionnellement ni intellectuellement, à une telle décision : elle ne fit que se rendre compte du fait, et se comporta en conséquence, en disant : « Très bien, Hattie. Tu peux revenir dans la chambre, si tu le désires. »

Hattie regagna donc la chambre, mais au jeu de cartes, à quatre heures et demie, elles continuèrent de s'asseoir à des tables différentes.

Hattie, qui avait ravalé plus que jamais tout son orgueil en frappant à la porte d'Alice et en disant qu'elle s'excusait, dormit beaucoup mieux une fois revenue à l'ancien arrangement, mais souffrit d'un vague sentiment d'injustice. Après tout, un livre de poèmes et un cardigan pouvaient se remplacer, mais ses cheveux ? Alice avait vraiment fort bien pris sa revanche, et même un peu trop. Le score n'était pas tout à fait égal.

Au bout de quelques jours, Hattie et Alice menaient de nouveau une existence normale : elles se parlaient peu, mais se montraient extérieurement aimables l'une envers l'autre, et prenaient leurs repas et jouaient aux cartes à la même table. Mme Holland semblait ravie.

Un jour qu'elle était de sortie avec Mme Holland et le groupe, une idée traversa fugitivement l'esprit d'Alice : acheter à Hattie une lotion capillaire assez coûteuse qu'elle avait vue à une vitrine de Madison Avenue. Mais Alice ne le fit pas. Et elle ne commanda pas non plus ce « traitement spécial » pour les cheveux qu'elle vit sur une annonce au dos d'un magazine, et dont on garantissait qu'il faisait pousser les cheveux plus dru et plus vite ; mais Alice lisait toutes les annonces publicitaires mot par mot.

Entre-temps, Hattie se débattait en silence avec son petit bout de tresse, et brossait ses cheveux fidèlement comme d'habitude, mais seulement pendant qu'Alice prenait son bain ou qu'elle était sortie de la chambre, afin qu'Alice ne les vît pas. A présent rien de ce que possédait Alice ne semblait assez important pour la vengeance de Hattie. Mais Noël allait arriver bientôt. Hattie décida d'attendre patiemment pour voir ce qu'Alice recevrait alors.

Mme Afton, dans tes vertes collines *

* Le titre anglais, *Mrs. Afton, among thy green braes,* fait allusion à un célèbre poème de Robert Burns, *Flow gently, sweet Afton.* Pour permettre au lecteur français de saisir toute la subtilité de ce détail, nous donnons ici le passage en question, suivi d'une traduction littérale *(N.d.T.).*

Flow gently sweet Afton, among thy green braes,
Flow gently, I'll sing thee a song in thy praise.
My Mary's asleep by thy murmuring stream,
Flow gently, sweet Afton, disturb not her dream.

Coule tendrement, douce Afton, dans tes vertes collines,
Coule tendrement, j'entonnerai un chant à ta gloire.
Ma Marie est endormie près de ton cours murmurant,
Coule tendrement, douce Afton, ne trouble pas son rêve.

POUR le docteur Félix Bauer, qui regardait Lexington Avenue par la fenêtre de son cabinet du rez-de-chaussée, l'après-midi ressemblait à un ruisseau paresseux qui avait perdu son courant, ou qui aurait pu couler aussi bien dans un sens que dans l'autre. La circulation s'était intensifiée, mais, sous le soleil de plomb, les voitures n'avançaient que mètre par mètre derrière les feux rouges, et leurs chromes étincelaient comme s'ils étaient chauffés à blanc. Le cabinet du docteur Bauer était climatisé, en fait une agréable fraîcheur s'y répandait ; mais quelque chose, sa logique ou son sang, lui disait qu'il faisait très chaud, et cela le déprimait.

Il jeta un coup d'œil à sa montre. Mlle Vavrica, qui aurait dû arriver à trois heures et demie, escamotait une fois de plus son rendez-vous. Il pouvait la voir à cet instant précis : elle était probablement dans un cinéma, les yeux écarquillés, en train de s'hypnotiser pour éviter de penser à ce qu'elle aurait dû faire. Il y avait bien tel ou tel détail dont il pouvait s'occuper pour meubler les minutes vides en attendant son client de quatre heures un quart, mais il continua à regarder par la fenêtre. Qu'y avait-il donc à New York, se demanda-t-il, en dépit de toute cette agitation et de toute cette ambition, qui le privait de sa propre initiative ? Il travaillait dur, comme il l'avait toujours fait, mais en Amérique c'était avec le sentiment conscient de travailler dur. Ce n'était pas comme à Vienne ni à Paris, où il avait travaillé sans pour autant s'empêcher de vivre ; il se détendait le soir avec sa femme et ses amis, et trouvait alors un surcroît d'énergie pour travailler encore, et continuer à lire jusqu'aux premières heures du matin.

L'image de Mme Afton, petite, plutôt forte mais encore jolie, dotée de ce charme rayonnant et rare qui n'appartient qu'à l'âge mûr — parfumée, se souvint-il, d'eau de Cologne au gardénia — apparut en surimpression sur les soirées européennes. Mme Afton était une femme très agréable, originaire du sud des Etats-Unis. Elle confirmait ce qu'il avait souvent entendu dire à propos du Sud, à savoir que l'on y préservait traditionnellement un certain art de vivre, où il y avait du temps pour les repas, pour les visites, pour la conversation, et, tout simplement, pour ne rien faire. Il avait décelé cet art de vivre dans certaines expressions de Mme Afton, qui, pour n'être pas absolument nécessaires, n'en étaient pas moins agréables à entendre, ainsi que dans son allure calme et ses bonnes manières — et les bonnes manières l'ennuyaient d'habitude — qu'elle n'avait pas oubliées un seul instant, malgré son état angoissé. Mme Afton reflétait une manière de vivre qui, telle une alchimie, transformait le monde, le rendait absolument différent et beaucoup plus beau, quand il se trouvait en face d'elle. Il ne rencontrait pas souvent des gens aussi agréables parmi ses clients — mais c'était au sujet de son mari, et non pas d'elle-même, que Mme Afton était venue le voir le lundi précédent.

Son client de quatre heures un quart, le méticuleux M. Schriever, qui gagnait péniblement chaque cent des honoraires qu'il payait pour ses consultations de trois quarts d'heure, et en restait conscient à chaque seconde, arriva et repartit sans provoquer la moindre ride sur la surface plane de l'après-midi. De nouveau seul, le docteur Bauer passa une main sûre et vigoureuse sur ses sourcils, les lissa impatiemment, et écrivit une note récapitulative sur M. Schriever. Le jeune homme avait encore une fois parlé pour ne rien dire, en hésitant d'abord, puis en fonçant à toute allure, et aucune question n'avait pu le diriger vers des sentiers plus prometteurs. Il fallait croire que c'étaient des gens comme M. Schriever que l'on pouvait aider, en définitive. Le premier barrage était toujours la tension, semblait-il au docteur Bauer : non pas la tension presque objective, née de la guerre ou de la pauvreté, qu'il avait trouvée en Europe, mais cette espèce américaine de tension, qui différait chez chaque individu, et que chacun, une fois chez le psychanalyste, avait l'air de serrer d'autant plus fermement contre lui qu'il était là pour se la faire arracher. Mme Afton, se rappela-t-il, ne montrait aucune trace de cette tension. Il était regrettable qu'une femme née pour le bonheur, élevée pour cela, fût ainsi liée à un homme qui y avait renoncé. Et il était regrettable qu'il ne pût rien faire pour elle. Aujourd'hui, avait-il décidé, il devait lui avouer qu'il ne pouvait pas l'aider.

A cinq heures précises, le pied du docteur Bauer trouva la petite sonnette d'appel dissimulée sous la moquette bleue, et la pressa deux fois. Il jeta un coup d'œil vers la porte, puis se leva et l'ouvrit.

Mme Afton entra immédiatement, d'un pas vif et allègre malgré son embonpoint, la tête haute, les cheveux châtain clair soigneusement ondulés. Il remarqua qu'elle était la seule créature capable de se mouvoir avec une certaine liberté cet après-midi-là.

— Bonjour, docteur Bauer. Elle desserra le foulard de soie bleue qu'elle portait au cou, et dont la couleur s'harmonisait avec celle de la moquette au point de s'y confondre, et s'installa dans le fauteuil de cuir. « Il fait si divinement frais chez vous ! J'aurai vraiment de la peine à m'en aller aujourd'hui. »

— Oui, dit-il en souriant. L'air climatisé mènera l'humanité à sa perte ! Penché sur son bureau, il relut les notes qu'il avait jetées sur le papier lundi :

Thomas Bainbridge Afton, 55 ans. Bon état général. Irritable. Angoisse au sujet de sa force physique, et soucieux d'entraînement. Ces derniers mois, régime sévère et programme d'exercices intensifs. Appartement dans hôtel, avec chambre pleine de matériel de gymnastique. S'exerce avec acharnement. Schizoïde, indices sado-masochistes. Refuse traitement.

Spécifiquement, Mme Afton était venue pour lui demander comment persuader son mari, sinon d'abandonner son régime et ses exercices, au moins de les modérer.

Le Dr Bauer, assis derrière son bureau, lui sourit d'un air mal à l'aise. Il devait, supposait-il, la congédier aimablement tout de suite, en lui expliquant encore une fois qu'il ne pouvait absolument pas soigner quelqu'un par l'intermédiaire de quelqu'un d'autre. Mme Afton l'avait supplié de la laisser revenir pour une seconde entrevue. Et, visiblement, elle avait maintenant tellement plus d'espoir qu'il éprouva quelque difficulté à commencer. « Comment vont les choses aujourd'hui ? » demanda-t-il comme il le faisait toujours.

— Très bien. Elle hésita. « Je crois que je vous ai dit pratiquement tout ce qu'il y a à dire. A moins que vous n'ayez des questions à me poser. » Puis, comme si elle se rendait compte de son attitude tendue, elle se renversa dans son fauteuil, cligna ses yeux bleus et sourit ; et son sourire parut répéter ce qu'elle avait effectivement dit lundi : « Je sais que c'est amusant, un mari qui fait des flexions de bras devant un miroir comme un garçon de douze ans qui admire ses muscles, mais vous comprendrez qu'ensuite, quand il tremble d'épuisement, je crains pour sa vie. »

Et s'il commençait en disant : « Puisque votre mari refuse de venir en personne se faire soigner... » Ce serait avec le même genre de sourire et un hochement de tête compréhensif, supposa-t-il, qu'elle se laisserait congédier, et elle quitterait son cabinet en gardant toujours en elle son fardeau d'angoisse. Mme Afton ne débitait pas tous ses ennuis d'un seul coup comme le faisaient la plupart des femmes d'âge mûr dans son genre, et elle était trop fière pour admettre des faits embarrassants, comme, par exemple, que son mari l'avait peut-être battue parfois. Le Dr Bauer avait la certitude que c'était le cas.

« Je soupçonne, bien sûr, commença-t-il, que votre mari, au moyen de ses exercices de culture physique, veut reconstruire un ego qui a été endommagé. Son raisonnement inconscient est le suivant : il a échoué dans d'autres domaines — ses affaires, sa situation sociale peut-être, le fait d'avoir perdu ses terres du Kentucky, comme vous le disiez, et de ne pas rapporter au foyer autant d'argent qu'il le voudrait — et il se dit qu'il peut compenser ces échecs par sa force physique. »

Mme Afton détourna le regard, et ses yeux s'agrandirent. Le docteur Bauer les avait déjà vus s'agrandir avant, lorsqu'il lui posait un problème, ou qu'elle essayait de se rappeler quelque chose, et il les avait vus se rétrécir soudain quand un détail l'amusait, avec une coquetterie de jeune fille qui étincelait encore à travers la courbe des cils bruns. A présent l'inclinaison de sa tête mettait en valeur ses pommettes saillantes, son front plus étroit, et son menton délicatement pointu — un visage maternel, bien qu'elle n'eût pas d'enfants. Finalement, d'un ton fort sceptique, elle répondit : « Je suppose que ça doit être logique. »

— Mais vous n'êtes pas d'accord ?

— Pas entièrement, en tout cas. Elle releva la tête. Je ne crois pas que mon mari se considère vraiment comme un raté. Nous vivons encore très confortablement, vous savez.

— Oui, bien sûr.

Elle regarda l'horloge électrique, dont l'aiguille des secondes grignotait silencieusement les précieuses quarante-cinq minutes. Ses genoux s'écartèrent un peu quand elle se pencha en avant, et ses jambes dessinèrent, jusqu'à ses fines chevilles bien serrées, deux courbes symétriques formant comme une embase décorative. « N'avez-vous rien à suggérer qui puisse m'aider à modérer sa — son habitude, docteur Bauer ? »

— Il n'y a pas le moindre espoir de le persuader de venir me voir ?

— Je crains que non. Je vous ai dit ce qu'il pense des docteurs. Il dit qu'ils pourront le tripatouiller tant qu'ils voudront une fois qu'il sera mort, mais que maintenant il en a fini avec eux pour le restant de ses jours. Oh ! je ne crois pas vous avoir dit qu'il a vendu son corps à une école de médecine. Elle sourit de nouveau, mais il décela une petite crispation de honte ou de colère dans son sourire. Il a fait ça il y a six mois environ. J'ai pensé que cela pourrait vous intéresser.

— Oui.

Elle continua, d'un ton à peine plus pressant : « Je crois vraiment que si vous pouviez simplement le voir un moment — je veux dire, sans qu'il sache qui vous êtes — à coup sûr vous en apprendriez infiniment plus que tout ce que je pourrais jamais vous dire. »

Le Dr Bauer soupira. « Voyez-vous, tout ce que je pourrais vous affirmer même dans ce cas, se réduirait à de pures conjectures. Ce n'est pas par vous, ni même en voyant votre mari quelques instants, que je peux apprendre les faits qui ont à l'origine causé son obsession de l'athlétisme. Je pourrais vous conseiller de l'aider à reconstruire ce qu'il a perdu, ses contacts sociaux, ses passe-temps et ainsi de suite. Mais je suis certain que vous avez déjà essayé. »

Mme Afton fit comprendre, d'un acquiescement hésitant, qu'elle avait essayé.

« Et encore, psychologiquement parlant, cela ne ferait qu'améliorer la surface. »

Elle ne dit rien. Ses lèvres se resserrèrent aux commissures, et elle détourna les yeux pour contempler les quatre rayures jaune vif que formaient les stores vénitiens dans un coin de la pièce. Et malgré son attitude tendue et avide, il y avait à présent sur son visage un air de désespoir qui força le docteur Bauer à baisser les yeux vers son stylo non décapuchonné, qu'il fit rouler d'un doigt sur son bureau.

« Quand même, je vous serais tellement reconnaissante si vous essayiez simplement de le voir, ne serait-ce que dans le hall de notre hôtel. Alors je sentirais que tout ce que vous avez dit sur lui est plus précis. »

Tout ce que je dis est précis, pensa-t-il, mais il renonça à continuer dans ce sens et fixa son esprit sur ce qu'il devait dire ensuite, à savoir qu'il n'y avait pour elle rien d'autre à faire que d'aller voir un tribunal d'affaires conjugales. Le tribunal suggérerait probablement que son mari soit emmené pour être soigné, et Mme Afton, il le savait, souffrirait mille fois plus que quand il avait laissé entendre que son mari était un raté. Elle aimait toujours son mari, et ne songeait nullement au divorce, avait-elle dit, ni même à une courte séparation. Non seulement elle l'aimait encore, mais elle était fière de lui, comprit le Dr Bauer. Alors il lui vint soudain à l'esprit que s'il rencontrait son mari, même en ne faisant que l'entrevoir, il accomplirait peut-être ainsi le geste final de courtoisie qu'il n'avait cessé de chercher. Après l'avoir vu, il aurait l'impression d'avoir fait tous les efforts qu'il pouvait tenter.

— Je veux bien essayer, dit-il enfin.

— Merci. Je suis sûre que ça lui rendra service. J'en suis convaincue. Elle sourit et se redressa dans son fauteuil. Elle fit non de la tête quand le docteur Bauer lui présenta une cigarette. Je vais vous raconter une autre histoire qui est arrivée, commença-t-elle, et il sentit sa gratitude rayonner vers lui. Comme je devais vous voir lundi à deux heures et demie, vous savez, pour pouvoir partir seule j'ai dit à Thomas que j'avais rendez-vous avec Mme Hatfield — ma plus vieille amie de l'hôtel — à deux heures et demie chez Lord and Taylor's. Eh bien, j'étais en train de déjeuner toute seule dans la salle à manger de l'hôtel à deux heures, quand Thomas est entré inopinément. Nous ne déjeunons jamais ensemble, parce qu'il va à un restaurant végétarien de Madison Avenue. Et moi, j'étais là à déguster mon homard à la crème, ce qui pour Thomas équivaut presque à une tentative de suicide, mais enfin... Le homard à la crème est une spécialité de l'hôtel chaque lundi, et j'en commande toujours au déjeuner. Eh bien, je venais de dire à Thomas que j'avais rendez-vous avec Mme Hatfield à deux heures et demie, quand Mme Hatfield elle-même est entrée dans la salle à manger. Elle est myope et ne nous a pas vus, mais mon mari l'a vue aussi bien que moi. Elle s'est assise à une table et a commandé son déjeuner, et visiblement elle était installée là pour au moins une heure. Thomas est simplement resté assis en face de moi, sans un mot, sachant que j'avais menti. Il est comme ça parfois. Et puis tout éclate, d'un seul coup, à un autre moment, quand je m'y attends le moins. Elle s'arrêta, le souffle saccadé.

— Et ça a éclaté quand ? demanda le Dr Bauer.

— Hier après-midi. Il savait parfaitement, à ce moment-là, que j'étais allée déjeuner avec Mme Hatfield, parce qu'elle était montée me chercher. Nous avions déjeuné en compagnie de quelques amis à l'hôtel Algonquin. Quand je suis rentrée, vers trois heures, Thomas était dans tous ses états, et il m'a accusée d'être allée voir un film les deux après-midi, alors qu'évidemment je n'avais pas eu le temps d'aller voir un film après déjeuner hier après-midi.

— Il n'aime pas que vous alliez au cinéma ?

Elle secoua la tête en riant, d'un rire indulgent et presque gai. « L'air vicié, vous comprenez ? Il pense qu'on devrait démolir tous les théâtres et les cinémas. Oh, mon Dieu ! il est bizarre à ses heures ! Et il croit que les films que j'aime sont la plus basse forme de spectacle. J'aime bien regarder une bonne comédie musicale de temps en temps, je dois dire, et j'y vais quand ça me plaît. »

Le Dr Bauer était sûr qu'elle n'y allait pas.

— Et qu'a-t-il dit d'autre ?

— Eh bien, il n'a pas ajouté grand-chose, mais il a jeté par terre sa montre en or. C'était un geste tellement furieux de sa part, je n'en croyais pas mes yeux.

Elle le regarda comme si elle s'attendait à une réaction quelconque, puis ouvrit son sac à main et en sortit une montre en or, dont elle enroula la chaîne une fois autour de son index, comme pour l'exposer le plus avantageusement possible. Lorsque la montre tourna sur elle-même, le Dr Bauer vit au dos du boîtier un monogramme d'initiales entrelacées.

— C'est la montre que je lui ai offerte la première année de notre mariage. Je suis peut-être un peu vieux jeu, mais j'aime bien qu'un homme porte sur lui une bonne grosse montre de gousset. Par miracle, elle marche encore. Je l'ai juste emportée avec moi pour y faire mettre un nouveau verre. J'ai simplement ramassé la montre sans rien lui dire, puis il a enfilé sa veste et il est sorti pour sa promenade habituelle, comme chaque après-midi. Il se promène tous les jours de trois heures à cinq heures et demie environ, puis il rentre et prend une douche — une douche froide. Après quoi, nous sortons pour dîner ensemble, à moins que ce ne soit une des soirées qu'il passe en compagnie du major Sterns. Je vous ai dit que le major Sterns était le meilleur ami de Thomas. Ils jouent ensemble à la belote ou aux échecs plusieurs soirs par semaine. Pourriez-vous voir mon mari cette semaine, docteur Bauer ?

— Je crois que je vais prendre mes dispositions pour vendredi matin, madame Afton, répondit-il. Comme il travaillait dans une clinique le vendredi après-midi, il pourrait s'arrêter à l'hôtel juste avant. « Si vous voulez bien, je vous appellerai vendredi matin. Nous organiserons notre plan à ce moment-là. Il vaut toujours mieux le préparer à la dernière minute. »

Elle se leva en même temps que lui, souriante, la tête haute. « Très bien. J'attendrai donc votre coup de téléphone. Au plaisir de vous revoir, docteur Bauer. Je me sens vraiment tellement mieux. Mais je crains d'être restée deux minutes de trop. »

Il fit un geste de la main en signe de protestation, et lui ouvrit la porte. Un moment plus tard, elle était partie, mais le léger parfum de son eau de Cologne s'attardait dans la pièce, tandis qu'il restait debout près de la porte refermée, face au crépuscule qui était apparu à la fenêtre.

Quand le Dr Bauer arriva à son cabinet, le lendemain matin à neuf heures, Mme Afton avait déjà téléphoné deux fois. Elle voulait qu'il l'appelle immédiatement, lui dit sa secrétaire, et il avait l'intention de le faire dès qu'il aurait accroché son chapeau, mais son téléphone sonna d'abord.

— Pouvez-vous venir ce matin ? demanda Mme Afton.

Le frémissement de peur qu'il perçut dans sa voix le mit en état d'alerte. « Certainement, madame Afton. Qu'est-il arrivé ? »

— Il sait que je suis venue vous voir à son sujet. Que j'ai vu quelqu'un, je veux dire. Il m'en a accusée ce matin, juste au retour de sa promenade matinale — comme si je ne sais quoi dans l'air le lui avait dit. Il m'a accusée de l'avoir trahi, puis il a fait ses valises et il a dit qu'il partait. En ce moment il est sorti — pas avec ses valises, elles sont toujours là, donc je sais qu'il ne fait que se promener. Il sera probablement de retour vers dix heures, ou par là. Pourriez-vous venir tout de suite ?

— Est-ce qu'il est d'humeur violente ? Est-ce qu'il vous a frappée ?

— Oh, non ! Rien de ce genre. Mais je sais que c'est la fin. Je sais que ça ne pourra plus continuer après ce qui vient de se passer.

Le Dr Bauer calcula le nombre de rendez-vous qu'il devrait annuler. Celui de dix heures un quart, et peut-être celui de onze heures. « Pouvez-vous vous trouver dans le hall de l'hôtel à dix heures un quart ? »

— Oh ! certainement, docteur Bauer !

Il éprouva quelque difficulté à se concentrer pendant sa consultation de neuf heures un quart, et, se rappelant la voix de Mme Afton, il se dit qu'il aurait dû partir immédiatement pour son hôtel. Quelles que fussent les circonstances, Mme Afton était sa cliente, et il se sentait responsable de sa personne.

Dans un taxi, à dix heures, il alluma une cigarette et resta assis sans bouger, incapable de regarder le journal qu'il avait pris avec lui. Un jour de la mi-juin, au milieu de la matinée, pensa-t-il, et tandis qu'il se laissait conduire passivement par un taxi qui tournait continuellement à des carrefours et était arrêté par des feux rouges, Mme Thomas Bainbridge Afton se trouvait au moment critique de sa vie conjugale, après plus de vingt-cinq ans de mariage. Et lui-même, à quoi servirait-il ? A appeler à l'aide en cas de violence, et à prononcer les expressions habituelles de réconfort et d'encouragement si son mari était revenu et reparti avec ses valises. Pour Mme Afton, c'était la fin d'une vie agréable et plaisante : sans son mari elle ne se sentirait plus jamais tout à fait aussi heureuse en compagnie de ses amies. Il devinait les commentaires qu'elle avait dû faire devant celles-ci : « Thomas a ses particularités... Il a ses petites manies. » Et finalement, après toutes sortes d'embarras et de compromis, elle s'était avoué à elle-même : « Il est impossible. » Pourtant, grâce à sa fierté, ou à son éducation, ou à sa conception du devoir, elle avait gardé, avec son sens de l'humour, l'air d'une femme heureuse dans sa vie conjugale. « Thomas est un mari idéal — *était...* »

Une embardée du taxi interrompit ses méditations. Ils s'étaient arrêtés devant un pâté de maisons situé entre la Ve et la VIe Avenue, quelque part entre la 40e et la 50e Rue, en face d'un hôtel plus petit et apparemment plus pauvre que celui qu'il avait imaginé : c'était un immeuble étroit et en retrait qui, supposa-t-il, était rempli de gens d'âge mûr comme les Afton, qui y résidaient depuis une décennie ou davantage.

Mme Afton vint à sa rencontre en traversant rapidement le hall couvert de dalles noires et blanches, et son visage tendu s'épanouit en un sourire de bienvenue. Elle essuya sa paume avec un mouchoir et lui tendit la main. « Comme c'est gentil d'être venu, docteur Bauer ! Il est de retour, il est là-haut maintenant. J'ai pensé que je pourrais vous présenter comme un ami d'un de mes amis — M. Lanuxe, de Charleston. Je pourrais dire que vous êtes simplement de passage et que vous vous êtes arrêté cinq minutes avant de prendre le train. »

— Comme vous voudrez. Il la suivit jusqu'à l'ascenseur, soulagé de la trouver maîtresse d'elle-même.

Ils entrèrent dans un minuscule ascenseur cliquetant manœuvré par un vieux groom noir, et gardèrent le silence pendant que l'ascenseur grimpait lentement. Tout près d'elle maintenant, le Dr Bauer distinguait des traces de gris dans ses cheveux châtain clair, et entendait sa respiration trop rapide. Elle gardait son mouchoir fermement serré dans sa main.

— C'est par ici.

Ils suivirent un couloir assez sombre, descendirent quelques marches pour arriver à un autre palier, et s'arrêtèrent devant une grande porte.

— Je suis sûre qu'il est dans sa chambre à lui, mais je frappe toujours avant d'entrer, murmura-t-elle. Puis elle ouvrit la porte. Voici le salon.

Le Dr Bauer avait inconsciemment fourré son journal dans la poche de sa veste, pour avoir les mains libres. A présent il se retrouvait dans une pièce déserte, plutôt déprimante, contenant du mobilier d'hôtel, quelques livres, un lustre en cuivre fabriqué avec d'anciennes lampes à gaz, et une cheminée noire trop petite.

— Il est par ici, dit-elle, allant vers une autre porte. « Thomas » Elle ouvrit la porte avec précaution.

Il n'y eut pas de réponse.

— Il n'est pas là ? demanda le Dr Bauer.

Mme Afton parut un moment gênée. « Il a dû sortir à nouveau. Mais entre-temps vous pouvez entrer, et voir ce dont je vous ai parlé. Voici son gymnase, comme il l'appelle. »

Le Dr Bauer pénétra dans une pièce à peu près deux fois plus petite que le salon, et beaucoup plus sombre, puisqu'elle n'était éclairée que par une lucarne qui servait de sortie de secours. Il lui fallut un moment pour distinguer les formes bizarres qui s'étalaient sur le sol et pendaient au plafond. Il y avait un punching-ball ordinaire, un grand sac de sable cylindrique fait pour le corps à corps ou le travail des poings, un cheval-arçons muni de poignées, et deux ballons de basket sur le plancher. Il ramassa par terre un gant de boxe, et l'autre vint avec, attaché par ses lacets.

— Et il a encore une machine à ramer. Elle est dans le placard, là-bas, dit Mme Afton.

— Peut-on avoir un peu plus de lumière ?

— Oh ! bien sûr. Elle tira sur un cordon et une ampoule nue s'alluma au plafond. N'importe quel autre jour, il se trouverait maintenant en cet endroit précis. Je suis désolée. Je suis sûre qu'il reviendra d'une minute à l'autre.

Les lacets des gants de boxe, vit le Dr Bauer, étaient blancs et raides, et ne passaient que dans les premiers œillets, comme s'ils n'avaient jamais été défaits. A la lumière, maintenant, tout le matériel paraissait absolument neuf. Le cheval-arçons était couvert de poussière, mais son cuir n'indiquait aucune trace d'usure. Il fronça les sourcils en observant le sac de sable brun, à quelques centimètres seulement de ses yeux. Sur le côté le plus proche de lui, une étiquette en forme de diamant était encore collée. A coup sûr aucun de ces instruments n'avait été utilisé. C'était pour lui une telle surprise qu'il ne parvenait pas, au premier abord, à en comprendre la signification.

— Et il y a le miroir. Elle montra du doigt un grand miroir posé à même le sol, droit contre le mur. Elle rit tout bas. Il est perpétuellement en face de ça.

Le Dr Bauer hocha la tête. Malgré son sourire, il remarqua que son visage laissait voir plus d'angoisse que l'après-midi de leur première entrevue, une angoisse qui transformait ses beaux sourcils effilés en arêtes laides et torturées. Ses mains tremblèrent quand elle ramassa un mètre de couturière et se mit à l'enrouler nettement autour de deux doigts, en attendant avec confiance quelque commentaire de sa part.

— Je ferais peut-être mieux d'attendre dans le hall, murmura le Dr Bauer.

— D'accord. J'appellerai en bas et vous enverrai chercher par un chasseur quand il rentrera. Il prend toujours les escaliers. Je suppose que c'est pour ça que nous l'avons raté quand il est sorti.

Comme l'escalier était juste en face du Dr Bauer quand il sortit sur le palier, il le prit, d'un air hébété. Un homme maigre et blond monta les escaliers, parut le dévisager un moment avant de le croiser, mais le Dr Bauer était certain que ce ne pouvait pas être lui. Il se sentait abasourdi, sans savoir exactement pourquoi. Dans le hall, il regarda d'un côté puis de l'autre, et se dirigea finalement vers le bureau de réception à demi caché sous un autre escalier.

— Vous avez une Mme Afton qui habite ici, dit-il, d'un ton plus affirmatif qu'interrogatif.

Le jeune homme assis au standard téléphonique leva les yeux de son journal. « Afton ? Non, monsieur. »

— Mme Afton, dans la chambre trente-deux.

— Non, monsieur. Pas d'Afton du tout ici.

— Mais alors, qui occupe la chambre trente-deux ? Au moins il était sûr du numéro de la chambre.

Le jeune homme parcourut rapidement sa liste sur le standard. « C'est l'appartement de Mlle Gorham. » Et lentement, tandis qu'il regardait le Dr Bauer, son visage inexpressif ébaucha un sourire amusé.

— Mlle Gorham ? Elle n'est pas mariée ? Le Dr Bauer s'humecta les lèvres. Elle vit toute seule ?

— Oui, monsieur.

— Vous voyez bien qui je veux dire ? Une femme d'une

cinquantaine d'années, un peu grassouillette, avec des cheveux châtain clair ? Il savait, il savait, mais il voulait être doublement sûr.

— Mlle Gorham, oui. Mlle Frances Gorham.

Le Dr Bauer scruta les yeux souriants du jeune homme qui connaissait Mlle Gorham, et se demanda ce que l'employé savait et que lui ne savait pas. Mme Afton avait dû sourire maintes fois à ce jeune homme aussi, elle avait dû gagner ses bonnes grâces comme elle l'avait fait avec lui dans son cabinet. « Merci », dit-il. Puis, d'un air absent : « C'est tout. »

Il se tourna de l'autre côté, le regard fixe et perdu dans le vague, et serra les dents jusqu'au moment où la sensation que la réalité s'écroulait en miettes s'arrêta, et où le monde se redressa et redevint dur, un peu délabré comme le hall de l'hôtel, aussi précis que le grincement des semelles d'un passant sur les dalles du sol, jusqu'au moment où il n'y eut plus de Mme Afton. Il marchait vers la porte, quand la tentation irrésistible de revenir à la routine le força à regarder sa montre, et lui fit comprendre qu'après tout il pouvait être de retour pour son rendez-vous de onze heures, parce qu'il était à peine dix heures quarante. Il obliqua vers une cabine téléphonique, dont la forme ressemblait à celle d'un cercueil, presque entièrement dissimulée derrière un grand pot où poussait un palmier. Une étagère garnie d'annuaires téléphoniques se trouvait sur le côté sous une lampe, et, poussé par quelque curiosité aussi obstinée qu'insensée, il se mit à feuilleter les pages des A dans l'annuaire de Manhattan, pour y chercher le nom d'Afton. Il n'y avait qu'un seul Afton, et c'était la marque commerciale d'un magasin quelconque. Il entra dans la cabine et composa le numéro de son bureau...

— Voulez-vous essayer de joindre M. Schriever encore une fois, dit-il à sa secrétaire, et lui demander s'il peut toujours venir à onze heures. Avec mes excuses pour ces bouleversements. Et quand est le prochain rendez-vous de Mme Afton ?

— Un instant, je vous prie. Nous l'avons inscrite provisoirement pour lundi à deux heures et demie.

— Voulez-vous, s'il vous plaît, mettre à la place un rendez-vous pour Mlle Gorham ? dit-il distinctement. Mlle Frances Gorham, à la même heure.

— Gorham ? Ça s'épelle G-o-r-h-a-m ?

— Oui. Je suppose.

— C'est une nouvelle cliente, docteur Bauer ?

— Oui, dit-il.

L'héroïne

LA jeune fille était tellement sûre d'obtenir la place qu'elle était arrivée hardiment à Westchester avec sa valise. Elle était assise dans un fauteuil confortable, dans la salle de séjour des Christiansen ; avec son manteau bleu marine et son béret elle paraissait n'avoir même pas vingt et un ans, et elle répondait consciencieusement à leurs questions.

— Avez-vous déjà travaillé comme gouvernante ? demanda M. Christiansen. Il était assis à côté de sa femme sur le canapé, les coudes sur les genoux de son pantalon en flanelle grise, les doigts entrecroisés. Je veux dire, avez-vous des références ?

— J'ai été femme de ménage chez Mme Dwight Howell à New York ces sept derniers mois. Lucille le regarda avec des yeux gris soudain plus grands. Je pourrais lui demander une recommandation, si vous voulez... Mais quand j'ai lu votre annonce ce matin, je n'ai pas voulu attendre. J'ai toujours rêvé d'une maison où il y avait des enfants...

Mme Christiansen sourit, mais surtout pour elle-même, devant l'enthousiasme de la jeune fille. Elle prit sur la table basse un étui en argent, se leva, et le présenta à la jeune fille.

— S'il vous plaît.

— Non, merci. Je ne fume pas.

— Eh bien, dit Mme Christiansen, en allumant sa cigarette, nous pourrions leur téléphoner, bien sûr, mais mon mari et moi, nous faisons plus de cas des apparences que des références... Qu'en penses-tu, Ronald ? Tu m'as dit que tu voulais quelqu'un qui aimait vraiment les enfants.

Et, quelques minutes plus tard, Lucille Smith était dans sa chambre, dans le pavillon des domestiques derrière la maison, et boutonnait la ceinture de son nouvel uniforme blanc. Elle effleura légèrement sa bouche avec du rouge à lèvres. « Tu recommences une vie toute nouvelle, Lucille, se dit-elle à elle-même dans le miroir. A partir de maintenant, tu vas avoir une vie heureuse, et utile, et tu vas oublier tout ce qui s'est passé avant. »

Mais voilà que de nouveau ses yeux devinrent trop grands, comme pour contredire ses paroles. Ses yeux ressemblaient beaucoup à ceux de sa mère quand ils s'ouvraient comme cela, et sa mère faisait partie de ce qu'elle devait oublier. Il fallait qu'elle se débarrasse de cette habitude d'agrandir les yeux. Et aussi, cela lui donnait un air surpris et incertain, qui ne convenait pas du tout pour veiller sur des enfants. Sa main trembla quand elle déposa le bâton de rouge à lèvres. Elle recomposa son visage dans le miroir, et lissa le devant amidonné de son uniforme. Il n'y avait que quelques petits détails à se rappeler, tels que les yeux, et certaines habitudes stupides, comme celle de brûler des petits bouts de papier dans des cendriers, ou parfois d'oublier l'heure — des bagatelles que beaucoup de gens faisaient, mais qu'elle devait s'efforcer d'éviter. Avec un peu de pratique, elle s'en souviendrait automatiquement. Parce qu'elle était exactement comme les autres (le psychiatre ne le lui avait-il pas affirmé ?), et que les autres ne pensaient absolument jamais à ces détails.

Elle traversa la chambre, se laissa tomber sur la banquette placée dans l'embrasure de la fenêtre sous les rideaux bleus, et contempla le jardin et la pelouse qui s'étendaient entre le pavillon des domestiques et la grande maison. La cour, plus longue que large, était ornée d'une fontaine ronde qui se dressait au milieu, et deux allées de dalles en pierre s'allongeaient dans l'herbe comme une croix biscornue. Il y avait des bancs çà et là, contre un arbre, sous une tonnelle, qui semblaient faits de dentelle blanche. Quel jardin magnifique !

Et la maison correspondait exactement à celle de ses rêves. Une maison blanche à étage, avec des volets rouge sombre, des portes en chêne garnies de heurtoirs en cuivre, et des serrures qui s'ouvraient d'une pression du pouce... et de larges pelouses, et des peupliers si touffus et si hauts qu'on ne pouvait rien voir à travers, en sorte que l'on n'était pas obligé d'admettre, ni de croire, qu'il y avait une autre maison derrière. A côté de cela, la maison des Howell à New York, avec sa façade striée de marques de pluie, ses piliers de granit et sa lourde ornementation, ressemblait plutôt, pensa Lucille, à un gros gâteau de noces rassis, flanqué de chaque côté d'autres pièces montées du même genre...

Elle se leva soudain. La maison des Christiansen était épanouie, amicale, vivante. Et elle abritait des enfants. Dieu merci, oui, des enfants ! Mais elle ne leur avait même pas encore dit bonjour.

Elle descendit en hâte, traversa la cour en empruntant le sentier qui partait de la porte, s'attarda quelques secondes à observer le gros faune joufflu qui soufflait dans ses pipeaux pour en faire jaillir l'eau qui retombait dans la fontaine de pierre... Quel salaire les Christiansen avaient-ils décidé de lui verser ? Elle ne s'en souvenait pas, et n'y attachait aucune importance. Elle aurait travaillé gratuitement, rien que pour vivre dans un tel endroit.

Mme Christiansen l'emmena avec elle à l'étage, où se trouvait la chambre des enfants. Elle ouvrit la porte de la chambre, dont les murs étaient décorés de motifs champêtres aux couleurs vives, de couples et d'animaux en train de danser, et d'arbres en fleurs aux branches sinueuses. Il y avait des lits jumeaux en chêne clair, et le sol était couvert de linoléum jaune, propre et immaculé.

Les deux enfants étaient à plat ventre sur le sol dans un coin, au milieu de livres d'images et de crayons de couleur éparpillés.

— Mes enfants, voici votre nouvelle gouvernante, dit leur mère. Elle s'appelle Lucille.

Le petit garçon se leva et dit : « Bonjour, comment allez-vous ? » en tendant solennellement une main barbouillée de crayon.

Lucille la prit, et répéta son bonjour en hochant lentement la tête.

« Et Héloïse », dit Mme Christiansen, en amenant vers Lucille l'autre enfant, qui était plus petite.

Héloïse leva de grands yeux vers la silhouette en blanc et dit :

— Bonjour.

— Nicky a neuf ans et Héloïse six, lui dit Mme Christiansen.

— Oui, répondit Lucille. Elle remarqua que les deux enfants avaient dans leurs cheveux blonds une nuance de roux, juste comme leur père. Tous deux portaient une salopette bleue, sans chemise, qui laissait voir entre les bretelles leurs épaules et leur dos bronzés. Lucille ne pouvait pas détacher les yeux des enfants. C'étaient les enfants parfaits de sa maison parfaite. Ils levaient vers elle des yeux francs, dépourvus de méfiance et d'hostilité. Seulement de l'amour, et un peu de curiosité enfantine.

— ... et la plupart des gens préfèrent vraiment vivre où il y a davantage de verdure, disait Mme Christiansen.

— Oh ! oui... oui, madame. C'est vraiment tellement plus agréable ici qu'à la ville.

Mme Christiansen caressait les cheveux de la petite fille avec une tendresse qui fascinait Lucille.

— Ce sera bientôt l'heure de leur déjeuner, dit-elle. Vous prendrez vos repas ici avec eux, Lucille. Préférez-vous du thé, du café ou du lait ?

— Du café, s'il vous plaît.

— Très bien, Lisabeth montera dans quelques minutes avec le déjeuner. Elle s'arrêta à la porte. Il n'y a aucun souci qui vous tracasse, n'est-ce pas, Lucille ? demanda-t-elle à voix basse.

— Oh, non ! madame.

— En tout cas, il ne faut pas vous inquiéter.

Elle parut sur le point d'ajouter autre chose, mais se contenta de sourire, et sortit.

Lucille resta les yeux fixés sur la porte, se demandant ce qu'aurait pu être cette autre chose.

— Vous êtes beaucoup plus jolie que Catherine, lui dit Nicky.

Elle se retourna. « Qui est Catherine ? » Lucille s'assit sur un coussin et, pendant qu'elle accordait toute son attention aux deux enfants qui la regardaient toujours fixement, elle sentit ses épaules se détendre.

— Catherine était notre ancienne gouvernante. Elle est repartie en Ecosse... Je suis content que vous soyez là. On n'aimait pas Catherine.

Héloïse, debout les mains derrière le dos, se dandinait d'un pied sur l'autre en regardant Lucille. « Non, dit-elle, on n'aimait pas Catherine. »

Nicky regarda fixement sa sœur. « Peau de singe ! Tu n'as pas besoin de répéter tout ce que je dis ! »

Lucille éclata de rire et serra ses genoux. Puis Nicky et Héloïse se mirent à rire aussi.

Une servante de couleur entra avec un plateau fumant qu'elle déposa sur la table en bois clair au centre de la pièce. Elle était svelte, et d'un âge indéterminé. « Je m'appelle Lisabeth Jenkins, mademoiselle », fit-elle timidement en plaçant quelques serviettes en papier à trois endroits différents.

— Et moi Lucille Smith, répondit la jeune fille.

— Eh bien, je vais devoir vous laisser vous occuper du reste, mademoiselle. Si vous avez besoin de quelque chose, il n'y a qu'à appeler.

Quand elle sortit, ses hanches parurent étroites et osseuses sous l'uniforme bleu.

Ils s'assirent à table tous les trois, et Lucille souleva le couvercle du grand plat, laissant voir trois omelettes persillées qui brillaient d'un jaune vif dans le rayon de soleil qui tombait sur la table. Mais il y avait d'abord de la soupe à la tomate, qu'elle servit avec la louche, et des toasts beurrés triangulaires qu'elle passa aux enfants. Son café se trouvait dans un pot en argent, et les enfants avaient chacun un grand verre de lait. La table était un peu basse pour Lucille, mais cela ne la gênait pas. Il était si merveilleux d'être simplement assise là avec ces enfants, avec le chaud et gai soleil qui éclaboussait le sol de linoléum jaune, la table, et le visage rougeaud et plein de santé d'Héloïse en face d'elle. Comme il était agréable de se retrouver ailleurs que chez les Howell ! Là-bas, elle s'était toujours sentie maladroite. Mais ici, cela n'aurait pas d'importance si elle laissait tomber un couvercle en étain, ou si elle renversait une cuillère pleine de sauce sur les genoux de quelqu'un. Les enfants ne feraient que rire.

Lucille buvait son café par petites gorgées.

— Vous ne mangez pas ? demanda Héloïse, la bouche déjà pleine.

La tasse glissa entre les doigts de Lucille, et elle répandit la moitié de son café sur la nappe. Non, ce n'était pas une nappe, Dieu merci, mais une toile cirée. Il suffirait d'enlever la tache avec une serviette en papier, et Lisabeth ne s'apercevrait de rien.

— Oh ! la petite cochonne ! fit Héloïse en éclatant de rire.

— Héloïse ! la gronda Nicky, en courant chercher quelques serviettes en papier dans la salle de bains.

Ils épongèrent la tache ensemble.

— Papa nous donne toujours un petit peu de son café, déclara Nicky en reprenant sa place.

Lucille était en train de se demander si les enfants feraient part de l'incident à leur mère. Elle sentit que Nicky lui proposait un marché.

— Vraiment ? demanda-t-elle.

— Il en verse un petit peu dans notre lait, continua Nicky, juste pour qu'on voie la couleur.

— Comme ceci ? Et Lucille versa un peu du joli pot en argent dans chaque verre.

Les enfants tressaillirent de plaisir.

— Oui !

— Maman n'aime pas qu'on boive du café, expliqua Nicky, mais quand elle ne fait pas attention, papa nous laisse en avoir un petit peu, juste comme vous avez fait. Papa dit que sa journée ne vaudrait rien sans son café, et, pour ça, je lui ressemble... Mince alors, ce n'est pas Catherine qui nous aurait donné du café comme ça, hein, Héloïse ?

— Sûrement pas ! Héloïse but une longue et délicieuse gorgée de son verre, qu'elle tenait des deux mains.

Lucille sentit une douce chaleur monter du fond d'elle-même, se répandre sur son visage et continuer à y brûler. Les enfants l'aimaient, il n'y avait aucun doute possible à ce sujet. Elle se rappela combien de fois, durant les trois ans où elle avait travaillé comme bonne dans diverses maisons (être bonne, c'était le seul métier dont elle fût capable, avait-elle pris l'habitude de penser), elle était allée dans les jardins publics, simplement pour s'asseoir sur un banc et regarder jouer les enfants. Mais les enfants, dans les villes, étaient ordinairement sales et grossiers, et elle-même s'était toujours sentie étrangère à leurs jeux. Une fois elle avait vu une mère gifler son propre enfant en pleine figure. Elle se rappelait comment elle s'était enfuie, tellement cela l'avait fait souffrir et l'avait horrifiée...

— Pourquoi avez-vous de si grands yeux ? demanda Héloïse.

Lucille sursauta. « Ma mère aussi avait de grands yeux », dit-elle posément, comme en confidence.

— Oh ! répondit Héloïse, satisfaite.

Lucille découpa lentement l'omelette dont elle n'avait pas envie. Il y avait maintenant trois semaines que sa mère était morte. Seulement trois semaines, mais il lui semblait que cela faisait beaucoup, beaucoup plus longtemps. C'était parce qu'elle était en train d'oublier, pensa-t-elle, d'oublier tout l'espoir désespéré qu'elle avait eu ces trois dernières années, l'espoir que sa mère se rétablirait dans le sanatorium. Mais pour quel genre de vie se serait-elle rétablie ? Sa maladie était un élément différent d'elle-même, un corps étranger qui l'avait tuée. Il avait été insensé d'espérer une santé parfaite que sa mère n'avait jamais eue, elle le savait bien. Même les docteurs le lui avaient dit. Et ils avaient ajouté aussi d'autres informations qui la concernaient elle-même personnellement. Des éléments positifs, encourageants, par exemple, le fait qu'elle était aussi normale que son père l'avait été durant toute sa vie. En regardant le petit visage amical d'Héloïse en face d'elle, Lucille sentit revenir la sensation réconfortante de chaleur. Oui, dans cette maison parfaite, retirée du reste du monde, elle pouvait oublier et recommencer une vie nouvelle.

— Sommes-nous prêts pour un peu de gelée de fruits ? demanda-t-elle.

Nicky montra du doigt son assiette :

— Vous n'avez pas fini de manger.

— Je n'avais pas très faim.

Lucille partagea le supplément de dessert entre les deux enfants.

— Et maintenant, si on sortait jouer dans le bac à sable ? suggéra Nicky. En principe, on n'y va que le matin, mais je veux vous montrer notre château.

Le bac à sable se trouvait derrière la maison, dans un coin que formait une aile avec le corps du bâtiment. Lucille s'assit sur le bois de la bordure du bac, pendant que les enfants se mettaient à entasser le sable et à le tapoter avec des gestes de petits nains.

— Je veux être la princesse prisonnière ! cria Héloïse.

— Oui, et je vais la délivrer, Lucille. Vous allez voir !

Le château de sable humide s'élevait rapidement. Il y avait des tourelles garnies de drapeaux en fer-blanc plantés au sommet, un fossé, un pont-levis fait d'un couvercle de boîte à cigares recouvert de sable. Lucille observait, fascinée. Elle se rappelait, avec des images très nettes, l'histoire de Brian du Bois-Guilbert et de Rebecca. Elle avait lu jadis *Ivanhoé* d'une traite, en une seule longue séance de lecture, et avait perdu la notion du temps et de l'espace juste comme maintenant.

Quand le château fut terminé, Nicky plaça une demi-douzaine de billes à l'intérieur, juste derrière le pont-levis. « Ce sont de bons soldats qui ont été faits prisonniers », lui dit-il. Grâce à un autre couvercle de boîte à cigares qu'il maintint verticalement, il entassa devant les billes une barrière de sable. Puis il enleva le couvercle, et la porte de sable resta debout, imposante comme une porte cochère.

Entre-temps, Héloïse ramassait par terre, au bord de la maison, des munitions de petits cailloux. « Nous abattons la porte, puis les bons soldats descendent la colline et traversent le pont. Et alors je suis sauvée ! »

— Pas la peine de tout lui raconter ! Elle verra bien !

D'un air fort sérieux, Nicky se mit à lancer les cailloux à partir de la bordure du bac à sable située face à la porte du château, tandis qu'Héloïse, derrière le château, avançait vivement une main pour réparer les dégâts autant qu'elle le pouvait entre les boulets qui pleuvaient ; car, tout en étant la princesse captive, elle était aussi l'armée qui défendait le château.

Soudain Nicky s'arrêta et regarda Lucille.

— Papa sait tirer avec un bâton. Il met le caillou d'un côté, et il arrive à atteindre une cible qui est de l'autre côté. Ça s'appelle une balisque.

— Une baliste, corrigea Lucille.

— Mince, vous savez ça aussi, vous ?

— J'ai lu quelque chose là-dessus dans un livre — un livre sur les châteaux.

— Mince alors ! Nicky, gêné d'avoir mal prononcé le mot, s'en retourna à ses bombardements. Il faut qu'on fasse sortir les bons soldats en vitesse. Ils sont prisonniers, vous voyez ? Alors, quand ils seront libérés, ça voudra dire que nous pourrons tous combattre ensemble, et *prendre le château* !

— Et sauver la princesse ! ajouta Héloïse.

Tout en les observant, Lucille se prit à souhaiter qu'Héloïse devienne victime de quelque catastrophe réelle, d'un événement dangereux et terrible, qui lui permettrait de se jeter entre elle et l'assaillant, et de prouver ainsi l'ampleur de son courage et de son dévouement... Peut-être même serait-elle gravement blessée elle-même, d'une balle ou d'un coup de couteau, mais en tout cas elle repousserait l'assaillant. Alors les Christiansen l'aimeraient vraiment et la garderaient pour toujours à leur service. Si un fou quelconque, un de ces individus à la mâchoire tombante et aux yeux injectés de sang, venait à les attaquer soudain maintenant, elle n'aurait pas peur une seconde.

Elle observa le mur de sable s'écrouler, et le premier bon soldat-bille se libéra et dévala la colline en brimbalant. Nicky et Héloïse poussèrent un cri de joie. Le mur cédait complètement : deux, trois, quatre soldats suivirent le premier, et leurs couleurs bigarrées roulèrent gaiement sur le sable. Lucille se pencha en avant. Elle comprenait tout, à présent ! Elle était comme les bons soldats emprisonnés dans le château. Le château représentait la maison des Howell, en ville, et Nicky et Héloïse l'avaient libérée. Elle était libre d'accomplir de bonnes actions. Et maintenant, si seulement il arrivait le moindre incident...

— A-a-aïe !

C'était Héloïse. Nicky avait écrasé un de ses doigts contre la bordure du bac pendant qu'ils se débattaient pour attraper la même bille.

Lucille saisit la main de l'enfant, le cœur battant à la vue du sang qui apparaissait à de nombreux petits points sur la chair éraflée.

— Héloïse, est-ce que ça te fait très mal ?

— Oh, elle n'avait qu'à pas toucher les billes la première ! L'air renfrogné, Nicky s'assit dans le sable.

Lucille serra son mouchoir sur le doigt meurtri, et porta Héloïse pour ainsi dire dans ses bras jusqu'à la maison, folle de peur d'être aperçue par Lisabeth ou Mme Christiansen. Elle emmena Héloïse dans la salle de bains contiguë à la chambre des enfants, et trouva dans l'armoire à pharmacie du mercurochrome et de la gaze. Elle lava doucement le doigt. Ce n'était qu'une petite écorchure, et Héloïse cessa de pleurer quand elle vit combien elle était légère.

« Tu vois, ce n'est qu'une petite égratignure ! » dit Lucille, mais c'était seulement pour rassurer l'enfant. Dans son esprit à elle, il ne s'agissait nullement d'une égratignure. Pour le premier après-midi où elle avait la responsabilité des enfants, c'était un drame affreux qui était arrivé, une catastrophe qu'elle n'avait pas réussi à éviter. Si seulement, se répétait-elle, si seulement sa main à elle avait pu être blessée, et deux fois plus gravement, au lieu de celle de la petite !

Héloïse sourit en la laissant bander le pansement. « Il ne faut pas punir Nicky, dit-elle. Il ne l'a pas fait exprès. Il est seulement un peu brutal quand il joue. »

Mais Lucille n'avait pas la moindre intention de punir Nicky. Elle ne songeait qu'à se punir elle-même, elle aurait voulu prendre un morceau de bois pointu et l'enfoncer dans sa propre paume.

— Pourquoi faites-vous une grimace comme ça ?

— Je... je croyais que tu avais mal.

— Ça ne fait plus mal maintenant. Et Héloïse sortit en gambadant de la salle de bains. Elle sauta sur son lit et s'étendit sur la couverture brune bien ajustée aux coins et dont les pans retombaient jusqu'au sol. Son doigt pansé formait une tache blanche éclatante sur la peau bronzée de son bras. Nous devons faire une sieste maintenant, dit-elle à Lucille, et elle ferma les yeux. Au revoir.

— Au revoir, répondit Lucille, en essayant de sourire. Elle descendit chercher Nicky, et, quand ils montèrent les escaliers, Mme Christiansen se trouvait à la porte de la chambre des enfants.

Lucille blêmit. « Je ne crois pas que ce soit grave,

madame. C'est... c'est une petite égratignure qu'elle s'est faite en jouant dans le bac de sable.

— Le doigt d'Héloïse ? Oh, non ! ne vous inquiétez pas, ma chère. Ils attrapent tout le temps des petites égratignures. Ça leur fait du bien. Ensuite, ils font un peu plus attention. »

Mme Christiansen entra et s'assit sur le bord du lit de Nicky. « Nicky, mon chéri, il faut apprendre à être plus doux. Tu vois comme tu as fait peur à Lucille ! » Elle rit et lui ébouriffa les cheveux.

Lucille observait la scène dans l'embrasure de la porte. De nouveau elle se sentit étrangère, exclue de ce monde, mais cette fois-ci à cause de son incompétence. Pourtant, comme ce spectacle était différent de celui qu'elle avait observé dans les jardins publics !

En sortant, Mme Christiansen lui donna une petite tape sur l'épaule. « Ils auront complètement oublié l'incident avant la tombée du jour. »

« La tombée du jour », murmura Lucille en revenant dans la chambre des enfants. « Quelle expression merveilleuse ! »

Pendant que les enfants dormaient, Lucille parcourut un album illustré de *Pinocchio*. Elle était avide d'histoires, de toutes sortes d'histoires, mais surtout de livres d'aventures et de contes de fées. Et près de son coude, sur l'étagère des enfants, il y en avait des dizaines. Il lui faudrait des mois pour lire toutes ces histoires. Qu'elles fussent destinées aux enfants, cela n'avait pas d'importance. En fait, elle trouvait ce genre-là plus à son goût, parce que ces histoires étaient illustrées d'images représentant des animaux bien habillés, et des tables, des maisons et toutes sortes de choses qui s'animaient.

A présent, en tournant les pages de *Pinocchio*, elle éprouvait un sentiment de contentement et un bonheur si forts que cela l'empêchait pratiquement de continuer sa lecture. Le docteur, au sanatorium, l'avait encouragée à lire, se rappela-t-elle, et lui avait dit d'aller aussi au cinéma. « Vivez en compagnie de gens normaux, et oubliez toutes les difficultés de votre mère. » (Difficultés, c'était le mot qu'il avait employé à ce moment-là, mais, toutes les autres fois, il avait parlé de tension. Et c'était bien de tension qu'il s'agissait, d'une tension qui, comme un fil, passait de génération en génération. Et se transmettait donc à elle, avait-elle pensé.) Lucille voyait encore le visage du psychiatre, sa tête légèrement tournée de côté, ses lunettes qu'il tenait à la main tout en parlant : il ressemblait exactement à l'image qu'elle s'était faite d'un psychiatre. « Ce n'est pas parce que votre mère souffrait d'une certaine tension... il n'y a aucune raison pour que vous ne soyez pas aussi normale que votre père. Et je suis fermement convaincu que vous l'êtes. Vous êtes une fille intelligente, Lucille... Trouvez-vous un travail en dehors de la ville... détendez-vous... profitez de la vie... Je veux que vous oubliiez même la maison où vivait votre famille... Au bout d'un an à la campagne... »

Cela aussi s'était passé trois semaines avant, juste après la mort de sa mère à l'hôpital. Et ce que le docteur avait dit était vrai. Dans cette maison où régnaient la paix et l'amour, la beauté et les enfants, elle pouvait sentir se détacher d'elle, comme la vieille peau d'un serpent, tous les remous de la ville. Déjà, rien qu'en cette première demi-journée ! Dans une semaine elle aurait oublié pour toujours le visage de sa mère.

Avec un petit sursaut de joie proche de l'extase, elle se tourna vers la bibliothèque et choisit au hasard six ou sept grands livres minces aux couleurs brillantes. Elle en ouvrit un et le posa à l'envers sur ses genoux. Elle en ouvrit un autre et le tint incliné contre sa poitrine. Serrant toujours les autres volumes dans une main, les yeux mi-clos, elle enfonça son visage dans les pages de *Pinocchio*. Lentement elle se balança d'avant en arrière dans le fauteuil, sans avoir conscience d'autre chose que de son propre bonheur et de sa reconnaissance. Le carillon, en bas, sonna trois coups, mais elle ne les entendit pas.

— Qu'est-ce que vous faites ? demanda Nicky, d'une voix à la fois polie et curieuse.

Lucille abaissa brusquement le livre qui lui couvrait le visage. Quand elle comprit le sens de la question, elle sourit et rougit comme une enfant toute joyeuse, mais qu'on vient de prendre en défaut. « J'étais en train de lire ! » dit-elle en riant.

Nicky rit aussi. « Ben, vous lisez de vachement près ! »

— Oh ouais alors ! dit Héloïse, qui s'était assise également.

Nicky s'approcha et examina les livres posés sur ses genoux. « Nous nous levons à trois heures. Voulez-vous nous lire quelque chose maintenant ? Catherine nous faisait toujours de la lecture jusqu'au dîner. »

— Et si je vous lisais un peu de *Pinocchio* ? suggéra Lucille, heureuse à l'idée de leur faire partager le plaisir qu'elle avait eu à lire les premières pages de l'histoire. Elle s'assit par terre pour qu'ils puissent regarder les images pendant qu'elle lisait.

Nicky et Héloïse approchaient avidement leurs petits visages tout contre les illustrations, à tel point que Lucille avait parfois des difficultés à voir le texte. Elle ne s'aperçut pas qu'elle lisait avec un intérêt plein d'émotion qui se communiquait aux deux enfants, et que c'était pour cela qu'ils y prenaient tant de plaisir. Elle lut sans arrêt pendant deux heures, qui passèrent presque aussi vite que deux minutes.

Juste après cinq heures, Lisabeth apporta leur dîner sur

un plateau, et dès que le repas fut terminé Nicky et Héloïse demandèrent encore un peu de lecture jusqu'au coucher, à sept heures. Lucille fut heureuse de commencer un autre livre ; mais quand Lisabeth revint pour enlever le plateau, elle dit à Lucille qu'il était temps que les enfants prennent leur bain, et que Mme Christiansen monterait pour leur dire bonne nuit dans un petit moment.

Mme Christiansen monta à sept heures, mais entre-temps les deux enfants avaient déjà enfilé leur robe de chambre et, tout frais encore de leur bain, ils étaient de nouveau assis par terre avec Lucille, profondément absorbés dans une autre histoire.

— Tu sais, dit Nicky à sa mère, on a déjà lu tous ces livres avant avec Catherine, mais quand Lucille les lit on dirait des livres *tout nouveaux* !

Lucille se sentit inondée de plaisir. Quand les enfants furent au lit, elle descendit avec Mme Christiansen.

— Est-ce que tout va bien, Lucille ?... Je me disais que vous auriez peut-être quelque détail à me demander sur la marche à suivre.

— Non, madame, sauf... pourrais-je monter une fois dans la nuit pour voir comment vont les enfants ?

— Oh ! je ne voudrais pour rien au monde que vous interrompiez votre sommeil, Lucille. C'est très attentionné de votre part, mais ce n'est vraiment pas nécessaire.

Lucille garda le silence.

— Et je crains que les soirées ne vous paraissent fort longues. Si jamais vous avez envie d'aller voir un film en ville, Alfred — le chauffeur — se fera un plaisir de vous y emmener en voiture.

— Merci, madame.

— Eh bien, bonne nuit, Lucille.

— Bonne nuit, madame.

Elle sortit par la porte de derrière, et traversa le jardin, où la fontaine coulait toujours. Et quand sa main toucha la poignée de sa porte, elle aurait bien aimé se retrouver déjà devant la porte de la chambre des enfants, à huit heures du matin, au début d'une nouvelle journée.

Pourtant elle était fatiguée, agréablement fatiguée. Il y avait vraiment un grand plaisir, pensa-t-elle en éteignant la lumière, à se sentir réellement fatiguée le soir (bien qu'il ne fût que neuf heures), au lieu de bouillonner d'énergie, et de ne pas pouvoir dormir parce qu'elle pensait à sa mère ou qu'elle s'inquiétait de son propre état... Elle se souvint d'un jour, pas si lointain, où, pendant un quart d'heure, elle était restée incapable de se rappeler son nom. Prise de panique, elle avait couru chez le docteur...

Mais ça, c'était du passé. Elle pourrait même demander à Alfred de lui acheter en ville un paquet de cigarettes — c'était un luxe qu'elle se refusait depuis des mois.

De sa fenêtre, elle jeta un dernier coup d'œil à la maison. Les rideaux de la chambre des enfants ondoyaient maintenant à l'extérieur, et un coup de vent les fit rentrer à nouveau. Le vent parlait, à travers les cimes des peupliers qui s'inclinaient d'un côté puis de l'autre, pareil à un concert de voix amicales, aux voix aiguës et toujours murmurantes des enfants...

La seconde journée se déroula comme la première, mais cette fois sans le moindre contretemps, sans main égratignée — ainsi que la troisième et la quatrième. Des journées régulières et identiques, semblables aux soldats de plomb que Nicky gardait bien alignés sur la table de jeu dans la chambre des enfants. Le seul changement était l'amour croissant qu'éprouvait Lucille envers la famille et les enfants — un dévouement aveugle et passionné qui semblait redoubler chaque matin. Elle remarquait quantité de petits détails auxquels elle s'attachait : la façon dont Héloïse buvait son lait par petites gorgées rapides et goulues ; le duvet blond qui grimpait en petites boucles le long de leur dos et s'unissait à leurs cheveux sur leur nuque ; et, quand elle leur faisait prendre un bain, la douloureuse vulnérabilité de leur corps.

Le samedi soir, elle trouva, dans la boîte aux lettres à l'entrée du pavillon des domestiques, une lettre qui lui était adressée. Elle contenait une feuille blanche, à l'intérieur de laquelle se trouvaient deux billets de vingt dollars tout neufs. Lucille en saisit un par ses bords craquants. Sa valeur ne signifiait rien pour elle. Pour s'en servir, elle devrait aller dans les magasins où les autres faisaient leurs achats. Mais à quoi l'argent pouvait-il lui être utile, si elle ne quittait jamais la maison des Christiansen ? Il ne ferait que s'accumuler au rythme de quarante dollars par semaine. Dans un an, elle aurait deux mille quatre-vingts dollars, et le double dans deux ans. Elle finirait peut-être par avoir autant d'argent que les Christiansen eux-mêmes, et ce ne serait pas juste.

Est-ce qu'ils trouveraient cela très étrange, si elle leur demandait de travailler pour rien ? Ou peut-être pour dix dollars ?

Il fallait qu'elle en parle à Mme Christiansen, et elle alla la trouver le lendemain matin. Ce n'était pas le bon moment. Mme Christiansen était en train de préparer le menu d'un dîner.

— C'est au sujet de mon salaire, madame, commença Lucille.

— Oui ? dit Mme Christiansen de sa voix agréable.

Lucille observa le crayon jaune qu'elle tenait à la main et qui traçait rapidement des signes sur le papier. « C'est trop pour moi, madame. »

Le crayon s'arrêta. De surprise, Mme Christiansen écarta légèrement les lèvres. « Vous êtes *vraiment* une fille bizarre, Lucille ! »

— Que voulez-vous dire, bizarre ? demanda Lucille avec curiosité.

— Eh bien, d'abord vous voulez rester pratiquement nuit et jour avec les enfants. Vous ne demandez même jamais un après-midi de congé. Vous parlez toujours de faire quelque chose d'« important » pour nous, encore que je ne voie pas très bien ce dont il s'agirait... Et maintenant, voilà que votre salaire est trop élevé ! Nous n'avons jamais eu d'employée comme vous, Lucille. Je peux vous l'assurer, vous êtes différente ! Elle éclata de rire, d'un rire tranquille et détendu qui contrastait avec l'attitude crispée de la fille debout devant elle.

Lucille concentrait toute son attention sur la conversation, et persévéra : « Que voulez-vous dire, différente, madame ? »

— Eh bien, je viens de vous l'expliquer, ma chère. Et je refuse de diminuer votre salaire, parce que cela deviendrait de l'exploitation pure et simple. En fait, si jamais vous changez d'avis et que vous voulez une augmentation...

— Oh, non ! madame... mais je voudrais seulement pouvoir faire quelque chose de plus pour vous... pour vous tous...

— Lucille ! Mais vous travaillez pour nous, n'est-ce pas ? Vous prenez soin de nos enfants. Que pourrait-il y avoir de plus important que cela ?

— Mais je veux dire, quelque chose de plus grand, je veux dire, de plus...

— C'est absurde, Lucille, l'interrompit Mme Christiansen. Ce n'est pas parce que les gens chez qui vous étiez avant n'étaient pas aussi... aimables que nous, que vous devez vous tuer au travail pour nous. Elle attendit que la jeune fille fasse un mouvement pour s'en aller, mais elle restait toujours debout près du bureau, l'air déconcerté.

M. Christiansen et moi sommes très contents de vous, Lucille, ajouta-t-elle.

— Merci, madame.

Elle regagna la chambre où les enfants jouaient. Elle n'avait pas réussi à faire comprendre son idée à Mme Christiansen. Si seulement elle pouvait retourner lui expliquer ce qu'elle sentait, lui parler de sa mère, et du fait qu'elle avait peur d'elle-même depuis tant de mois, et qu'elle n'avait jamais osé prendre un apéritif ni même une cigarette... et si elle lui disait à quel point le simple fait de vivre avec cette famille dans cette belle maison lui avait fait du bien... oui, si elle lui racontait tout cela elle serait peut-être soulagée. Elle se tourna vers la porte, mais à la pensée qu'elle risquait de la déranger ou de l'ennuyer avec cette histoire, une histoire de bonne, elle s'arrêta. Et tout le reste de la journée elle garda dans sa poitrine le lourd fardeau de sa gratitude inexprimée.

Ce soir-là, elle resta assise dans sa chambre, avec la lumière allumée, jusqu'après minuit. Elle avait des cigarettes maintenant, et elle s'autorisait à en fumer trois le soir, mais rien que ces trois cigarettes suffisaient à lui faire éprouver d'agréables fourmillements, à lui détendre l'esprit, à transformer ses rêves en rêves héroïques. Et quand les trois cigarettes étaient finies, et qu'elle aurait aimé en fumer encore une, elle se levait, la tête très légère, et rangeait le paquet de cigarettes dans un tiroir tout en haut du placard, pour éviter la tentation. Juste en refermant le tiroir, elle remarqua, sur sa boîte de mouchoirs, les deux billets de vingt dollars que les Christiansen lui avaient donnés. Cette fois, elle les prit, et alla se rasseoir dans son fauteuil.

Elle saisit sa pochette d'allumettes, en craqua une, et la déposa, la flamme en bas, contre le bord de son cendrier. Lentement, elle craqua les allumettes l'une après l'autre, et les plaça stratégiquement de manière à faire un petit feu tremblotant et bien contrôlé. Quand il n'y eut plus d'allumettes, elle déchira la pochette de carton en petits morceaux, qu'elle laissa tomber un par un dans le feu. Finalement elle prit les billets de vingt dollars, et avec quelque difficulté, en arracha des petits carrés de la même taille, qu'elle distribua également au feu.

Mme Christiansen ne comprenait pas, mais peut-être comprendrait-elle si elle voyait *cela.* Pourtant *cela* ne suffisait pas. Se montrer simplement une gouvernante exemplaire et fidèle ne suffisait pas non plus. N'importe qui en ferait autant, pour de l'argent. Elle était différente. N'était-ce pas Mme Christiansen elle-même qui le lui avait dit ? Alors elle se rappela ce qu'elle avait ajouté : « M. Christiansen et moi sommes très contents de vous, Lucille. »

Le souvenir de ces paroles la fit se lever de son fauteuil et un sourire de ravissement apparut sur ses lèvres. Elle se sentit merveilleusement forte et solide, tant par sa propre fermeté d'esprit que par la position qu'elle occupait dans la maisonnée. *M. Christiansen et moi sommes très contents de vous, Lucille.* Il n'y avait vraiment qu'une chose qui manquait à son bonheur. Il fallait absolument qu'elle fasse ses preuves dans une situation critique.

Si seulement il arrivait un fléau, comme ceux dont elle avait lu l'histoire dans la Bible... « Et il advint qu'un grand fléau s'abattit sur toute l'étendue du pays. » C'était ainsi qu'on devait raconter cela dans la Bible. Elle imagina que les eaux montaient de plus en plus haut en clapotant contre les murs de la grande maison, jusqu'à atteindre presque la chambre des enfants. Alors elle irait au secours des enfants, et à la nage elle les emmènerait dans un endroit sûr, n'importe où.

Elle faisait les cent pas dans la chambre, d'un air agité.

Ou s'il y avait un tremblement de terre... Elle s'élancerait au milieu des murs qui s'écroulaient et en sortirait les enfants. Peut-être qu'elle retournerait chercher quelque bagatelle, par exemple les soldats de plomb de Nicky ou la boîte de peintures d'Héloïse, et qu'elle mourrait écrasée. Alors les Christiansen reconnaîtraient l'ampleur de son dévouement.

Ou s'il y avait un feu. N'importe qui pouvait être victime d'un incendie. Un feu était un accident fort commun, qui ne nécessitait nullement l'intervention courroucée du monde surnaturel. Rien qu'avec une allumette et l'essence qui se trouvait dans le garage, il pourrait y avoir un feu terrible.

Elle descendit et passa par la porte intérieure qui conduisait au garage. Le réservoir, haut de presque un mètre, était entièrement plein, de sorte que, si elle n'avait pas été soutenue par la haute idée qu'elle avait de l'importance vitale de son acte, elle aurait été incapable de soulever un tel poids pour lui faire franchir le seuil du garage, puis celui du pavillon des domestiques. Pour traverser la cour, elle fit tourner le réservoir sur sa base, comme elle avait vu des hommes manœuvrer des tonneaux de bière ou des poubelles. Ainsi le réservoir ne fit aucun bruit sur l'herbe, et n'émit qu'un choc assourdi suivi d'un grondement bref quand il traversa un des sentiers dallés perdus dans la nuit.

Il n'y avait aucune lumière aux fenêtres, mais même s'il y en avait eu, cela n'aurait nullement empêché Lucille de mener à bien son projet. Même si M. Christiansen en personne s'était trouvé là debout à côté de la fontaine, cela ne l'aurait pas empêchée de continuer, car elle ne l'aurait sans doute pas aperçu. Et même si elle l'avait vu, n'était-elle pas sur le point d'accomplir un acte de la plus grande noblesse ? Non, elle n'aurait vu que la maison et le visage des enfants dans leur chambre à l'étage.

Elle dévissa le bouchon et versa un peu d'essence contre un angle de la maison, fit rouler le réservoir plus loin et en versa de nouveau contre les planches blanches qui couvraient le mur, et ainsi de suite jusqu'à ce qu'elle eût atteint l'autre coin. Puis elle craqua une allumette et revint sur ses pas, en allumant les endroits humectés. Sans un regard en arrière, elle alla se placer debout à la porte du pavillon des domestiques, et observa.

Les flammes furent d'abord pâles et avides, puis elles devinrent jaunes et se colorèrent de lueurs rouges. Tandis que Lucille contemplait ce spectacle, toute l'anxiété qu'elle éprouvait encore, dans son corps et son esprit, parut s'évaporer lentement et régulièrement dans l'air, et disparaître définitivement, laissant place, dans ses muscles et son cerveau, à la tension volontaire d'un athlète avant le signal du départ. Elle laisserait les flammes bondir bien haut, même jusqu'à la fenêtre de la chambre des enfants, avant de s'y jeter, pour agir seulement quand le danger serait à son comble. Un sourire pareil à celui d'une sainte se dessina sur sa bouche, et si quelqu'un l'avait vue ainsi dans l'embrasure de la porte, le visage radieux dans la lumière rougeoyante, il aurait sûrement pensé que c'était une jeune femme d'une grande beauté.

Elle avait allumé le feu en cinq endroits, et à présent ces cinq feux grimpaient le long de la maison comme les doigts d'une main, chauds et tremblants, doux et caressants. Lucille sourit et se força à rester calme. Puis, tout à coup, le réservoir d'essence, devenu trop chaud, explosa avec un bruit de canon et illumina un instant la scène entière.

Comme si c'était le signal qu'elle avait attendu, Lucille avança avec confiance vers la maison.

Franchir encore un autre pont

COMME la voiture était décapotée, Merrick put voir à plus d'un kilomètre et demi de distance l'homme debout sur le pont. La voiture dans laquelle Merrick était assis fonçait vers lui à toute allure, et Merrick pensa : « Ça ressemble à une séquence d'un film de Bergman. L'homme tient une arme à la main en ce moment précis, et quand l'auto arrivera assez près du pont pour qu'il lui soit impossible de rater son coup, il va me tirer dessus, je serai touché en pleine poitrine, et après tout ce sera probablement une aussi bonne solution pour moi. » Merrick continua d'observer la silhouette aux épaules voûtées — l'homme s'appuyait de ses avant-bras sur le parapet — à la fois parce qu'il s'attendait à une catastrophe, et parce que l'homme debout sur le pont était la seule forme humaine visible dans le paysage. Ils se trouvaient quelque part dans le Sud de la Riviera. Le bleu serein de la Méditerranée s'étendait à leur gauche, et à leur droite des terrasses plantées d'oliviers d'un vert poudreux qui semblaient manquer d'eau s'étageaient sur les collines, avant d'être arrêtées par la base rocheuse des montagnes. Le pont, qui enjambait la grand-route, soutenait une route secondaire, et s'élevait au moins aussi haut qu'un immeuble de deux étages.

Mais l'homme ne bougea pas quand la voiture de Merrick atteignit le pont. Merrick vit un coup de vent agiter ses cheveux noirs. Le danger était passé.

Puis, au-dessus du vrombissement d'un camion qui arrivait en sens inverse, Merrick entendit un bruit mat, comme si un sac de sable était tombé du coffre de la voiture. Il tourna la tête, en se redressant un peu. « Arrêtez ! » cria-t-il au chauffeur.

Une tache sombre s'étalait sur la route sous le pont, et Merrick avait tourné la tête juste à temps pour voir le camion passer dessus avec les pneus de ses énormes roues gauches. Le camion avait freiné avec un crissement strident et s'était arrêté. Le chauffeur sortait de la cabine. Merrick, qui avait porté la main à son front, la baissa et la mit devant ses yeux.

— Que s'est-il passé ? demanda le chauffeur de Merrick, enlevant brusquement ses lunettes de soleil, et clignant des yeux pour regarder derrière lui. Il fit marche arrière.

— Quelqu'un a été tué, dit Merrick.

Le chauffeur fit reculer la voiture, la rangea nettement le plus près possible du bord de la route, serra le frein à main, et bondit dehors.

Pendant quelques instants, le chauffeur et le camionneur eurent une conversation animée que Merrick ne put pas entendre. Merrick ne sortit pas de la voiture. Le camionneur avait traîné le corps jusqu'à l'herbe sur le bas-côté de la route. Sans nul doute il expliquait au chauffeur de Merrick qu'il n'aurait absolument pas pu s'arrêter, parce que l'homme avait sauté juste devant lui.

— *Dio mio,* fit le chauffeur de Merrick en remontant dans la voiture. Un suicide. Et pas un vieil homme, avec ça. Le chauffeur secoua la tête.

Merrick garda le silence.

Ils continuèrent à rouler.

Au bout de dix minutes, le chauffeur dit : « Dommage que vous n'aimiez pas Amalfi, monsieur. »

— Oui. Eh bien ! Merrick n'était pas d'humeur à bavarder. Son italien était limité à un vocabulaire de base, que toutefois il possédait à fond et prononçait correctement. Amalfi était l'endroit où il avait passé sa lune de miel, vingt-cinq ans auparavant. Pas la peine de parler de ces souvenirs à un Italien de Messine qui n'avait lui-même qu'une trentaine d'années.

Ils s'arrêtèrent à un village que Merrick avait vu sur la carte à Palerme, et sur lequel il s'était renseigné. Comme l'agent de voyages avait affirmé : « Très joli, très calme », Merrick s'était dit qu'il pourrait bien tenter l'expérience. Il avait téléphoné de Messine et retenu une chambre avec salle de bains. Le chauffeur le conduisit à l'hôtel, et Merrick le paya, en lui donnant un si gros pourboire que le visage du chauffeur s'épanouit en un large sourire.

— Merci beaucoup, monsieur. Je vous souhaite un très agréable séjour ! Puis il repartit vers Messine.

L'hôtel Paradiso était très joli, mais ne correspondait pas aux souhaits de Merrick. Il s'en rendit compte au bout de deux minutes d'inspection de son hall principal, qui entourait une cour intérieure garnie de petits arbres fruitiers et d'un puits à ciel ouvert datant du XVIe siècle. Les carrelages étaient ravissants, et la vue de sa fenêtre sur la Méditerranée aussi imposante que du pont d'un bateau, mais ce n'était pas ce qu'il voulait. Néanmoins, Merrick y passa la nuit, et loua le lendemain matin une voiture pour poursuivre son voyage. Pendant qu'il attendait à l'hôtel l'arrivée de la voiture, il parcourut le petit journal local pour voir si on y parlait de l'homme qui avait sauté du pont.

Il y avait un petit article sur une seule colonne en deuxième page. L'homme en question s'appelait Dino Bartucci, trente-deux ans, maçon sans emploi, marié et père de cinq enfants (on donnait leurs noms et âges respectifs, tous avaient moins de dix ans) ; sa femme était en mauvaise santé, et, depuis de longs mois, Bartucci paraissait extrêmement déprimé et tourmenté. Deux fois il avait dit à des amis : « Si j'étais mort, l'Etat donnerait au moins une petite pension à ma femme et à mes enfants. »

Merrick savait à quel point cette pension devait être maigre. C'était là le comble, pensa Merrick, de la détresse humaine : la pauvreté, une femme malade, des enfants affamés, et pas de travail. Et il lui parut mystérieux d'avoir senti, dès qu'il avait aperçu cet homme, une prémonition de la mort, laquelle s'était vérifiée, bien qu'il eût d'abord pensé à sa mort à lui.

Merrick monta dans la voiture avec le nouveau chauffeur. A une heure, ils arrivèrent à Amalfi et s'arrêtèrent pour déjeuner. Le chauffeur s'en alla de son côté avec les mille lires que Merrick lui donna pour son repas, et Merrick déjeuna à un hôtel dont la terrasse dominait la mer. Il était venu déjeuner ou dîner là plusieurs fois avec Helena, mais ce souvenir ne fit que l'effleurer, pendant qu'il savourait lentement un excellent repas. Il s'aperçut que le fait de se retrouver à Amalfi ne le troublait pas. Pourquoi cela aurait-il dû le troubler ? L'hôtel même où elle et lui avaient séjourné avait été détruit un hiver dans un glissement de terrain provoqué par de fortes pluies. On l'avait reconstruit, bien sûr, et dans le même style, avait-on dit à Merrick, mais il était certain que ce n'était pas tout à fait vrai. Il devait bien y avoir eu quelques changements, probablement dans le sens de l'agrandissement, et ils n'avaient pas pu retrouver chaque rocher, chaque pierre, chaque arbre. Mais même si l'hôtel était resté exactement le même, Merrick n'y serait pas entré à présent. Il savait que son propre souvenir, en vingt-cinq ans, avait dû subir de lentes modifications, et que la réalité lui causerait un choc inutile et déprimant.

Merrick s'attarda devant son déjeuner, puis alla déguster tout à loisir, sur la place principale, un café suivi d'un cognac. Il était presque cinq heures quand ils reprirent leur route.

La ville suivante de quelque importance était Positano. On arrivait à la fin du jour, et un énorme soleil orange était précisément en train de s'engloutir dans la mer, derrière la bosse empourprée de Capri. Merrick s'imagina qu'il entendait le soleil chuinter en touchant l'eau, mais le sifflement venait des vagues qui battaient contre les falaises rocheuses en contrebas. Le bourg de Positano, quoique objectivement beau, établi au flanc de ses montagnes incurvées — tels les bancs étagés d'un amphithéâtre dont la mer calme et lisse formait la scène — ne parut pas plus séduisant à Merrick qu'une demi-douzaine d'autres villages qu'il avait vus. Malgré tout, il dit au chauffeur qu'il y passerait la nuit. Le chauffeur se montra très surpris, parce que Merrick lui avait dit qu'ils iraient peut-être à Naples, ou même jusqu'à Rome. Merrick lui répondit qu'il lui paierait ce qu'il aurait payé pour aller à Rome, ce qui remit le chauffeur de bonne humeur.

— Je connais le meilleur hôtel ici, monsieur. Voulez-vous que je vous y conduise ?

Merrick ne tenait pas à se décider aussi rapidement. « Non. Faites-moi d'abord traverser la ville. S'il vous plaît. »

La route les emmena au-dessus de la ville, en contournant le demi-cercle de l'amphithéâtre. Il n'y avait pas de rues dans la ville proprement dite, seulement des escaliers et des traverses en pente raide.

— Que dites-vous de celui-ci ? demanda Merrick, en indiquant un hôtel sur leur gauche. L'enseigne en fer forgé, plate et noire contre la façade blanche, disait « Hôtel Orlando ».

— Très bien. Le chauffeur pénétra dans le parking situé devant l'hôtel.

Un groom sortit.

C'était probablement un hôtel très ordinaire, pensa Merrick, mais, comme il paraissait plutôt coûteux, il supposa qu'il serait propre et que le service serait bon. Merrick paya le chauffeur et lui donna un pourboire.

Une fois dans sa chambre, Merrick se déshabilla et prit un long bain chaud. Puis il mit sa robe de chambre, et fit monter une demi-bouteille de champagne. Encouragé par le champagne, il se força à écrire une carte postale à sa sœur à New York et à sa belle-fille, qui toutes deux se faisaient du souci pour lui. A chacune il écrivit la même chose :

Je passe des vacances très agréables, et me repose comme prescrit. Je retrouverai bientôt les Denis à Munich. J'espère que tu vas bien. Ne t'inquiète pas.

Très affectueusement,

Charles.

Ses docteurs lui avaient ordonné de se reposer deux heures au lit tous les après-midi. Merrick avait observé cette consigne jusqu'à Palerme, mais ne le faisait plus depuis trois jours. Quatre mois avant, sa femme Helena et leur fils, leur unique enfant, Adam, avaient trouvé la mort dans une collision sur une autoroute du New Jersey, dans une voiture conduite par Adam. Il n'avait pas trop mal réagi les premiers temps, mais trois mois plus tard ç'avait été l'effondrement. Il avait dû cesser de se rendre à son bureau de « Merrick Weaves, Inc. » à White Plains, pas vraiment parce qu'il se sentait aussi mal que les docteurs le pensaient, mais parce que désormais il ne voyait plus aucune raison d'y aller. Son usine textile continuait de produire aussi bien sans lui qu'avec lui. Sa sœur Wynne était venue chez lui, à White Plains, et elle y était restée deux semaines, mais, comme elle devait aussi s'occuper de sa famille à elle, cela ne pouvait pas durer toujours. De toute façon, sa présence dans la maison déserte — et Wynne s'était montrée plus merveilleuse que jamais — n'avait vraiment pas réussi à faire sortir Merrick de sa neurasthénie, quoiqu'il lui eût affirmé se sentir mieux. Il maigrissait, et pourtant il lui semblait, peut-être à cause de l'effort que cela coûtait, qu'il absorbait toujours autant de nourriture qu'avant. Il ne s'était pas aperçu qu'il aimait tant Helena, qu'il avait tant besoin simplement de son existence. Sa perte, ainsi que celle de son fils qui venait de finir ses études, de rentrer du service militaire, de se marier, et allait juste commencer sa vie, avaient suffi à ébranler sa foi en toutes les idées qui avaient soutenu sa vie jusqu'alors. Les vertus du travail acharné, de l'honnêteté, du respect de son semblable, de la croyance en Dieu, lui avaient soudain paru minces et abstraites. Ses convictions étaient devenues fantomatiques, tandis que les corps de sa femme et de son fils, dans la chapelle ardente, lui avaient semblé aussi tangibles que de la pierre. Il avait éprouvé comme une réalité le vide de sa maison, mais non pas l'idéal purement intellectuel de la force d'âme dont un homme devait faire preuve. En même temps, Merrick savait que des millions d'hommes avaient déjà connu cette situation, depuis le commencement des temps. Il n'y avait rien d'exceptionnel ni d'original dans ses sentiments. C'était là ce que les gens appelaient « la vie » — les deux morts dans sa vie, et ce qui s'ensuivait. Finalement ses docteurs lui avaient recommandé un voyage en Europe par petites étapes, mais avant de souscrire à cette prescription, ils s'étaient assurés que Merrick projetait de voir des amis à Londres, Paris, Rome et Munich, et que ces amis étaient de ceux qui auraient du temps libre à lui consacrer. Bien que son bateau allât jusqu'à Gênes, Merrick avait débarqué à Lisbonne, la première escale, et avait pris un autre bateau jusqu'à Palerme. Les Martin, à Rome, voulaient qu'il reste avec eux une semaine dans leur grande maison sur la Via Appia Antica. Merrick espérait raccourcir ce séjour et le ramener à une seule nuit, sous prétexte que les Denis l'attendaient à Munich beaucoup plus tôt que prévu. Les Denis habitaient Zurich, et viendraient à Munich spécialement pour le chercher. De Munich, ils descendraient en voiture jusqu'à Venise, puis entreraient en Yougoslavie et longeraient la côte.

On servait le dîner à huit heures, avait-on dit à Merrick. A sept heures et demie, il alla faire un tour dans le jardin derrière la terrasse où les couverts étaient mis sur toutes les tables. Le jardin n'était que faiblement éclairé, par quelques bougies posées dans des récipients de verre le long de la murette en pierre et sur des moellons presque enterrés dans l'herbe. C'était un jardin sauvage, si toutefois il méritait vraiment le nom de jardin, mais dès que Merrick le vit, il en fut enchanté. Il y avait sur la gauche une balancelle, à demi cachée par un arbre bas, où deux personnes étaient assises, avec devant eux une petite table où miroitaient des verres. Personne d'autre ne se trouvait dans le jardin. Loin derrière, noires à présent que le soleil avait disparu, se dressaient les formes d'énormes montagnes qui semblaient très proches, et entouraient le jardin comme une muraille. La lueur des bougies éclairait le visage du couple assis dans la balancelle : on aurait dit des têtes d'enfants autour d'une lanterne de Halloween. Peut-être étaient-ce des jeunes mariés, pensa Merrick. Quelque chose en eux le suggérait, non pas leur proximité physique, parce qu'ils ne se touchaient même pas, mais leur bonheur et leur familiarité tranquille, leur jeunesse.

Une guitare se mit à jouer. Elle semblait venir de plus bas, là où le sol en pente se couvrait de touffes sombres de buissons et d'arbres — mais il n'y avait rien là en bas, on ne voyait pas de lumière. La guitare jouait sans accompagnement, mais sa sonorité était si riche qu'on aurait cru que trois instruments résonnaient ensemble. La chanson s'écoulait d'une manière aisée, avec assurance. Sa ligne mélodique était longue et complexe, et descendait à intervalles plus ou moins réguliers jusqu'à une note basse qui semblait vibrer dans le sang de Merrick. Il se rendit compte que ce n'était probablement qu'un fox-trot lent et populaire, mais à présent cela lui paraissait une musique bien meilleure, on aurait presque dit un air célèbre extrait d'un opéra d'un grand compositeur. Merrick respira profondément. Il avait déjà entendu cette chanson à Amalfi quand il s'y trouvait avec Helena. Il ne l'avait jamais réécoutée depuis, et ni lui ni Helena ne s'étaient jamais donné la peine d'en chercher le titre ni d'acheter le disque pour le rapporter en Amérique. Simplement, on la jouait de temps à autre, à la guitare aussi, le soir à leur hôtel. Ils savaient qu'elle se ferait entendre à son heure, comme tel oiseau au coucher du soleil, et il n'aurait pas été adéquat de s'enquérir de son titre ni de demander à un musicien de la jouer pour eux, parce qu'elle avait ses moments à elle pour apparaître.

Au dîner, Merrick eut pour lui tout seul une table où auraient pu s'asseoir quatre personnes, contre une balustrade ornementale de la terrasse. Des bougainvillées poussaient en dessous et grimpaient le long de la balustrade, si près de lui qu'une guirlande de fleurs mauves s'allongeait sur la nappe blanche à côté de sa main droite. Merrick jeta un coup d'œil circulaire pour observer ses compagnons du dîner. Il y avait plus de jeunes que de personnes âgées. Il vit les jeunes mariés, toujours absorbés l'un par l'autre, en train de bavarder, à une table au centre de la terrasse. Dans le coin le plus éloigné était assise une femme d'âge mûr aux cheveux châtain clair, une femme très bien habillée, d'allure américaine, qui mangeait seule. Merrick cligna des yeux et la regarda fixement, puis remarqua l'angle — inférieur à un angle droit — que formait la terrasse avec la balustrade située derrière elle. Il ressemblait exactement à tel angle précis de la terrasse de l'autre hôtel à Amalfi. Et là-bas aussi, il se rappelait avoir vu des bougainvillées. Mais le reste de l'hôtel était différent de celui d'Amalfi, différent, et pourtant avec juste ce qu'il fallait de ressemblance. Par exemple, l'hôtel d'Amalfi avait aussi un jardin laissé à l'état plus ou moins naturel, comme celui-ci. Alors Merrick comprit qu'il avait enfin abouti à l'endroit qu'il souhaitait.

— Terminé, *signor* ?

On débarrassa l'assiette de hors-d'œuvre de Merrick, et le souriant serveur italien, qui paraissait âgé de seize ans au plus, lui présenta un grand plateau de *fettucine*, dont il se servit. Il y eut ensuite du rôti de veau, une salade verte, puis une grande corbeille de fruits, où Merrick choisit une poire, et enfin une pâtisserie. Merrick demanda qu'on lui apporte le café dans le jardin, et il le but debout, appuyé contre la balustrade, bien qu'il n'y eût personne dans la balancelle ni dans les deux transats avoisinants.

La femme aux cheveux châtain clair et aux petites boucles d'oreilles entra dans le jardin et inclina la tête pour allumer sa cigarette. Son briquet ne produisit que des étincelles.

— Vous permettez ? dit Merrick en s'approchant d'elle ; et de sa main libre il sortit son briquet de la poche de sa veste.

— Oh ! Je croyais qu'il n'y avait personne. Merci.

Elle ne ressemblait pas le moins du monde à Helena ; cependant, quand il l'avait vue assise dans le coin de la terrasse, il avait pensé qu'elle ressemblait à Helena telle qu'elle serait apparue aujourd'hui, si elle avait été assise dans le coin de la terrasse à l'hôtel d'Amalfi.

— Vous venez d'arriver, n'est-ce pas ? dit la femme d'un ton agréable. Le pourtour de ses yeux bleus était parcheminé de petites rides, et elle avait le visage bronzé.

— Oui. Vous séjournez ici depuis longtemps ?

— Cinq semaines. J'y viens tous les ans. Je fais de la peinture à l'école des Beaux-Arts. C'est surtout un passe-temps, vous savez. Vous devriez venir voir notre école de peinture. Venez avant midi et demi, parce qu'à cette heure-là l'école ferme, et nous allons tous déjeuner sur la plage.

Merrick lui adressa une petite révérence. « Merci. Je le ferai avec plaisir. » Il hésita, puis s'éloigna.

Le lendemain matin, il passa devant l'école de peinture, un ancien palais dont les portes massives s'ouvraient sur une loge et une cour intérieure, mais il n'y entra pas. Il descendit jusqu'à la plage et contempla un moment l'eau et les baigneurs, puis acheta chez un marchand de journaux le *Times* de New York et de Londres, et, pendant qu'il les lisait, assis sur le petit parapet en ciment qui surplombait la plage, un jeune garçon s'approcha et lui demanda s'il voulait se faire cirer les chaussures.

Merrick le regarda d'un air amusé. « Cirer ? Ces chaussures-là ? » Merrick portait des espadrilles bleu foncé.

Le garçon souriait, lui aussi. Son pantalon bleu clair était sale, et rapiécé à un genou. « Je peux quand même demander, pas vrai ? »

— Et tu n'as même pas de matériel, dit Merrick. Où est ton cirage ?

— Ici, dit le garçon, en tapant sur une poche qui de toute évidence ne contenait rien. Cinquante lires. Pas cher.

Merrick rit. « Je vais t'acheter un cornet de crème glacée. Tiens. » Il sortit sa monnaie de sa poche. « Voilà cinquante lires. » Merrick se leva, comme poussé par une force qui ne lui appartenait pas. « Allons acheter cette glace. »

Ils allèrent jusqu'à la *gelateria* sur la promenade du bord de mer ; le garçon gambadait en cercles autour de Merrick, comme si Merrick était une sorte de captif autour duquel il lançait des cordes invisibles. Merrick lui acheta un double cornet de glace au chocolat. La bouche du garçon s'entoura d'une large bande marron collante et sirupeuse.

— D'où est-ce que vous venez en Amérique ?... Pourquoi êtes-vous ici ?... Combien de temps allez-vous rester ?... Vous avez une voiture ?... Vous avez un bateau ?... Vous avez une femme ?... Vous avez une grande maison en Amérique ?... Quel âge avez-vous ?...

Merrick répondit à toutes ses questions avec franchise, sans aucune restriction, en gardant le sourire, même lorsqu'il répondit « non » à la question du garçon qui lui demandait s'il avait une femme.

Le garçon l'accompagna au bureau de poste, où il devait envoyer une lettre par avion à « Merrick Weaves Inc. », puis remonta avec lui sur la route de son hôtel. Merrick était charmé par son naturel, sa totale absence d'inhibition — le garçon s'arrêtait sur le bord de la route pour uriner, sans même se cacher derrière un arbre — et il eut presque envie de l'inviter avec lui à l'hôtel. Il aurait pu commander de la limonade glacée et du gâteau, ce qui l'aurait sûrement réjoui. Mais Merrick pensa que ce n'était sans doute pas la chose à faire. Il aurait voulu être aussi libre que l'enfant. Le garçon le faisait penser à un petit chien doué d'une miraculeuse faculté de parler.

Ce soir-là, Merrick fut plus que jamais enchanté de son séjour à l'hôtel Orlando. La guitare joua de nouveau la chanson merveilleuse. Merrick était tellement absorbé dans ses rêveries au sujet d'Helena qu'il entendit à peine les quelques remarques du serveur, et n'y répondit que par des gestes vagues. Il prit son café à sa table.

— Bonsoir ! Nous jouons au bridge dans le salon ce soir, et je me demandais justement si vous aimeriez vous joindre à notre compagnie. Il n'y a que moi et M. et Mme Gifford. Avez-vous fait leur connaissance ? C'était de nouveau la femme aux cheveux châtain clair.

Merrick la regarda comme si elle se trouvait non pas juste à côté de sa table, mais à mille kilomètres de distance. Même sa voix lui avait paru faible, et voilà que tout à coup il ne pouvait même plus se rappeler ce qu'elle avait dit.

— Bonsoir, je...

— Vous n'êtes pas malade ?

— Non.

— Ah, bon ! Il y a tant de gens qui sont malades au début de leur séjour ici. Elle sourit.

— Je suis passé devant l'école, mais je n'y suis pas entré, dit Merrick, pensant qu'elle avait parlé de son école de peinture.

— Oh ! Eh bien, vous avez tout le temps d'y venir, vous savez. Que diriez-vous d'une partie de bridge ?

Merrick revit soudain toute la scène du suicide sur le pont * et de nouveau il passa la main sur son visage. « Non, merci. Je n'aime pas le bridge », dit-il doucement.

Le visage de la femme prit un air surpris. « Très bien. Ça ne fait rien. Excusez-moi. » Elle lui adressa un léger sourire, et disparut.

Le lendemain, Merrick ne bougea pas de l'hôtel avant l'après-midi. Le petit garçon était de nouveau sur la promenade du bord de mer, en train de bavarder avec un jeune couple apparemment d'origine anglaise, mais quand il vit

* Il y a ici une allusion intraduisible en français. *Bridge* peut signifier à la fois « le bridge » (le jeu de cartes) et « le pont ». C'est donc l'emploi de ce mot qui provoque la subite réminiscence de Merrick *(N.d.T.)*.

Merrick, il se détacha du couple avec un signe de la main, et accourut vers lui.

— Bonjour ! Comment allez-vous aujourd'hui ?... Qu'est-ce que vous avez fait ?... Pourquoi n'étiez-vous pas là ce matin ?... Combien a coûté votre chemise ?... Vous êtes *vraiment* né en Amérique ?

Ils marchèrent sur la plage, en ramassant des galets intéressants, et des fragments de carreaux de toutes les couleurs, arrondis et usés par l'eau. Le garçon bavarda avec quelques pêcheurs assis sur le sable, qui réparaient de longs filets couleur de rouille. Les pêcheurs l'appelaient Seppe ou Guiseppe, et, tout en parlant avec lui, ils riaient et lançaient des clins d'œil à Merrick. Merrick ne put pas comprendre grand-chose de ce qu'ils disaient, parce qu'ils n'employaient que leur patois. Seppe était nu-pieds et maigre, mais dans ses yeux et sa bouche rieuse Merrick voyait la vitalité d'un peuple que la pauvreté ne parviendrait jamais à écraser. Merrick pensa aux enfants du suicidé Bartucci, et eut la certitude qu'il y aurait en eux la même vitalité, même si, pour le moment, le rire faisait défaut. Il décida d'envoyer à la veuve un peu d'argent. Il se rappelait le nom de la ville où elle vivait, quelque part vers le sud. Il pourrait lui envoyer un mandat, de façon anonyme. Cette pensée le réjouit.

— Seppe, dit-il quand ils eurent quitté les réparateurs de filets et se furent remis à marcher. « Aimerais-tu dîner avec moi à l'hôtel ce soir ? »

— Ah-h-h ! Seppe s'arrêta, s'accroupit et les mains tendues en prière, dit à Merrick avec un sourire rayonnant : « *Momma mia, si !* »

— Mais il faudra que tu te tiennes tranquille à table. Et tu as peut-être un pantalon plus propre ?

— Ah, *si* ! J'ai un vrai costume à la maison.

— Alors, mets-le. Le dîner est à huit heures. Ce n'est pas trop tard pour toi ?

— *Trop tard ?* dit Seppe, d'un air offensé, en éclatant de rire.

Ce soir-là, Merrick attendait près des marches de l'hôtel à sept heures et demie, craignant que Seppe n'arrive en avance. Ce qui se produisit. Il portait son costume brun, tout neuf et trop grand pour lui, mais ses souliers usés avaient besoin d'un coup de cirage. Ses cheveux noirs encore humides laissaient voir les marques récentes d'un peigne.

— Bonsoir ! lança à pleine voix le garçon vers Merrick, mais il jetait des regards avides partout ailleurs, comme pour embrasser d'un coup d'œil toute cette splendeur.

— Bonsoir, dit Merrick. Nous avons le temps de prendre une limonade ou une boisson quelconque. Allons au jardin.

Ils entrèrent dans le jardin. Merrick trouva un serveur et commanda une limonade et un Cinzano. Dans le jardin, le garçon continua à bavarder en scrutant des yeux tout ce qui l'entourait, mais pour une fois Merrick ne l'écouta pas. Merrick leva un peu la tête et prêta l'oreille à la musique de la guitare, contempla la balancelle dans laquelle les jeunes mariés étaient de nouveau assis, et se laissa aller à une douce rêverie. Cela ne parut nullement gêner le garçon, qui buvait sa limonade d'un air assoiffé dans les intervalles de son monologue.

Au dîner, le garçon mangea de tout avec un vigoureux appétit, et but un verre du vin de Merrick. Seppe déclara qu'il serait hôtelier quand il serait grand. Quand Merrick lui proposa de reprendre un peu de dessert, il accepta volontier. Après quoi, le garçon plaça une main sur son ventre, ferma les yeux, et fit « Oooooh ! » — mais il se sentait en pleine forme. Merrick fuma une cigarette en prenant son café. Ils avaient passé beaucoup de temps à dîner, et la terrasse était presque déserte.

— Puis-je aller aux toilettes ? demanda le garçon.

— Bien sûr. C'est derrière cette porte. Merrick la montra du doigt, se trompa, secoua la tête, et indiqua la bonne porte. « Tu verras une porte marquée *signori*. Pas la *signore*. »

Seppe sourit et partit à toute vitesse.

Il resta absent un bon moment, pensa Merrick, mais il n'en était pas sûr, et d'un geste mécanique il regarda sa montre, comme si cela pouvait le renseigner : en fait il n'avait pas la moindre idée de l'heure à laquelle le garçon était parti. Alors, juste au moment où il tournait la tête, le garçon réapparut enfin.

— Puis-je avoir une cigarette ? C'était la deuxième fois que Seppe lui posait la question.

— Je crains que non, répondit Merrick, refusant une nouvelle fois, tout en sentant qu'il s'adoucissait. S'il avait été seul, il aurait donné une cigarette au garçon. « Et si nous allions nous promener un peu ? »

Ils marchèrent sur la route qui longeait l'hôtel. Seppe était plus calme, comme si l'obscurité l'avait rendu muet.

— Où habites-tu ? demanda Merrick.

— Là-bas. Seppe montra du doigt un endroit derrière lui.

— Alors, c'est par là que nous devons aller. Il est tard. Merrick fit demi-tour.

Quand ils arrivèrent de nouveau devant l'hôtel Orlando, Seppe fit un geste de la main et dit : « A demain sur la plage. Au revoir ! »

— Au revoir, répondit Merrick.

— *Grazie !*

— *Prego !*

Merrick entra dans son hôtel. Comme il traversait le hall, le directeur, un homme moustachu d'une quarantaine d'années, vint à lui.

— *Signor* Merrick — ah ! Il entraîna Merrick dans un

coin du hall. Avant qu'il eût pu parler, une Italienne blonde à la poitrine imposante apparut brusquement et se mêla à eux, en disant à Merrick :

— *Signor,* excusez-moi, mais nous ne pouvons pas accepter de gosses de rue dans notre hôtel. Jamais !

— *Signor* — Une minute, Eleanora, *piano, piano,* je vais lui parler. D'abord, nous ne sommes pas sûrs.

— Ah-h, mais si, sûrs et certains ! glapit Eleanora.

— *Signor,* continua le directeur, quelqu'un a commis un petit vol.

A ce moment, l'Américaine aux cheveux châtain clair arrivait vers eux. « Bonjour, Ecoutez... je n'essaie pas d'accuser qui que ce soit, mais mon poudrier en or, mon briquet...

— Et cinquante mille lires ! interrompit Eleanora.

— Tout ce que j'avais dans ce sac, dit l'Américaine en montrant à Merrick un sac en tapisserie. Rien ne me manquait jusqu'à il y a deux minutes. Et le seul moment où je ne l'ai pas eu sous les yeux, c'est quand je l'ai laissé quelques instants sur la table dans les toilettes.

— Et c'est un voleur malin, avec ça. Il met des pierres dedans pour l'alourdir, dit Eleanora. Montrez-leur.

— Oui, fit l'Américaine avec un léger sourire. Des pierres de la plage.

Merrick regarda l'intérieur de son sac à main ouvert, et vit quelques fragments de carreaux, du genre de ceux que Seppe et lui avaient ramassé dans l'après-midi.

— Est-ce que ce gosse de rue vous a quitté ce soir pour aller aux toilettes ? demanda Eleanora. Oui, il vous a quitté. Je l'ai vu sortir de table. Ce gamin, je le connais, je connais sa figure. Ce n'est pas un bon garçon. On l'appelle Seppe. Quel est son nom de famille ? » Elle fronça les sourcils comme si le nom allait lui revenir, et regarda le directeur. Puis elle dit à Merrick : « Où habite-t-il ? »

— Je ne sais pas, répondit Merrick, abasourdi. Je suis sûr que ce n'est *pas lui,* ajouta-t-il avec conviction.

Mais malgré sa conviction, Merrick était complètement dépassé par les événements. Le directeur alla au bureau appeler la police. L'Italienne aux cheveux blonds continuait à pester contre les gosses de rue qu'on ne devrait pas laisser entrer dans les hôtels corrects, l'Américaine était accablée par la perte de son poudrier en or, mais ne semblait pas en vouloir à Merrick.

— Je ferai certainement tout ce qui est en mon pouvoir, dit Merrick. « Certainement. » Mais il n'avait pas la moindre idée de ce qu'il fallait faire.

Par hasard, Merrick et l'Américaine se retrouvèrent dehors dans le jardin. Ils buvaient tous deux un cognac. Merrick sursauta au goût âcre de l'alcool dans sa bouche. Il essaya d'écouter ce que la femme lui disait. Mais cela ne semblait avoir aucune importance. Apparemment ils attendaient quelque chose. Quand Merrick regarda finalement sa montre, il était plus de minuit.

Le directeur de l'hôtel sortit pour leur dire que la police était allée à la maison du garçon, mais que celui-ci n'était pas encore rentré. « Il s'appelle Dell'Isola. Il habite là-haut à Città Morta. » Il fit un geste du bras en direction d'un autre quartier de la ville, qui, Merrick le savait, était situé à mi-pente de la montagne. « *Signora,* je suis désolé. Dès demain matin, on aura sans doute fait la lumière sur ce fâcheux incident. » Le directeur sourit et s'en alla.

La première chose dont Merrick eut réellement conscience ensuite, ce fut l'eau chaude de son bain. Il n'arrivait pas à y croire. Non, c'était trop absurde. Les pierres — n'importe qui aurait pu les mettre. A coup sûr il s'agissait d'un acte fort habile, perpétré par un voleur âgé et expérimenté.

Le lendemain matin à neuf heures, quand Merrick sortit de sa chambre, le directeur le salua dans le couloir, et lui dit : « Eh bien, le garçon est chez lui ce matin. Il est rentré très tard la nuit dernière, d'après ce qu'a dit sa mère. Mais bien sûr ils nient tout. Pas d'argent, pas de poudrier, rien. Ils se serrent les coudes, toute la famille. » Il agita la main, dans un geste de dépit. « La police a fouillé la maison, bien sûr. »

— Eh bien ! vous voyez ? répondit calmement Merrick. « Je suis navré de cette histoire, mais, vous voyez, ce n'était pas Seppe ! »

Les lèvres du directeur s'écartèrent, mais il ne dit rien.

Merrick continua à marcher. Dans le hall, l'employé de la réception lui tendit un télégramme qui venait d'arriver, disait-il. Il venait des Denis.

NE T'INQUIÈTE PAS. TU ES EN AVANCE SUR PROGRAMME. SOMMES TOUJOURS ZURICH. MUNICH NOUS A ENVOYÉ TÉLÉGRAMME. A BIENTÔT À MUNICH. AFFECTION.

BETTY - ALEX.

Merrick comprit qu'il avait dû leur télégraphier qu'il arriverait en retard à Munich. Mais quand avait-il envoyé le télégramme ? Il n'en avait gardé aucun souvenir. Il se rappelait seulement avoir ressenti intensément, quelques jours plus tôt, qu'il lui fallait rester le plus longtemps possible à l'hôtel Orlando, et qu'il ne voulait pas que des engagements l'obligent à s'en éloigner.

Merrick s'arrêta à la petite banque de la ville, et encaissa en lires deux mille dollars de chèques de voyage. Puis il emporta les lires au bureau de poste et établit quatre mandats, représentant chacun l'équivalent en lires de cinq cents dollars, qu'il envoya à Mme Dino Bartucci, dans la petite ville.

Seppe n'était pas sur la plage ce matin-là. Merrick déjeuna dans un restaurant au bord de mer et, aux environs de deux heures il vit Seppe, nu-pieds, les mains dans les poches, descendre en sautillant les escaliers de la grand-place. Puis il se mit à tourner sur lui-même en dessinant des cercles, les yeux fermés, comme un danseur aveugle. A cette mise en scène, Merrick comprit que Seppe l'avait vu, et même sûrement avant qu'il ne l'eût aperçu lui-même. Enfin Seppe s'approcha, les mains toujours dans les poches, avec un sourire timide.

— Eh bien, bonjour, dit Merrick.

— Salut.

— J'ai entendu dire que la police t'a rendu visite hier soir. Ce matin aussi.

— Oui, mais ils n'ont rien trouvé. D'ailleurs je me demande ce qu'ils auraient bien pu trouver. Ses mains sortirent brusquement de ses poches. « Je n'avais rien du tout. » Le regard de Seppe était convaincu et intense.

Merrick sourit et se détendit. « Non, je pensais bien que tu n'avais rien. »

— *Gesu Maria !* La police dans *ma* maison ! Il jeta un coup d'œil autour de lui pour voir si quelqu'un écoutait, bien qu'il n'eût pas parlé fort, et que l'homme assis à la table la plus proche eût le visage enterré derrière l'édition parisienne du *Herald Tribune*. « C'est bien la première fois que la police vient fouiller *ma* maison. Qu'est-ce que vous leur avez raconté ? »

— Eh bien... Je ne leur ai certainement pas dit d'aller à ta recherche. Ça, c'était l'idée du directeur de l'hôtel. Assieds-toi, Seppe. Ils croyaient que tu avais volé le sac à main d'une dame. Je n'ai pas pu les empêcher d'aller chez toi.

Seppe dit en sourdine quelque chose que Merrick ne put pas comprendre, et secoua la tête.

— Je viens de déjeuner. As-tu envie de quelque chose ?

Ils passèrent l'après-midi ensemble, firent une promenade

en *carozza* autour de la ville, et tirèrent à la carabine à un stand installé au coin de la place. Mais Seppe ne raccompagna Merrick à l'hôtel qu'une partie de la route. Il s'arrêta dans le dernier virage avant d'y arriver, et dit, avec une moue méprisante en direction de l'hôtel, qu'il n'avait pas envie d'aller plus loin.

— Très bien, dit Merrick d'une voix agréable. Eh bien ! ne t'en fais pas, Seppe. A demain peut-être. Et il continua.

La femme qui avait été victime du vol ne parla pas à Merrick ce soir-là, ne lui adressa même pas un signe de tête. Merrick n'en fut pas troublé. Elle commettait l'erreur de l'associer aux objets qu'elle avait perdus, et il ne pouvait rien y changer. Merrick resta assis longtemps dans la balancelle après le dîner, seul et rêveur.

Seppe parut beaucoup plus heureux le lendemain, et aussi le surlendemain, quand il annonça que son père allait acheter un téléviseur.

Merrick regarda Seppe et pensa : « *Se pourrait-il* qu'il eût volé tout cet argent, et le poudrier ? » Merrick fronça les sourcils. Non. Son esprit entier, de même que son cœur repoussaient cette idée. « Seppe, tu n'as pas pris l'argent dans le sac à main de la dame, n'est-ce pas ? »

Ils s'appuyaient contre la coque renversée d'un bateau de pêche sur la plage.

— Non, dit Seppe, mais moins fermement que trois jours avant.

Merrick fronça davantage les sourcils, et se força à dire : « Je te donnerai — dix mille lires si tu me dis la vérité. »

Seppe sourit d'un air vicieux.

— Faut que je voie les dix mille lires.

— Dis-moi d'abord la vérité.

— D'accord. Je l'ai volé, dit-il doucement.

Merrick se mit à respirer par petits coups, comme si un

poids lui était tombé sur la poitrine. *Je ne te crois pas*, pensa-t-il. Et il ne fit aucun mouvement pour chercher les lires dans sa poche.

— Où sont les dix mille lires ?

— Je ne te crois pas. Prouve que tu l'as volé.

— Le prouver ? » Le sourire vicieux s'élargit. Seppe tira lentement une main de sa poche, et regarda autour de lui pendant que sortait son poing fermé. Le poing s'ouvrit, et dans sa paume se trouvait un bâton de rouge à lèvres qui ressemblait à de l'or, mais sans en être vraiment, Merrick le savait, malgré son aspect visiblement coûteux. Il était serti de petites pierreries rouges qui étincelaient comme des rubis taillés. Le bâton de rouge à lèvres semblait crier son origine américaine, et son appartenance à la riche dame aux cheveux châtain clair.

Merrick croyait. En un clin d'œil il vit tout le scénario : Seppe qui étalait son butin en arrivant chez lui, les cinquante mille lires que l'on cachait quelque part, le poudrier en or et le briquet escamotés par quelqu'un, peut-être un grand frère, pour être revendus à Rome. Merrick grinça des dents, puis serra les mâchoires. Enfin il s'éloigna, d'un pas lent. Le garçon marcha sur ses talons, lui posant anxieusement des questions, plaidant sa cause auprès de lui, s'accrochant finalement à son poignet, mais Merrick ne lui accorda pas la moindre attention. Quand il arriva à l'endroit où l'on tournait pour entrer dans la ville, Merrick continua tout droit. Il poursuivit sa marche le long de la plage, et finalement Seppe l'abandonna, resta en arrière, et Merrick se retrouva seul.

Ce soir-là, Merrick resta assis si longtemps dans le jardin qu'un garçon de salle, venu pour ramasser les verres et les bougies éteintes, lui dit qu'on allait bientôt fermer les grilles. Merrick éprouva une grande répugnance à entrer dans le hall de l'hôtel et à monter dans sa chambre. C'était comme s'il revivait encore une fois le moment douloureux et brutal où il avait appris que Seppe était un voleur.

Au courrier du matin, Merrick reçut ses quatre mandats. Les enveloppes n'avaient pas été ouvertes, et chacune d'elles portait le cachet « DEFUNTO », le mot italien pour « décédé ». Ils s'étaient trompés, ils avaient lu *Signor* au lieu de *Signora,* pensa Merrick. Pourtant il avait bien écrit clairement *Signora* sur chaque enveloppe. Merrick les prit et alla immédiatement au bureau de poste.

— Ah, *si !* dit la femme qui tenait le guichet des mandats. « Nous avons remarqué ces enveloppes ce matin... Non, ce n'est pas une erreur, la femme est morte aussi. » Elle tourna la tête. « Franco ! Viens ici une minute. »

Un jeune homme aux cheveux noirs et en manches de chemise arriva, jeta un coup d'œil aux enveloppes et dit « Ah, *si* ! » puis regarda Merrick. « *Si, signor,* il se trouve que je connais l'histoire, parce que j'ai un cousin qui habite là-bas. La mère s'est suicidée avec ses cinq enfants, au gaz de la cuisinière. Il y a juste deux ou trois jours. »

Merrick resta stupéfait. « Vous êtes sûr ? »

— Sûr, *signor. Sicuro.* Le cachet *defunto* a été apposé au village lui-même. D'autre part, mon cousin m'a écrit.

— Merci. Merrick rassembla ses enveloppes. Une, deux, trois, quatre. Chacune lui fit l'effet d'une gifle en pleine figure.

— *Signor !* Vous devez vous les faire rembourser, dit la femme du guichet, et Merrick se retourna. « Que pouvez-vous faire d'autre, avec ces mandats ? » demanda-t-elle rhétoriquement, avec un sourire et un haussement d'épaules. « Vous connaissiez la femme aussi ? »

Merrick secoua la tête. « Non. »

Cinq minutes plus tard, il sortit du bureau de poste avec un papier qui lui permettrait d'obtenir l'argent à la banque de la ville. Il retourna à l'hôtel et s'assit dans le jardin. Il s'abstint de déjeuner, et ce ne fut qu'à contrecœur qu'il quitta le jardin vers huit heures pour prendre un bain et aller dîner ensuite. Ce soir-là, il dit au garçon de salle qu'il désirait passer la nuit dans le jardin, même si on fermait la grille.

— Le temps se rafraîchit, monsieur, dit le garçon.

— Il ne fait pas vraiment froid.

Il fit plus froid vers l'aube, mais cela ne gêna pas Merrick. Le matin de bonne heure, il changea de vêtements, et mit un pantalon et une chemise de sport, puis retourna au jardin avec un livre, qu'il ne lut pas. Il ne se sentait en sécurité que dans le jardin, comme si c'était seulement là qu'il pouvait maintenir une vague emprise sur la vie et sur sa propre existence. Bien qu'il fût parfaitement conscient du fait qu'Helena n'était pas réellement avec lui en chair et en os, dans le jardin elle était avec lui de toutes les autres manières. Il n'avait pas d'hallucinations auditives, il n'entendait pas sa voix, ce qu'il éprouvait n'avait rien de particulièrement physique, mais il sentait sa présence dans chaque particule de l'air, dans chaque brin d'herbe, chaque fleur, chaque buisson, chaque arbre. Elle aimait le jardin autant que lui. Ses pensées non plus ne se rapportaient pas à des détails physiques, il ne songeait jamais au sourire d'Helena, mais plutôt à la douceur de son caractère, à sa merveilleuse santé qui lui avait permis de faire du cheval, de jouer au tennis et de nager jusqu'à l'instant précis de sa mort ; il pensait à son amour et au soin qu'elle avait pris de leur maison, quelle qu'elle fût et où qu'elle fût — ç'avait d'abord été une maison toute simple, et pourtant, même quand ils avaient acquis toute une série de domestiques, Helena n'avait jamais cessé de faire une partie de la cuisine : chaque dîner devait contenir tel ou tel petit plat qu'elle avait préparé de ses propres mains.

L'Italienne aux cheveux blonds dont Merrick avait oublié le nom sortit pour lui parler.

« Je me sens parfaitement bien ici, dit Merrick. Si je ne dérange personne d'autre », ajouta-t-il d'un ton plus ou moins provocant. Il ne monopolisait pas la balancelle, absolument pas, mais au contraire il allait fréquemment marcher çà et là, ou s'asseoir sur une pierre.

Elle murmura quelque chose à propos de sa santé, lui dit qu'il allait attraper froid, ou que peut-être c'était sa chambre dont il n'était pas satisfait.

— Je n'ai absolument pas à me plaindre de ma chambre, je préfère le jardin, dit Merrick.

Un peu plus tard, il se mit à pleuvoir. Merrick s'assit dans la balancelle, qui avait un petit toit, mais ses pieds et le bas de ses jambes furent trempés. Il n'y fit pas attention, ou plutôt cela ne le gêna pas. Un jardin ne pouvait pas rester éternellement un jardin sans pluie. Deux ou trois personnes sortirent en courant pour lui parler pendant qu'il pleuvait, et elles repartirent en courant ; mais quand la pluie cessa cinq personnes sortirent, trois qui lui parlaient et deux qui restaient simplement debout à observer en curieux.

— A ma connaissance je ne gêne personne, dit Merrick. Il n'ajouta rien d'autre, mais même cette phrase parut les ennuyer.

Finalement un nouveau personnage sortit tout seul, et lui dit qu'il était médecin. Il s'assit sur une chaise et parla calmement à Merrick, mais Merrick ne s'intéressait pas à tout ce qu'il avait à dire.

— Je préfère le jardin, dit Merrick.

L'homme s'en alla.

Merrick, cependant, savait ce qui arriverait s'il restait encore longtemps à profiter du jardin ; c'est pourquoi, après avoir fumé une cigarette, il se leva, entra dans le hall et demanda sa note. Puis il envoya un télégramme de confirmation aux Denis pour Munich. La prochaine étape du voyage.

*Les barbares**

* Cette nouvelle a paru dans le n° 17 de *la Revue de Poche* Robert Laffont, 1968), dans une autre traduction.

STANLEY HUBBELL peignait le dimanche, le seul jour où il pouvait peindre. Le samedi, il donnait un coup de main à son père dans la quincaillerie de Brooklyn. Durant la semaine, il faisait des recherches pour une maison d'édition spécialisée dans des revues professionnelles. Stanley ne prenait pas sa peinture très au sérieux : c'était plutôt une occupation recommandée par son médecin, en guise de thérapeutique pour ses nerfs. Au bout de six mois, il arrivait maintenant à peindre assez bien.

Un dimanche du début de juin, Stanley était en train d'achever un portrait de lui-même en chemise blanche sur fond vert. Cet autoportrait était plus grand que le premier qu'il avait réalisé, et bien meilleur. Il avait réussi à saisir le plissement inquiet de son sourcil gauche. Les yeux étaient terminés : brun clair, un peu tristes, intenses, pleins d'espoir. L'espoir de quoi ? Stanley l'ignorait. Mais ces yeux sur la toile ressemblaient tellement aux siens qu'il ne pouvait s'empêcher de sourire en les regardant. Il n'y avait plus qu'à placer les ombres le long du grand nez un peu tordu, puis à assombrir le fond.

Il travaillait depuis peut-être vingt minutes, et avait à

peine eu le temps d'humecter ses pinceaux ou de préparer les couleurs sur sa palette, quand il les entendit arriver d'un pas lourd et bruyant dans l'étroit passage situé sur le côté de son immeuble. Il hésita : une moitié de son esprit continuait à imaginer les touches qu'il faudrait mettre le long du nez, tandis que l'autre moitié écoutait et essayait de deviner combien ils seraient cet après-midi.

Je vais le faire tout de suite, se dit-il, et il se pencha rapidement vers la toile, serrant le cadre de la main gauche, la main droite appuyée contre l'autre avant-bras. De la pointe de son pinceau, il effleura l'arête du nez.

— *Allons-y*, Franky !

— You - Houhou !

— *Ah, va donc, eh ! Pour qui me prends-tu ? Je suis d'attaque à bousiller tout le bazar !...*

— *Ha - ha - haaaaaaaah !*

— *Ici*, Franky !

Pof !

Ils commençaient toujours par s'échauffer comme ça pendant un bon quart d'heure, avec un ballon et des gants de base-ball.

Le pinceau de Stanley s'arrêta au bout d'un centimètre et demi. Il releva la tête, espérant une accalmie, tout en sachant qu'il n'y en aurait pas. A dix mètres en dessous de sa fenêtre, les voix continuaient à braire, à ricaner, à expliquer, à se lancer mutuellement des ordres et des encouragements.

— *Enlève-moi cette saleté de buisson ! Arrache-le !* brailla une voix. Stanley tressaillit comme si c'était à lui que ces mots s'adressaient.

Deux semaines plus tôt, ils s'étaient déjà querellés assez violemment au sujet des buissons de la haie, l'un des hommes avait trébuché dessus en cherchant à attraper le ballon, et Stanley, qui l'avait vu, avait crié : « Voulez-vous s'il vous plaît ne pas abîmer cette haie ! » C'était sorti malgré lui — il aurait préféré exprimer sa réprobation en termes beaucoup plus violents — et ils lui avaient répondu tous en chœur en braillant : « Eh, pour qui te prends-tu ? T'es le proprio ? Ou le jardinier ? — Tout ça pour une haie ! Tu parles ! »

Stanley s'approcha de la fenêtre, assez pour voir le bas du mur de briques qui bordait le terrain de l'autre côté. Il restait cinq petits buissons devant le mur, maigres, tristes et perdus, mais encore debout, encore en vie... pour le moment. C'était Stanley qui les avait plantés. Il les avait trouvés en train de pousser, ou plutôt de lutter pour survivre, près des tas de cendres aux coins du terrain vague, et près des poubelles au bout du passage. Aucun de ces buissons ne mesurait plus de soixante centimètres, mais c'étaient indéniablement des buissons de haie. Il les avait transplantés pour deux raisons : pour cacher un tant soit peu la laideur du mur, et pour mettre ces arbrisseaux dans un endroit ensoleillé. Ce n'avait été qu'un tout petit geste pour tenter d'embellir ce qui au fond ne pouvait pas l'être, mais l'effort lui avait procuré une certaine satisfaction. Et ces hommes paraissaient savoir que c'était lui qui les avait plantés, peut-être parce qu'il leur avait crié d'y faire attention, et aussi parce que le concierge, qui n'était jamais là et s'occupait à peine des poubelles, n'était pas un type à planter une haie contre un mur de briques.

En s'approchant encore de la fenêtre, Stanley put voir les hommes. Ils étaient cinq aujourd'hui, déployés autour du terrain plus long que large, et ils se passaient le ballon sans ordre particulier, ce qui signifiait qu'il y en avait toujours quatre qui criaient pour qu'on le leur envoie.

— Voilà, à toi, Joey, *à toi !*

Pof !

C'étaient tous des hommes d'une trentaine d'années ou plus, et deux d'entre eux avaient un début d'embonpoint.

L'un de ces hommes bedonnants était roux et avait une voix forte et désagréable au possible, mais c'était le brun en blue-jean qui criait le plus : en fait il n'arrêtait jamais de brailler, même quand il attrapait et relançait le ballon — et d'ailleurs aucun de ses compagnons ne semblait accorder la moindre attention à ce qu'il disait. Stanley avait appris que le rouquin s'appelait Franky, et le brun Bob. Deux des autres portaient des chaussures à crampons, et entre les passes ils sautaient en l'air avec de grands hurlements, en levant haut les genoux et en fléchissant les bras.

— *Hé, tu ne m'as jamais vu casser un carreau ?* cria Franky, en prenant son élan. Il lança violemment le ballon à l'un des hommes en chaussures à crampons, lequel, en l'attrapant, poussa un gémissement comme si le coup l'avait touché à mort.

Stanley se demanda pourquoi il regardait. Il jeta un coup d'œil à son réveil. Il n'était que deux heures vingt. Ils joueraient au moins jusqu'à cinq heures. Stanley sentit un frémissement nerveux le parcourir, et observa ses mains. Elles paraissaient absolument calmes. Il retourna à sa toile. Le portrait lui apparaissait maintenant comme de la peinture plaquée sur de la toile, et rien de plus. Les voix semblaient résonner dans sa chambre. Il se dirigea vers une des fenêtres et la ferma. Il faisait vraiment trop chaud pour fermer les deux.

Alors, quelque part au-dessus de lui, Stanley perçut le bruit d'une fenêtre qu'on remontait et, comme si c'était le signal précédant la bataille, il se raidit : celui qui avait ouvert la fenêtre était son allié. Stanley s'écarta un peu de la fenêtre et regarda le terrain en bas.

— Hé là ! cria la voix d'au-dessus. Vous ne savez pas qu'il est interdit de jouer au ballon ici ? Il y a des gens qui essaient de dormir.

— Eh bien, t'as qu'à retourner dormir ! cria le blue-jean, crachant par terre entre ses genoux écartés.

Une obscénité du rouquin, puis : « Vas-y, Joey, *par ici !* »

— Hé là ! — Si vous ne déguerpissez pas tout de suite, j'appelle la police ! tonna la voix d'au-dessus.

Le vieil homme était vraiment furieux — c'était M. Collins, le veilleur de nuit — mais cette menace d'appeler la police ne voulait rien dire, et tout le monde le savait. Un mois avant, Stanley avait abordé un policier et lui avait parlé de ces hommes qui venaient jouer au ballon le dimanche, mais le policier s'était contenté de lui sourire — d'un sourire d'indulgence pour les joueurs — et avait marmonné que personne ne pouvait rien faire contre des gens qui avaient envie de jouer au ballon le dimanche. Et pourquoi donc ? s'était demandé Stanley. Et la pancarte DÉFENSE DE JOUER AU BALLON placée contre son propre immeuble, et signée par la police ? Et le droit de tout bon citoyen de passer un dimanche tranquille chez lui s'il en avait envie ? Et la campagne contre le bruit à New York ? Mais il n'avait pas posé ces questions au policier, parce qu'il avait bien vu que c'était un type du même genre que les joueurs de ballons mais en uniforme.

Ils continuaient toujours à crier, M. Collins et le quintette d'en bas. Stanley plaça les paumes des mains sur le rebord en briques de la fenêtre, et se pencha pour apporter, par sa présence visible, son soutien à M. Collins.

— *On ne commet aucune infraction! Allez vous faire voir!*

— Je parle sérieusement, vous aurez de mes nouvelles ! cria M. Collins. Je suis un travailleur, moi !

— *Retourne au dodo, pépé !*

Brusquement le rouquin ramassa une pierre ou une grosse escarbille, et fit mine de la lancer sur M. Collins, dont la voix se tut au milieu d'une phrase. « Ferme-la, ou on te casse tes carreaux ! » aboya le rouquin, réussissant en même temps à attraper le ballon qu'on lui avait envoyé.

Une autre fenêtre s'ouvrit, et Stanley, pris d'une inspiration subite, cria : « Vous ne pouvez pas trouver un autre endroit pour jouer au ballon ? Pas moyen de nous laisser la paix un dimanche ? »

— Ah, qu'ils aillent tous se faire voir ! dit l'un des hommes.

Le ballon, projeté par la batte avec un bruit mou, monta en tournoyant, s'arrêta en l'air à environ un mètre du nez de Stanley, avant de commencer à redescendre. Ils jouaient maintenant au base-ball à deux bases, avec un bâton en guise de batte et un ballon ordinaire.

La femme blonde qui habitait juste au-dessus de Stanley, sur la gauche, avait engagé la conversation avec M. Collins : « Dirait-on pas, à leur âge, des adultes !... »

M. Collins répondit d'une voix forte : « Ah ! Ils sont pires que des enfants. Des voyous, voilà ce qu'ils sont ! On devrait les dénoncer à la police ! »

— Et il faut entendre leur langage ! Je l'ai dit à mon mari, mais il travaille le dimanche, et il ne se rend vraiment pas compte.

— Alors, on est toute seule à la maison ? fit le rouquin, et les autres s'esclaffèrent.

Stanley se pencha et observa le dos couvert de taches de rousseur du rouquin qui avait enlevé sa chemise et qui, plié en deux, se tenait les genoux. C'était un spectacle révoltant que ce dos blanc piqueté de taches brunes, avec ses muscles arrondis par la graisse et sa peau qui luisait vaguement de sueur. Si seulement j'avais une carabine à air comprimé ! pensa Stanley, et ce n'était pas la première fois qu'il y songeait. Je leur tirerais dessus, pas pour leur faire vraiment mal, mais juste assez pour les embêter. Les embêter et les faire déguerpir d'ici !

Un rugissement sorti de cinq gorges à la fois le fit sursauter, éparpilla ses pensées, et le laissa tremblant.

Il alla à la salle de bains et se mouilla le visage dans

l'évier. Puis il revint, et ferma l'autre fenêtre. Les fenêtres fermées n'atténuaient que fort peu la violence du bruit. Il se pencha de nouveau vers son chevalet, et effleura du bout de son pinceau les ombres partiellement dessinées du nez. La pointe de son pinceau avait séché et s'était raidie. Il la trempa dans la tasse de térébenthine.

— *Franky !*

— *Cours, mon vieux, cours !*

Stanley reposa son pinceau. Il avait fait une large marque blanche sur le nez. Il l'essuya avec un chiffon, tremblant de tous ses membres.

Alors un grand vacarme éclata en bas, comme s'ils se bagarraient tous les cinq à la fois. Stanley regarda dehors. Le rouquin et un des types à bedaine se disputaient le ballon près de la haie. Avec un rire strident, presque féminin, le rouquin se laissa tomber sur la haie, en glapissant parce que les buissons l'égratignaient.

Stanley releva brusquement la fenêtre. « Voulez-vous, s'il vous plaît, faire attention à cette haie ? » cria-t-il.

— Ah, merde, à la fin ! brailla le rouquin, se relevant sur un genou. Il arracha en même temps un buisson du sol, et le lança dans la direction de Stanley.

Les autres éclatèrent de rire.

— Vous n'avez pas le droit de détruire le bien public ! rétorqua Stanley avec un sourire bref et amer, comme s'il les tenait enfin à sa merci. Son cœur battait à tout rompre.

— Comment ça, on n'a pas le droit ? demanda le blue-jean, en écrasant d'un pied un autre buisson.

— *Arrêtez !* hurla Stanley.

— Oh, change de disque !

— Je commence à avoir soif ! Qui est-ce qui va chercher à boire ?

Le rouquin envoya un grand coup de pied en avant et fit voler un autre buisson en l'air.

— Ramassez-moi ce buisson ! Remettez-le ! Redressez la haie ! cria Stanley, les poings serrés.

— *Redresse ton cul !*

Stanley traversa sa chambre, ouvrit la porte à toute volée, descendit l'escalier en courant et sortit. Il se retrouva brusquement au centre du terrain vague, sous le soleil éclatant.

— Vous avez intérêt à redresser cette haie ! cria Stanley. Je veux que l'un de vous remette en place tous les buissons.

— Hé, regardez, on a de la visite !

— Oh, la ferme ! Vas-y, Joey, la passe !

Le ballon frappa Stanley à l'épaule, mais il le sentit à peine, et ne songea guère à se demander si on l'avait dirigé intentionnellement contre lui. Physiquement, il n'était pas de taille à tenir tête à aucun de ces individus, et encore moins à tous les cinq ensemble, mais cette idée ne fit qu'effleurer la surface de son esprit. Il était tellement furibond qu'il aurait attaqué n'importe lequel d'entre eux, ou même tous à la fois, et seul le fait qu'ils étaient si dispersés sur le terrain l'empêchait de bouger. Il ne savait pas par où commencer.

— Il n'y en a pas un parmi vous qui daignerait remettre ces buissons en place ? s'exclama-t-il.

— *Non !*

— Tire-toi de là, mec ! Tu vas te faire mal !

En plongeant vers le ballon près de Stanley, le blue-jean étendit un bras et le poussa délibérément. Stanley sentit un craquement dans sa nuque, et il réussit tout juste à retrouver son équilibre pour ne pas tomber le nez en avant. Plus personne ne s'occupait de lui, maintenant. On aurait dit une armée en ordre dispersé, mobile, sûre de son terrain. Stanley marcha rapidement vers le passage, sans faire attention au ballon qui rebondit sur sa tête, ni aux éclats de rire qui suivirent.

Quand il eut de nouveau sa tête bien à lui, il était dans

le hall frais et sombre de son immeuble. Son regard tomba sur la pierre plate dont on se servait de temps à autre pour maintenir la porte d'entrée ouverte. Il la souleva et commença à monter l'escalier avec. L'idée lui vint de la jeter par sa fenêtre, en plein milieu de leur groupe. Ah, les barbares !

Il déposa la pierre sur le rebord de la fenêtre, en la tenant toujours de ses deux mains. L'homme en blue-jean marchait de long en large auprès du mur de briques, et flanquait des coups de pied aux buissons qui restaient. Pour une raison ou une autre, ils s'étaient arrêtés de jouer.

— J'ai ce qu'il faut, les gars ! Venez le chercher ! Un des types à bedaine était arrivé, les mains pleines de rafraîchissements non alcoolisés.

Ils renversaient la tête en buvant. On entendait des murmures animaux et des grognements de satisfaction. Stanley se pencha un peu plus. Le rouquin était assis juste sous sa fenêtre, sur une planche posée sur deux pierres pour servir de banc. Impossible de le rater, s'il laissait tomber la pierre, pensa Stanley, et presque au même instant il écarta la pierre de quelques centimètres, dans le vide, et la lâcha. Se reculant vivement, Stanley entendit résonner un craquement aigu et sinistre, suivi d'un juron de stupéfaction.

— Qui a fait ça ?

— Hé, Franky, *Franky,* ça va ?

Un gémissement parvint à l'oreille de Stanley.

— Il faut appeler un docteur ! Donnez-moi un coup de main, vous autres !

— C'est ce salopard qui habite là-haut ! fit une voix très distinctement.

Stanley sursauta : un projectile venait de traverser son autre fenêtre, avait heurté le store et était tombé par terre : c'était une pierre de la taille d'un gros œuf.

Il entendait maintenant leurs voix qui avançaient dans le

passage. Stanley se dit qu'ils monteraient les escaliers et viendraient le chercher. Il serra les poings et tendit l'oreille vers des bruits de pas sur les marches.

Mais rien ne se produisit. Soudain ce fut le silence.

— Dieu merci, dit la femme blonde, d'un ton las.

Le téléphone allait sonner, pensa Stanley. Voilà ce qui arriverait ensuite. La police.

Il s'assit dans un fauteuil, et y resta, immobile et rigide, pendant de longues minutes. La pierre devait peser quatre ou cinq kilos, pensa-t-il. En mettant les choses au mieux, l'homme avait été victime au moins d'une commotion cérébrale. Mais Stanley imaginait le crâne fracturé, le cerveau partiellement écrasé. Peut-être l'homme n'avait-il survécu que quelques minutes après le choc.

Il se leva et s'installa devant sa toile. Hardiment, il prépara une couleur unique pour tout le nez, repassa sur les ombres qu'il avait barbouillées, puis s'attaqua au fond, en le recouvrant d'un vert plus sombre. Quand il eut terminé le fond, le nez était assez sec pour qu'il pût y ajouter les ombres, ce qu'il fit d'une main rapide et sûre. Il n'y avait aucun bruit, au-dedans ni au-dehors, excepté celui de sa respiration accélérée. Il peignait comme s'il ne lui restait plus que cinq minutes à peindre, cinq minutes à vivre avant qu'on ne vienne le chercher.

Mais à six heures, personne n'était encore venu. Le téléphone n'avait pas sonné, et le tableau était achevé. Il paraissait excellent, au-delà de tout ce qu'il avait osé espérer. Stanley se sentit épuisé. Il se souvint qu'il n'y avait pas de café dans la maison. Pas de lait, non plus. Il aurait bien besoin d'un petit café. Il lui faudrait sortir.

La peur se glissait de nouveau en lui. L'attendaient-ils en bas des escaliers, devant la maison ? Ou bien étaient-ils encore à l'hôpital, en train de veiller leur ami agonisant ? Et s'il était déjà mort ? On ne tue pas un homme parce qu'il joue au ballon sous votre fenêtre le dimanche — même si on peut parfois en avoir envie.

Il essaya de mettre de l'ordre dans ses idées, passa dans la salle de bains et prit une rapide douche froide, parce qu'il avait beaucoup transpiré. Il enfila une chemise bleue propre et se peigna. Puis il fourra son portefeuille et ses clés dans sa poche, et sortit. Sur le trottoir, il ne vit pas trace des joueurs de ballon, et personne ne parut s'intéresser particulièrement à lui. Il acheta du lait et du café chez l'Italien du coin, et en revenant il tomba sur la femme blonde d'une quarantaine d'années qui habitait à l'étage au-dessus.

— Mon Dieu, comme ils ont été épouvantables cet après-midi ! dit-elle à Stanley. « Je vous ai vu en bas discuter avec eux. Vous avez rudement bien fait. Vous avez dû leur flanquer une bonne trouille. » Puis elle agita la tête d'un air désespéré. « Mais je crains qu'ils ne reviennent dimanche prochain. »

— Est-ce qu'ils jouent aussi le samedi ? demanda tout à coup Stanley, par pure nervosité, car peu lui importait qu'ils jouent le samedi ou pas.

— Non, dit-elle d'un air hésitant. « C'est-à-dire, dans le temps ils jouaient, mais maintenant c'est surtout le dimanche. Je vous le jure, un de ces dimanches je forcerai Al à rester à la maison, pour qu'il les entende. Ça doit être encore pire pour vous, puisque vous habitez plus bas. » Elle secoua de nouveau la tête. Elle paraissait maigre et fatiguée, et un réseau complexe de rides s'étendait sous ses paupières inférieures. « Eh bien, en tout cas je vous remercie de les avoir fait déguerpir un peu plus tôt aujourd'hui. »

— Merci, répondit Stanley, presque involontairement, comme pour la remercier de ne pas avoir mentionné, ni vu, ce qu'il avait fait.

Ils grimpèrent les escaliers ensemble.

— Et ce concierge, on peut être sûr de ne jamais le trouver dans les parages quand on a besoin de lui, dit-elle, assez fort pour que celui-ci l'entende de son appartement au premier étage, devant lequel ils passaient. « Et dire qu'à Noël nous lui donnons tous de grosses étrennes ! »

— En effet, c'est plutôt triste, admit Stanley avec un sourire, en ouvrant sa porte. « Enfin, espérons que ça ira mieux la semaine prochaine. »

— Vous l'avez dit. J'espère qu'il pleuvra à verse, conclut-elle, puis elle continua de monter.

Stanley avait l'habitude de prendre son petit déjeuner dans un petit café entre sa maison et la station de métro, et, le lundi matin, l'un des joueurs de ballon — celui qui portait généralement un blue-jean — se trouvait dans l'établissement. Il était en train de prendre un café avec des beignets quand Stanley entra, et il lui jeta un regard si mauvais, et continua à le toiser pendant plusieurs minutes d'un air si désagréable que quelques autres clients le remarquèrent et commencèrent à les observer. Stanley commanda un café en bégayant. Le rouquin n'était donc pas mort, conclut-il. Il oscillait probablement entre la vie et la mort. Si Franky était mort, ou au contraire s'il était complètement remis, l'homme aux cheveux bruns aurait eu une expression différente. Stanley finit son café et passa devant l'homme pour aller payer son addition à la caisse. Il s'attendait à voir l'autre essayer de lui donner un croc-en-jambe, ou au moins lui dire quelque chose, quand il arriverait à sa hauteur, mais le type n'en fit rien.

Ce soir-là, quand Stanley rentra de son travail un peu après six heures, il vit deux des joueurs de ballon — le brun, de nouveau, et l'un des types bedonnants, qui avait l'air d'un catcheur en costume de ville — debout de l'autre côté de la rue. Ils le regardèrent avec insistance pendant qu'il entrait dans son immeuble. Arrivé dans son appartement, Stanley se demanda ce que pouvait signifier leur présence dans la rue en face de chez lui. Leur ami venait-il de mourir, ou était-il à la dernière extrémité ? Peut-être revenaient-ils déjà de l'enterrement ? Tous deux portaient un complet sombre, qui était peut-être le plus beau de leur garde-robe. Stanley guetta le bruit de leurs pas dans l'escalier. Il n'entendit que la démarche lourde de la vieille dame qui habitait au dernier étage. Elle allait promener son chien tous les soirs vers cette heure-là.

Tout à coup Stanley remarqua que ses fenêtres avaient été brisées en mille morceaux. Puis il vit trois ou quatre pierres au milieu d'éclats de verre sur sa moquette. Il y avait même une pierre sur son lit. La fenêtre qu'ils avaient cassée dimanche n'avait pratiquement plus de verre maintenant, et, quand il leva les stores, il s'aperçut que sur les moitiés supérieures des fenêtres, qui étaient divisées en petits carreaux, il ne restait que deux ou trois carreaux en place.

Il se mit à ramasser méthodiquement les pierres et les plus gros morceaux de verre, qu'il jeta dans un sac en papier. Puis il donna un coup de balai. Il ne savait pas du tout quand il pourrait remplacer les carreaux — inutile de demander au concierge de le faire — et se dit qu'il n'en aurait probablement pas le temps avant le week-end suivant, à moins de commander les vitres dès demain, pendant l'heure libre qu'il avait pour déjeuner. Il prit son mètre et mesura les plus grands carreaux, dont les dimensions différaient légèrement parce que c'était une vieille maison, puis les petits carreaux, et nota tous les chiffres sur un papier qu'il mit dans son portefeuille. Il lui faudrait aussi acheter du mastic.

Il se raidit en entendant un petit déclic dans sa serrure. « Qui est là ? » cria-t-il.

Silence.

Instinctivement il eut envie d'ouvrir brusquement la porte, puis il se rendit compte qu'il avait peur d'y aller. Il tendit l'oreille quelques instants. Il n'y eut pas d'autre bruit, et il décida de ne plus penser à ce déclic. Ce n'était peut-être qu'un effet de son imagination.

Quand il revint chez lui le lendemain soir, il ne réussit pas à ouvrir sa porte. Le clé entra dans la serrure, mais impossible de la faire tourner, même pas d'un millimètre. Avaient-ils mis quelque chose dedans pour la coincer ? Etait-ce cela, le déclic qu'il avait entendu la veille au soir ? Mais d'autre part il se rappela que cette serrure lui avait déjà causé quelques ennuis, environ six mois plus tôt. Pendant plusieurs jours, il avait eu des difficultés à l'ouvrir, et puis elle s'était arrangée d'elle-même. Mais n'était-ce pas plutôt la serrure du magasin de son père ? Il ne s'en souvenait plus très bien.

Il s'appuya contre la rampe d'escalier, regardant la clé enfoncée dans la serrure et se demandant quoi faire.

La femme blonde montait l'escalier.

Stanley lui sourit et dit : « Bonsoir. »

— Tiens, salut. Qu'est-ce qui se passe ? Vous avez oublié votre clé ?

— Non, je... la serrure est un peu dure, dit-il.

— Oh ! Il y a toujours quelque chose qui ne va pas dans cette maison, vous ne trouvez pas ? dit-elle, en avançant dans le couloir. Vous avez déjà vu une chose pareille ?

— Non, admit-il en souriant. Mais il la suivit des yeux avec inquiétude. D'ordinaire, elle s'arrêtait et bavardait un peu plus longtemps avec lui. Etait-elle au courant du fait qu'il avait laissé tomber la pierre ? Et elle n'avait rien dit non plus de ses carreaux cassés, bien qu'elle fût restée chez elle toute la journée, et qu'elle eût probablement entendu le bruit.

Stanley s'attaqua de nouveau à la serrure, et tourna la clé

de toutes ses forces. La serrure céda brusquement. La porte était ouverte.

Il travailla jusqu'à minuit passé pour remplacer les vitres. Et, tout en s'appliquant, il ne cessa de penser qu'il pourrait bien, à son retour le lendemain, les retrouver de nouveau cassées.

Le lendemain soir, les deux mêmes hommes, le bedonnant et le brun, qui portait maintenant un blue-jean et une chemise, se trouvaient de l'autre côté de la rue et, à l'horreur de Stanley, ils traversèrent pour le rejoindre devant sa porte. Le type à bedaine tendit le bras et empoigna Stanley par la veste et le devant de sa chemise.

— Ecoute, mec, dit-il sous le nez de Stanley, tu risques la prison pour ce que tu as fait dimanche. Tu le sais, non ?

— Je ne comprends pas de quoi vous parlez, fit Stanley rapidement.

— Ah, *vraiment* ?

L'homme le relâcha avec une poussée. Stanley arrangea sa veste, et rentra dans son immeuble. La serrure résista de nouveau, mais il se jeta dessus avec l'énergie du désespoir. Elle céda lentement et, quand Stanley enleva sa clé, un filament caoutchouteux vint avec : ils avaient bourré sa serrure de chewing-gum. Stanley essuya sa clé par terre, avec dégoût. Il ne commença à trembler qu'après avoir refermé la porte de son appartement. Puis, tout en tremblant toujours, il pensa : Je les ai eus. Ils n'osaient pas s'attaquer à lui. Des carreaux cassés, du chewing-gum ? Et après ? Ils n'étaient pas allés trouver la police. Il avait menti, bien sûr, en disant qu'il ne savait pas de quoi ils parlaient, mais il avait bien fait de répondre comme ça, après tout. Naturellement, il n'aurait pas menti à un policier — mais ils n'avaient pas encore amené la police.

Stanley commença à se sentir mieux. Qui plus est, il constata que ses vitres étaient intactes. Il en conclut que le rouquin traversait probablement une situation critique qui se prolongeait. Ces hommes se comportaient un peu comme des vaincus, pensa-t-il. Ou bien préparaient-ils une nouvelle offensive, plus sévère cette fois ? Il aurait bien aimé savoir si le rouquin était à l'hôpital, ou s'il allait et venait normalement. Et puis, il n'était pas impossible non plus qu'il fût mort, se dit Stanley. Peut-être ses amis n'étaient-ils pas tout à fait sûrs que c'était lui qui avait laissé tomber la pierre — par exemple M. Collins, qui habitait au-dessus, aurait très bien pu le faire aussi — et peut-être devait-on attendre d'abord une enquête de la police.

Le jeudi soir, il croisa M. Collins dans l'escalier en rentrant chez lui. M. Collins partait au travail. Stanley trouva le « Bonsoir » de M. Collins plutôt froid. Il se demanda si M. Collins avait entendu parler de la pierre, et s'il le considérait comme un assassin, ou du moins comme une espèce de malade mental, pour avoir ainsi jeté une pierre de cinq kilos sur la tête de quelqu'un.

Le samedi arriva, et Stanley travailla toute la journée dans la quincaillerie de son père, puis alla au cinéma, et rentra chez lui vers onze heures. Deux petits carreaux, en haut des fenêtres, étaient cassés. Stanley se dit que les dégâts n'étaient pas trop importants, et qu'il pouvait attendre que le temps ait fraîchi pour les remplacer. Il n'aurait même rien remarqué, s'il n'avait pas délibérément vérifié l'état de ses fenêtres.

Le dimanche, il fit la grasse matinée, parce qu'il s'était senti très fatigué la veille. Il était presque une heure de l'après-midi quand il installa son chevalet. Il avait l'intention de peindre l'espace entre deux immeubles, où se dressait un arbre qu'il pouvait voir directement de sa fenêtre au-dessus du terrain vague. Il se dit que ce dimanche serait peut-être un bon dimanche pour peindre, parce que les joueurs de base-ball ne viendraient sans doute pas. Stanley se figurait que leur enthousiasme devait être refroidi ce dimanche, assez du moins pour qu'ils aillent chercher un autre terrain libre pour leurs jeux.

Il n'avait pas complètement fini de dessiner son tableau au fusain sur la toile, quand il les entendit. Un moment, il crut que cela venait de son imagination, qu'il était victime d'une hallucination auditive. Mais non. Il les entendit encore plus clairement dans le passage : leur forme particulière de morne forfanterie perçait à travers leurs murmures, ce murmure collectif aussi reconnaissable pour Stanley qu'une seule voix familière. Stanley attendit à sa fenêtre, un peu en retrait.

— O. K., les gars, *allons-y !*

— Youhou — houhouhou !

C'était de la pure provocation, un défi lancé à quiconque oserait leur contester le droit de jouer sur ce terrain.

Stanley se rapprocha de la fenêtre et écarquilla les yeux pour chercher le rouquin. Oui, le voilà, il était là ! Il portait un bandage au sommet de la tête, mais à part cela il avait l'air plus énergique et plus brutal que jamais. Pendant que Stanley l'observait, il lança un gant de base-ball sur un de ses compagnons penché en avant, et l'atteignit en plein sur les fesses.

Eclats de rire braillards et rauques.

Puis, une voix venant d'en haut : « Bon Dieu de bon Dieu ! Vous n'avez pas bientôt fini de faire les gamins ? Fichez-moi le camp ! On vous a assez vus dans le secteur ! » C'était la femme blonde, et Stanley comprit que M. Collins n'allait pas tarder à intervenir.

— *Ah, économise ta salive !*

— Allez, decends jouer avec nous, poulette !

Il y avait un nouveau défi dans leurs voix aujourd'hui. Ils criaient plus fort. Ils étaient déterminés à gagner. En fait, ils avaient *déjà* gagné : ils étaient revenus.

Stanley s'assit sur son lit, abasourdi, déçu, avec l'impression soudaine d'une immense fatigue. Il était content que le rouquin ne fût pas mort. Et pourtant, en même temps que son soulagement, il sentit monter en lui de l'agressivité et de l'amertume, qui venaient d'une vague de larmes réprimées.

— Par ici, Joey, *par ici* !

Pof !

— Hé, Franky ! Franky ! Regarde ! Ah-ah- haaaaah !

Stanley se boucha les oreilles avec les mains, souleva les pieds et les posa sur le lit, et ferma les yeux. Il était couché en chien de fusil, les jambes remontées, et essayait de rester parfaitement calme et immobile. Pas la peine de se battre, se disait-il. Inutile de se battre, inutile de pleurer.

Alors une idée lui vint et il s'assit brusquement. Si seulement il avait remis en place les buissons de la haie ! A présent il était trop tard, supposa-t-il, car ils étaient par terre depuis une semaine. Mais comme il regrettait de ne pas les avoir replantés ! Rien que ce geste de défi, juste cette parcelle de beauté qu'il leur aurait lancée une fois encore à la figure !

Le nichoir vide

La première fois qu'Edith la vit, elle éclata de rire et n'en crut pas ses yeux.

Elle fit quelques pas de côté et regarda encore : elle était toujours là, mais ses contours paraissaient un peu plus estompés. Dans le trou rond du nichoir, une tête semblable à celle d'un écureuil — mais qui avait quelque chose de démoniaque dans son intensité — la regardait attentivement. Une illusion d'optique, bien sûr, provoquée sans doute par les ombres, ou un nœud dans la planche du fond. La lumière du soleil tombait directement sur le nichoir, de dimensions classiques, installé dans l'angle de la cabane à outils et du mur en briques du jardin. Edith s'approcha davantage. Quand elle ne fut plus qu'à trois mètres, la tête disparut.

Tiens, c'est bizarre, pensa-t-elle en rentrant dans la villa. Elle devrait en toucher un mot à Charles dans la soirée.

Mais elle oublia d'en parler à Charles.

Trois jours plus tard, alors qu'elle se relevait après avoir déposé deux bouteilles de lait vides sur le seuil de sa porte de derrière, elle revit la même tête. Du nichoir, une paire d'yeux noirs et globuleux l'observaient avec application, d'un regard direct, horizontal et soutenu, et ils semblaient entourés de fourrure brunâtre. Edith tressaillit, puis se raidit. Elle crut voir deux oreilles arrondies et une bouche qui n'était ni celle d'un animal ni celle d'un oiseau, mais paraissait seulement menaçante et cruelle.

Elle savait pourtant que le nichoir était vide. La famille de mésanges bleues s'était envolée depuis des semaines, et les bébés mésanges l'avaient échappé belle, car le chat de leurs voisins, les Mason, leur avait témoigné un vif intérêt ; en effet, en se plaçant sur le toit de la cabane à outils et en étendant la patte, ce chat pouvait atteindre le trou du nichoir, que Charles avait fait un rien trop grand pour des mésanges bleues. Mais Edith et Charles avaient maintenu Jonathan à l'écart jusqu'à ce que les oiseaux fussent bien partis. Ensuite, plusieurs jours après, Charles avait descendu le nichoir — qui était suspendu à un clou par un bout de fil de fer, comme un tableau — et l'avait secoué pour s'assurer qu'il ne restait pas de détritus à l'intérieur. Des mésanges bleues y construiraient peut-être leur nid une seconde fois, avait-il dit. Mais cela n'était pas encore arrivé — Edith en avait la certitude, parce qu'elle avait continué à l'inspecter tous les jours.

Et les écureuils ne s'installaient jamais dans des nichoirs. Ou bien, peut-être que si ? De toute façon, il n'y avait pas d'écureuils alentour. Des rats ? Ils n'iraient jamais choisir un nichoir pour logement. Et de toute façon, comment pourraient-ils y entrer, puisqu'ils ne volaient pas ?

Pendant que ces pensées traversaient l'esprit d'Edith, elle n'arrivait pas à détacher son regard de ce visage brun à l'expression tendue, et les yeux noirs et perçants la fixaient elle aussi.

« Il n'y a qu'à aller voir ce que c'est », pensa Edith, et elle prit le sentier qui menait à la cabane à outils. Mais elle s'arrêta au bout de trois pas. Elle avait peur de se faire mordre si elle touchait le nichoir — peut-être par les dents d'un sale rongeur. Elle en parlerait à Charles dans la soirée.

Mais maintenant qu'elle se trouvait plus près, la chose était toujours là, plus visible que jamais. Ce n'était pas une illusion d'optique.

Son mari, Charles Beaufort, ingénieur informaticien, travaillait dans un établissement situé à une dizaine de kilomètres de l'endroit où ils vivaient. Il fronça légèrement les sourcils et sourit quand Edith lui dit ce qu'elle avait vu. « Vraiment ? » fit-il.

— Il se peut que je me trompe. J'aimerais bien que tu secoues encore une fois le nichoir, pour voir s'il y a quelque chose dedans, dit Edith, se forçant à sourire maintenant, malgré le ton sérieux de sa voix.

— D'accord, je vais le faire, dit rapidement Charles, puis il se mit à parler d'autre chose. Ils étaient alors au milieu du dîner.

Edith dut lui rappeler sa promesse au moment où ils mettaient les assiettes dans le lave-vaisselle. Charles sortit donc, et Edith resta debout sur le seuil, à observer. Charles tapa du plat de la main sur le nichoir et écouta, en dressant l'oreille. Il détacha le nichoir de son clou, le secoua, puis le renversa lentement, le trou en bas. Il le secoua de nouveau.

— Absolument rien, cria-t-il à Edith. « Même pas un brin de paille. » Il adressa à sa femme un large sourire et raccrocha le nichoir à son clou. « Je me demande ce que tu as bien pu voir. Tu n'aurais pas bu un ou deux verres de scotch, par hasard ? »

— *Non*. Je t'ai décrit ce que j'ai vu. Edith se sentit soudain décontenancée, frustrée dans son attente. « Il avait une tête un peu plus grande que celle d'un écureuil, des yeux noirs globuleux, et une bouche vaguement sévère. »

— Une bouche sévère ! Charles renversa la tête en arrière et éclata de rire en rentrant dans la maison.

— Une bouche tendue. Elle avait un air menaçant, affirma Edith péremptoirement.

Mais elle ne dit plus rien sur ce sujet. Ils restèrent assis dans la salle de séjour. Charles parcourut son journal, puis ouvrit le dossier de rapports qu'il avait ramené du bureau. Edith, un catalogue sur les genoux, essayait de choisir un motif de carreaux pour le mur de la cuisine. En bleu et blanc, ou en rose, blanc et bleu ? Elle n'était pas d'humeur à prendre une décision, et, dans ces cas-là, elle ne pouvait jamais compter sur Charles, qui répondait toujours complaisamment : « N'importe quoi, du moment que c'est à ton goût, ça me convient parfaitement. »

Edith avait trente-quatre ans. Elle était mariée avec Charles depuis sept ans. La deuxième année de leur mariage, Edith avait perdu l'enfant qu'elle attendait. Elle l'avait perdu plutôt délibérément, car l'idée d'accoucher la mettait dans une véritable panique. C'est-à-dire, sa chute dans les escaliers avait été plutôt un fait exprès, dans la mesure où elle voulait bien l'admettre, mais la fausse couche avait été considérée comme le résultat d'un accident. Elle n'avait jamais essayé d'avoir un autre enfant ; Charles et elle n'en avaient même jamais discuté.

Elle estimait que Charles et elle-même formaient un couple heureux. Charles réussissait une excellente carrière chez Pan-Com Instruments, et ils avaient plus d'argent et plus de liberté que certains de leurs voisins immobilisés par deux enfants ou plus. Tous deux aimaient recevoir des amis, Edith spécialement dans leur maison, et Charles dans leur bateau, une vedette de neuf mètres où l'on pouvait coucher quatre personnes. La plupart des week-ends, quand il faisait beau, ils partaient naviguer sur la rivière locale et les canaux intérieurs. Edith savait cuisiner presque aussi bien à bord d'un bateau que sur la terre ferme, et Charles faisait profiter ses invités de ses boissons, de son matériel de pêche, et de son électrophone. Il savait même danser la matelote, quand on le lui demandait.

Durant le week-end suivant — qui ne fut pas un week-end nautique, car Charles avait du travail supplémentaire — Edith jeta plusieurs fois un coup d'œil au nichoir vide, rassurée à présent de savoir avec certitude qu'il ne contenait rien. Quand le soleil brillait dessus, elle ne voyait, dans le trou rond, qu'un brun plus pâle : le fond du nichoir ; et quand il était à l'ombre, le trou paraissait noir.

Le lundi après-midi, alors qu'elle changeait les draps juste à temps pour que le blanchisseur pût les prendre quand il passerait à trois heures, elle vit quelque chose glisser de sous une couverture qu'elle ramassait par terre. Une forme courut sur le sol et sortit par la porte — une silhouette brune plus grande qu'un écureuil. Edith sursauta et laissa tomber la couverture. Elle alla sur la pointe des pieds jusqu'à la porte de la chambre, regarda dans le couloir et dans les escaliers dont elle pouvait voir les cinq premières marches.

Quel genre d'animal pouvait ainsi courir sans le moindre bruit, même sur des escaliers de bois nu ? Ou avait-elle vraiment vu quelque chose ? Mais oui, elle en était sûre. Elle avait même aperçu les petits yeux noirs. C'était le même animal dont elle avait déjà vu le regard attentif dans le nichoir.

Il fallait absolument le trouver, se dit-elle. Elle pensa immédiatement au marteau, qui lui servirait d'arme en cas de besoin, mais le marteau était en bas. A la place, elle prit un gros livre bien lourd et descendit avec précaution, sur ses gardes, en jetant des coups d'œil à droite et à gauche à mesure que son champ de vision s'élargissait au bas des marches.

Il n'y avait rien en vue dans la salle de séjour. Mais il pouvait s'être caché sous le canapé ou sous le fauteuil. Elle entra dans la cuisine et prit le marteau dans un tiroir. Puis elle retourna dans la salle de séjour et repoussa vivement le fauteuil, de presque un mètre. Rien. Elle se rendit compte qu'elle avait peur de se courber pour regarder sous le canapé, dont la garniture descendait presque jusqu'au sol, mais elle le poussa quand même de quelques centimètres et tendit l'oreille. Rien.

Peut-être ses yeux lui avaient-ils joué un mauvais tour, supposa-t-elle. Après s'être penchée sur le lit, ce n'était peut-être qu'une tache sombre qui lui avait flotté devant les yeux. Elle décida de ne rien en dire à Charles. Pourtant, d'une certaine manière, la silhouette qu'elle avait entrevue dans la chambre était plus précise que celle qu'elle avait aperçue dans le nichoir.

Un bébé-yuma, pensa-t-elle une heure plus tard, dans la cuisine, alors qu'elle saupoudrait de farine un rôti. Un yuma. Tiens, d'où venait donc ce mot ? Est-ce qu'un tel animal existait ? En avait-elle vu une photo dans un magazine, ou avait-elle lu le mot quelque part ?

Edith se força à finir le travail qu'elle s'était proposé d'accomplir dans la cuisine, puis elle alla prendre le gros dictionnaire et chercha le mot « yuma ». Il ne s'y trouvait pas. Son cerveau l'avait égarée, pensa-t-elle. De même que l'animal était probablement un mauvais tour que lui avaient joué ses yeux. Mais ce qu'il y avait d'étrange, c'était la manière dont l'un et l'autre étaient arrivés ensemble, comme si le nom convenait exactement à l'animal.

Deux jours plus tard, pendant que Charles et elle rapportaient leurs tasses à café dans la cuisine, Edith le vit bondir comme une flèche de sous le réfrigérateur — ou de derrière le réfrigérateur — franchir en diagonale le seuil de la cuisine et entrer dans la salle à manger. Elle faillit laisser tomber sa tasse et sa soucoupe, mais les rattrapa à temps, et elles restèrent à trembler dans ses mains.

— Qu'est-ce qu'il y a ? demanda Charles.

— Je l'ai vu encore une fois ! dit Edith. L'animal !

— Quoi ?

— Je n'ai pas voulu te le dire », commença-t-elle, la

gorge soudain sèche, comme si elle faisait un aveu pénible. « Je crois que j'ai aperçu cette chose — tu sais, ce qui se trouvait dans le nichoir — là-haut dans la chambre, lundi. Et il me semble que je viens de la revoir. Juste à l'instant. »

— Edith, ma chérie, il n'y avait rien du tout dans le nichoir.

— Pas quand tu as regardé. Mais cet animal va très vite. On dirait presque qu'il vole.

Le visage de Charles prit une expression plus préoccupée. Il braqua les yeux sur l'endroit qu'elle regardait, le seuil de la cuisine. « Tu viens de le voir maintenant ? Je vais jeter un coup d'œil », dit-il, et il entra dans la salle à manger.

Il inspecta le sol, se tourna vers sa femme, puis, d'un air plutôt détendu, se pencha et regarda sous la table, entre les pieds des chaises.

— Vraiment, Edith...

— Va voir dans la salle de séjour, dit Edith.

Charles s'exécuta, et revint au bout d'environ trente secondes, avec un léger sourire. « Désolé de te dire ça, ma vieille, mais je crois que tu as des visions. A moins, bien sûr, qu'il ne s'agisse d'une souris. Il se peut que nous ayons des souris. J'espère que non.

— Oh ! c'est beaucoup plus gros. Et c'est brun. Les souris sont grises.

— Ouais, dit Charles d'un air vague. Eh bien, ne t'en fais pas, chérie, il ne va pas te manger. Il est parti. Si cela s'avère nécessaire, nous appellerons une entreprise de dératisation.

— Oui, répondit-elle immédiatement.

— Il est gros comment ?

Elle écarta les mains d'environ cinquante centimètres.

— Comme ça.

— D'après la taille, ça pourrait être un furet, dit-il.

— Oh, il court encore plus vite ! Et il a des yeux noirs. Tiens, juste à l'instant, il s'est arrêté une fraction de seconde et il ma regardée droit dans les yeux. Sérieusement, Charles. » Sa voix s'était mise à trembler. Elle montra du doigt l'endroit près du réfrigérateur. « Juste là, il s'est arrêté une fraction de seconde et...

— Edith, ressaisis-toi, voyons. Il lui pressa le bras.

— Il a l'air si méchant. Je n'arrive pas à t'expliquer.

Charles la regarda sans dire un mot.

— Est-ce qu'il y a un animal qui s'appelle un yuma ? demanda-t-elle.

— Un yuma ? Jamais entendu parler. Pourquoi ?

— Parce que ce nom m'est venu à l'esprit aujourd'hui, il a surgi comme ça, de nulle part. Je croyais — puisque j'y avais pensé sans jamais avoir vu d'animal de ce genre — que peut-être j'avais déjà vu le mot quelque part.

— Y-u-m-a ? épela Charles.

Edith acquiesça.

Charles, souriant de nouveau — tout cela commençait à lui apparaître comme un jeu amusant — se dirigea vers le dictionnaire comme Edith l'avait fait, et chercha le mot. Il referma le dictionnaire et marcha vers les volumes de *l'Encyclopaedia Britannica*, rangés en bas de la bibliothèque. Au bout d'une minute de recherche il dit à Edith : « Pas dans le dictionnaire, ni dans *l'Encyclopaedia Britannica*. Je crois que c'est un mot que tu as inventé. » Et il éclata de rire. « Ou peut-être qu'il provient d'*Alice au Pays des Merveilles*. »

C'est un mot réel, pensa Edith, mais elle n'eut pas le courage de l'affirmer. Charles la contredirait.

Edith se sentit fourbue et alla se coucher vers dix heures avec son livre. Mais elle lisait encore quand Charles entra, un peu avant onze heures. A ce moment ils le virent tous les deux : il partit du pied du lit et traversa la moquette en un éclair, sous les yeux d'Edith et de Charles, puis se glissa sous la commode et, pensa Edith, sortit par la porte. Charles avait dû avoir la même impression, puisqu'il se tourna vivement pour regarder dans le couloir.

— Tu l'as vu, dit Edith.

Le visage de Charles était crispé. Il alluma la lumière dans le couloir, puis descendit les escaliers.

Il resta absent peut-être cinq minutes, et Edith l'entendit remuer les meubles. Puis il revint.

— Oui, je l'ai vu. Son visage semblait soudain pâle et fatigué.

Mais Edith soupira et sourit presque, contente de voir qu'il la croyait enfin.

— Tu vois ce que je veux dire maintenant. Je n'avais pas de visions.

— Non, c'est vrai, admit Charles.

Edith était assise dans le lit. « Ce qu'il y a de terrible, c'est qu'il a l'air inattrapable. »

Charles commença à déboutonner sa chemise. « Inattrapable ! vraiment, tu inventes de ces mots ! Il n'y a rien d'inattrapable. C'est peut-être un furet. Ou un écureuil. »

— Tu n'as pas pu le reconnaître ? Il est passé tout près de toi.

— Ma foi ! dit-il en riant, il allait *vraiment* un peu vite. Mais toi-même, tu l'as vu deux ou trois fois, et tu n'arrives pas à définir ce que c'est.

— Est-ce qu'il avait une queue ? Il avait l'air si long ! Je ne sais pas si c'était tout son corps, ou simplement sa queue.

Charles se tut un moment. Il prit sa robe de chambre, et l'enfila lentement. « Je crois qu'il est plus petit qu'il n'y paraît. C'est parce qu'il va très vite qu'il donne cette impression de longueur. Ça pourrait être un écureuil.

— Ses yeux se trouvent sur le devant de sa tête. Ceux des écureuils sont placés plus ou moins sur les côtés.

Charles se pencha vers le pied du lit et regarda en

dessous. Il passa la main sur le pied du lit, qui était placé en retrait sous le sommier. Puis il se releva.

— Ecoute, si nous le voyons encore — si tant est que nous l'ayons vu...

— Qu'est-ce que tu veux dire, *si* ? Tu l'as bien vu, tu viens de le dire.

— Je *crois* l'avoir vu, dit Charles en riant. Qui sait si ce ne sont pas mes yeux ou mon imagination qui m'ont joué un mauvais tour ? Tu m'avais fait une description tellement éloquente... Il lui parlait maintenant d'un ton presque irrité.

— Eh bien alors, *si* ?

— Si nous le revoyons encore une fois, nous allons emprunter un chat. Un chat saura le trouver.

— Pas le chat des Mason. Ça me déplairait de le leur demander.

Ils avaient été obligés de jeter des cailloux au chat des Mason pour l'empêcher d'approcher, quand les petites mésanges bleues s'étaient mises à voler. Les Mason n'avaient pas apprécié. Ils étaient cependant restés en bons termes avec les Mason, mais ni Edith ni Charles n'auraient songé à leur demander d'emprunter Jonathan.

— Et si nous faisions venir une entreprise de dératisation, suggéra Edith.

— Ha ! Et qu'est-ce que nous leur demanderons de chercher ?

— Ce que nous avons vu, répliqua Edith, contrariée parce que c'était Charles qui avait parlé de dératisation juste quelques heures avant. Cette conversation l'intéressait au plus haut point, elle avait à ses yeux une importance vitale, mais en même temps la tournure qu'elle prenait la déprimait. Elle sentit que toutes ces phrases étaient vagues et sans espoir, et eut envie de s'anéantir dans le sommeil.

— Essayons avec un chat, reprit Charles. Tu sais, Farrow

a un chat. Un héritage de ses voisins. Tu vois qui je veux dire, Farrow, le comptable qui habite Shanley Road ? Il a recueilli le chat de ses voisins quand ils ont déménagé. Mais sa femme n'aime pas les chats, à ce qu'il dit. Eh bien ! cet animal...

— Je ne raffole pas des chats non plus, l'interrompit Edith. Nous n'avons pas besoin de faire l'acquisition d'un chat.

— Non. D'accord. Mais je suis sûr que nous pourrions emprunter celui-là, et la raison pour laquelle j'y ai pensé, c'est que Farrow affirme que ce chat est un merveilleux chasseur. C'est une femelle de neuf ans, à ce qu'il dit.

Charles revint à la maison avec la chatte le lendemain soir, une demi-heure plus tard que d'habitude, parce qu'il était allé chez Farrow pour la chercher. Edith et lui fermèrent portes et fenêtres, puis laissèrent la chatte sortir de son panier dans la salle de séjour. C'était une chatte blanche tachetée de gris, et elle avait la queue noire. Elle se dressa rigidement et regarda autour d'elle d'un air maussade et vaguement réprobateur.

— Là, là, Minette, Minette, dit Charles en se penchant, mais sans la toucher, tu ne resteras ici qu'un jour ou deux. Est-ce qu'on a un peu de lait, Edith ? Ou, encore mieux, de la crème fraîche ?

En guise de litière ils lui donnèrent un carton vide, garni d'une vieille serviette au fond, qu'ils placèrent dans un coin de la salle de séjour ; mais la chatte préféra l'extrémité du canapé. Elle avait exploré la maison superficiellement et n'avait montré aucun intérêt à l'égard des armoires et des placards, en dépit des espoirs d'Edith et Charles. Edith déclara qu'à son avis cette chatte était trop vieille pour être bonne à attraper quoi que ce soit.

Le lendemain matin Mme Farrow téléphona à Edith et lui dit que, s'ils voulaient, ils pouvaient garder Minette.

« C'est une chatte très propre et en parfaite santé. Il y a simplement qu'en vérité j'ai horreur des chats. Alors, si vous l'aimez bien — ou si elle se plaît chez vous... »

Edith s'en tira par un flot extraordinairement abondant de remerciements et d'explications sur les motifs pour lesquels ils avaient emprunté la chatte, et promit de téléphoner à Mme Farrow dans quelques jours. Edith avoua qu'ils croyaient avoir des souris, mais sans être assez sûrs pour appeler une compagnie de dératisation. Cet effort verbal la laissa complètement exténuée.

La chatte passait la plupart de son temps à dormir, soit à l'extrémité du canapé, soit au pied du lit dans la chambre, ce qui ne plaisait guère à Edith, mais elle le supportait plutôt que de s'aliéner la sympathie de l'animal. Elle parlait même affectueusement à la chatte et l'emmenait devant les portes ouvertes des placards, mais Minette se raidissait toujours un peu, non pas de crainte mais d'ennui, et se détournait immédiatement. Entre-temps elle dévorait de solides portions de thon, l'aliment que les Farrow avaient conseillé.

Le vendredi après-midi, Edith était en train de polir l'argenterie à la table de la cuisine, quand soudain elle vit la chose courir juste à côté d'elle sur le sol : le yuma était arrivé derrière son dos, était sorti par la porte de la cuisine et avait filé dans la salle à manger comme une fusée brune. Et elle le vit tourner à droite et entrer dans la salle de séjour, où la chatte ronflait.

Edith se leva d'un bond et courut à la porte de la salle de séjour. Plus aucune trace de lui maintenant, et la chatte était restée les yeux fermés, la tête reposant sur les pattes. Le cœur d'Edith battait à toute allure. Sa peur se mêlait d'impatience, et un instant elle éprouva une sensation de chaos et de désordre terrible. L'animal se trouvait dans la pièce ! Et la chatte qui ne servait à rien du tout ! Et les Wilson qui venaient dîner à sept heures ! Et elle n'aurait guère le temps d'en parler à Charles, parce qu'il irait tout de suite se laver et se changer ; et elle ne pourrait ni ne voudrait y faire allusion devant les Wilson, qui faisaient pourtant partie de leurs meilleurs amis. Quand la confusion qu'Edith ressentait se transforma en une profonde déception, des larmes brûlantes lui montèrent aux yeux. Elle s'imagina nerveuse et maladroite toute la soirée, laissant tomber des ustensiles, et incapable de dire ce qui n'allait pas.

« Le yuma. Cette saleté de yuma ! » dit-elle à voix basse avec rancœur, puis elle retourna à l'argenterie et, avec obstination, finit de la polir et dressa le couvert.

Néanmoins le dîner se passa fort bien : elle ne laissa rien tomber, et il n'y eut rien de brûlé. Christopher Wilson et sa femme Frances habitaient de l'autre côté du village, et avaient deux garçons, de sept et cinq ans. Christopher était l'avocat de la compagnie Pan-Com.

—Tu as les traits un peu tirés, Charles, constata Christopher. Que diriez-vous de venir avec nous dimanche prochain, Edith et toi ? Il jeta un coup d'œil à sa femme. « Nous allons nous baigner à Hadden, et ensuite pique-niquer. Seulement nous et les enfants. Il y a plein d'air pur là-bas. »

— Oh ! Charles attendit un refus poli de la part d'Edith, mais elle garda le silence. Merci beaucoup. En ce qui me concerne — eh bien ! nous pensions aller faire une promenade en bateau quelque part. Mais nous avons emprunté un chat, et je ne crois pas qu'il serait bon de le laisser ici tout seul toute la journée.

— Un chat ? demanda Frances Wilson. Emprunté ?

— Oui. Nous nous sommes fourré dans la tête que nous avions peut-être des souris, et nous avons voulu savoir la vérité, glissa Edith en souriant.

Frances posa une ou deux questions sur le chat, puis on abandonna le sujet. Minette se trouvait à l'étage en ce moment, pensa Edith. Elle montait toujours à l'étage quand quelqu'un de nouveau arrivait à la maison.

Plus tard, quand les Wilson furent partis, Edith dit à Charles qu'elle avait vu encore une fois l'animal dans la maison, et que Minette ne s'y était absolument pas intéressée.

— Voilà le problème. Il ne fait pas de bruit du tout, dit Charles. Puis il fronça les sourcils. « Tu es *sûre* de l'avoir vu ?

— Aussi sûre qu'à chaque fois que je l'ai déjà vu, insista Edith.

— Attendons encore un jour ou deux, la chatte fera sans doute son travail », dit Charles.

Le lendemain matin, un samedi, Edith descendit vers neuf heures pour préparer le petit déjeuner, et s'arrêta net devant ce qu'elle vit sur le sol de la salle de séjour. C'était le yuma, mort, la tête arrachée, la queue et le ventre lacérés. En fait la queue avait été presque entièrement dévorée, à l'exception d'un moignon humide d'environ cinq centimètres. Et quant à la tête, il n'y en avait plus la moindre trace. Mais la fourrure était brune, presque noire aux endroits tachés de sang.

Edith fit demi-tour et remonta les escaliers en courant.

— Charles !

Il était éveillé, mais encore ensommeillé. « Quoi ? »

— La chatte l'a attrapé. Il est dans la salle de séjour. Descends, veux-tu ? Je ne peux pas supporter ce spectacle, vraiment pas.

— Certainement, chérie, dit Charles, rejetant les couvertures.

Quelques secondes plus tard il était en bas. Edith le suivait.

— Hum. Plutôt gros, fit-il.

— Qu'est-ce que c'est ?

— J'sais pas. Je vais chercher la pelle à ordures. Il entra dans la cuisine.

Edith resta à tourner en rond dans la pièce, en l'observant pousser le cadavre sur la pelle à ordures avec un morceau de journal roulé. « Je vais le jeter dans la poubelle. Les éboueurs passeront lundi, non ? »

Edith ne répondit pas.

Charles traversa la cuisine, et elle entendit, derrière la porte extérieure, le fracas du couvercle de la poubelle.

— Où est la chatte ? demanda-t-elle quand il rentra dans la maison.

Il se lavait les mains dans l'évier de la cuisine. « Je ne sais pas. » Il prit la serpillière et l'apporta dans la salle de séjour. Il frotta l'endroit où l'animal gisait encore quelques minutes plus tôt. « Pas beaucoup de sang. Je n'en vois pas du tout ici, en fait. »

Pendant qu'ils prenaient leur petit déjeuner, la chatte entra par la porte principale, qu'Edith avait ouverte pour aérer la salle de séjour — bien qu'elle n'eût remarqué aucune odeur. La chatte les dévisagea d'un air fatigué, leva à peine la tête, et fit « Mi-a-a-ou » : c'était le premier son qu'elle émettait depuis son arrivée.

« Bravo, Minette ! s'exclama Charles avec enthousiasme. Brave petite Minette ! »

Mais la chatte se baissa subitement, esquiva la main qui voulait la caresser pour la féliciter, et continua lentement vers la cuisine, où l'attendait son petit déjeuner de thon.

Charles jeta un coup d'œil à Edith avec un sourire qu'elle essaya de lui retourner. Elle avait eu de la peine à finir son œuf, et ne pouvait plus avaler une bouchée de son toast.

Elle prit la voiture et fit ses courses dans un brouillard, saluant des visages familiers comme à chaque fois, mais sans éprouver de contact entre elle-même et les autres. Quand elle revint, Charles était étendu sur le lit, complètement habillé, les mains derrière la tête.

— Je me demandais où tu étais, dit Edith.

— J'ai eu envie de dormir. Désolé. Il s'assit.

— Ne t'excuse pas. Si tu veux faire un petit somme, vas-y.

— J'avais l'intention d'enlever les toiles d'araignées du garage et de lui donner un bon coup de balai. Il se mit debout. « Quand même, tu dois être rudement contente qu'il soit mort, chérie — même si on n'a pas réussi à savoir ce que c'était », dit-il d'un ton interrogateur, en se forçant à rire.

— Bien sûr. Oh oui, grands dieux ! Mais elle se sentait encore déprimée, et devinait que Charles l'était aussi. Elle resta debout, d'un air hésitant, dans l'embrasure de la porte. « Simplement, je me demande ce que ça pouvait bien être. » Si seulement nous avions vu la tête, pensa-t-elle, mais elle n'osa pas le dire. Ils retrouveraient sans doute la tête un jour ou l'autre, à l'intérieur ou à l'extérieur de la maison. Le chat n'avait pas pu manger le crâne.

— Sans doute une espèce de furet, dit Charles. Nous pouvons rendre la chatte maintenant, si tu veux.

Mais ils décidèrent d'attendre jusqu'au lendemain pour téléphoner aux Farrow.

A présent Minette semblait sourire quand Edith la regardait. C'était un sourire fatigué, ou bien cette fatigue venait-elle seulement de son regard ? Après tout, la chatte avait neuf ans. Ce week-end-là, tout en vaquant à ses tâches ménagères, Edith tourna souvent la tête pour jeter un coup d'œil à la chatte. Celle-ci affichait une attitude différente, comme si elle avait fait son devoir et qu'elle en était consciente, mais sans s'en montrer particulièrement fière.

Curieusement, Edith eut l'impression que la chatte était l'alliée du yuma — ou de l'animal en question, quel que fût son nom — qu'elle était ou avait été son alliée. Tous deux étaient des animaux, et ils s'étaient compris, parce que l'un, le plus fort, représentait l'ennemi, et l'autre la proie.

Et la chatte avait pu le voir, peut-être même l'entendre, et avait réussi à y enfoncer ses griffes. Par-dessus tout, la chatte n'éprouvait aucune peur, contrairement à elle-même et à Charles, Edith le sentit. Au moment même où elle roulait ces pensées, Edith se rendit compte qu'elle détestait la chatte. Elle avait un air sombre, cachottier. Et la chatte ne les aimait pas vraiment non plus.

Edith s'était proposé d'appeler les Farrow le dimanche après-midi vers trois heures, mais Charles alla lui-même au téléphone, et dit à Edith qu'il allait les appeler. Edith appréhendait d'entendre ne fût-ce que les réponses de Charles dans la conversation ; néanmoins elle resta assise avec les journaux du dimanche sur le canapé, et écouta.

Charles les remercia abondamment, et dit que la chatte avait attrapé quelque chose comme un gros écureuil ou un furet. Mais ils ne désiraient vraiment pas garder la chatte, toute mignonne qu'elle fût, et pouvaient-ils la leur rapporter, disons vers six heures ? « Mais — eh bien, la besogne est terminée, voyez-vous, et nous vous sommes infiniment reconnaissants... C'est promis, je demanderai au bureau s'il y a quelqu'un qui veut un bon petit chat. »

Charles desserra son col de chemise après avoir reposé le récepteur. « Ouf ! La partie a été rude — J'avais l'impression d'être un goujat ! Mais après tout, inutile de dire que nous voulons garder cette chatte si ce n'est pas vrai. Tu ne crois pas ?

— Certainement. Je pense qu'on devrait leur offrir une bouteille de vin, ou un cadeau quelconque. Qu'est-ce que tu en dis ?

— Oh ! absolument. Excellente idée ! Est-ce que nous en avons ?

Ils n'avaient pas de vin. En fait de bouteille inentamée, ils ne trouvèrent qu'un magnum de whisky, qu'Edith proposa joyeusement.

— Ils nous ont rendu un grand service, dit-elle.

Charles sourit. « Ça, pour sûr ! » Il enveloppa le magnum d'une des feuilles de papier de soie vert avec lesquelles leur fournisseur livrait les bouteilles, et partit avec Minette dans son panier.

Edith avait dit qu'elle préférait ne pas y aller, mais l'avait chargé de bien transmettre ses remerciements aux Farrow. Ensuite elle s'assit sur le canapé et essaya de lire les journaux, mais elle s'aperçut que ses pensées vagabondaient. Elle parcourut des yeux la pièce déserte, silencieuse, regarda le bas des escaliers et la porte ouverte de la salle à manger.

Il avait disparu maintenant, le bébé-yuma. Pourquoi pensait-elle qu'il s'agissait d'un bébé, elle l'ignorait. Un bébé *quoi* ? Mais elle avait toujours jugé que c'était un animal jeune — et en même temps cruel, parfaitement au courant de la cruauté et du mal qui régnaient dans le monde des hommes. Et il avait péri le cou tranché par une chatte. Ils n'avaient pas retrouvé la tête.

Quand Charles revint, elle était toujours assise sur le canapé.

Il entra dans la salle de séjour d'un pas lent et s'affala dans le fauteuil. « Eh bien, ils n'étaient pas spécialement décidés à reprendre la chatte. »

— Que veux-tu dire ?

— Ce n'est pas leur chatte, tu sais. Ils l'ont seulement adoptée par pure bonté — ou appelle ça comme tu voudras — quand leurs voisins sont partis. Ils s'en allaient en Australie et ne pouvaient pas emmener la chatte avec eux. Alors elle se promène plus ou moins entre les deux maisons là-bas, mais ce sont les Farrow qui la nourrissent. C'est triste.

Edith secoua la tête involontairement. « Je n'aimais vraiment pas cette chatte. Elle était trop vieille pour une nouvelle maison, non ?

— Je suppose, oui. Eh bien, au moins elle ne mourra pas de faim avec les Farrow. Si nous prenions une tasse de thé, qu'est-ce que tu en dis ? Je préférerais ça à un apéritif. »

Et Charles alla se coucher tôt, après avoir frictionné d'un baume son épaule droite. Edith comprit qu'il craignait une nouvelle crise d'hygroma ou de rhumatisme.

— Je me fais vieux, lui dit Charles. De toute façon, je me sens vieux ce soir.

Et Edith aussi. Elle était également atteinte d'une vague de neurasthénie. Debout devant le miroir de la salle de bains, elle crut distinguer que les petites rides sous ses yeux s'étaient encore creusées. Pour un dimanche, la journée avait été fort tendue. Mais la terreur avait disparu de la maison. C'était déjà quelque chose. Depuis presque quinze jours elle n'avait pas cessé de vivre en proie à cette terreur.

A présent que le yuma était mort, elle comprenait la nature du vrai problème, ou du moins lui était-il enfin possible de l'admettre. Le yuma avait dévoilé le passé, dont le spectacle ressemblait à une gorge sombre et effrayante. Il l'avait ramenée au temps où elle avait perdu son enfant —délibérément — et lui avait rappelé le chagrin amer de Charles à ce moment-là, et sa feinte indifférence plus tard. Il lui avait rapporté tout le fardeau de sa culpabilité. Et elle se demandait si l'animal n'avait pas fait le même effet à Charles. Personne, aucun adulte au monde ne jouissait d'un passé parfaitement honorable, qui ne recelât pas une faute quelconque...

Moins d'une semaine plus tard, un soir, Charles aspergeait les roses, quand il vit la tête d'un animal dans le trou du nichoir. La même tête que celle de l'autre animal, ou que celle qu'Edith lui avait décrite — mais il ne l'avait jamais aperçue aussi précisément qu'à cet instant.

Il avait les yeux noirs, brillants et fixes, la petite bouche menaçante, et la terrible vigilance dont Edith lui avait parlé. Le tuyau d'arrosage qu'il avait oublié dans ses mains, projetait de l'eau directement sur le mur de briques. Il laissa tomber le tuyau, et se dirigea vers la maison pour couper l'eau, avec l'intention de détacher immédiatement le nichoir pour voir ce qu'il contenait. Mais, pensa-t-il au même instant, le nichoir était trop petit pour renfermer un animal aussi grand que celui que Minette avait attrapé. C'était évident.

Charles arrivait en courant à la maison, quand il vit Edith debout dans l'encadrement de la porte.

Elle regardait le nichoir. « Le revoilà *encore* !

— Oui. Charles ferma le robinet d'eau. Cette fois-ci, je vais voir ce que c'est. »

Il repartit à toute allure vers le nichoir, mais à mi-chemin il s'arrêta, les yeux fixés vers la grille en fer forgé à l'entrée.

Franchissant la grille ouverte, c'était Minette qui arrivait, toute crottée et apparemment épuisée, avec même l'air de s'excuser. Elle était entrée en marchant, mais à présent, de son pas de petite vieille, la tête pendante, elle trottait vers Charles.

— Elle est revenue, souffla Charles.

Le visage d'Edith s'assombrit et prit une expression terrifiée. Tout était si bien ordonné, si affreusement prévisible. Il y aurait de plus en plus de yumas. Quand Charles, dans un instant, secouerait le nichoir, il n'y trouverait rien ; et puis elle verrait l'animal dans la maison, et Minette l'attraperait de nouveau. Charles et elle ne parviendraient jamais à échapper à l'engrenage.

— Elle a retrouvé toute la route pour revenir jusqu'ici, j'en suis sûr. Trois kilomètres, dit Charles à Edith en souriant.

Mais Edith serra les dents pour réprimer un cri.

Table des matières

ACHEVÉ D'IMPRIMER
SUR LES PRESSES DE
L'IMPRIMERIE AUBIN
86 — LIGUGÉ/VIENNE
N° 8209
ÉDITIONS CALMANN-LÉVY
3, RUE AUBER, PARIS 9e
N° 10 288
DÉPÔT LÉGAL, 2e TR. 1975